岩 波 文 庫

32-205-1

リ　　ア　　王

シェイクスピア作
野 島 秀 勝 訳

岩 波 書 店

Shakespeare

KING LEAR

1605-06

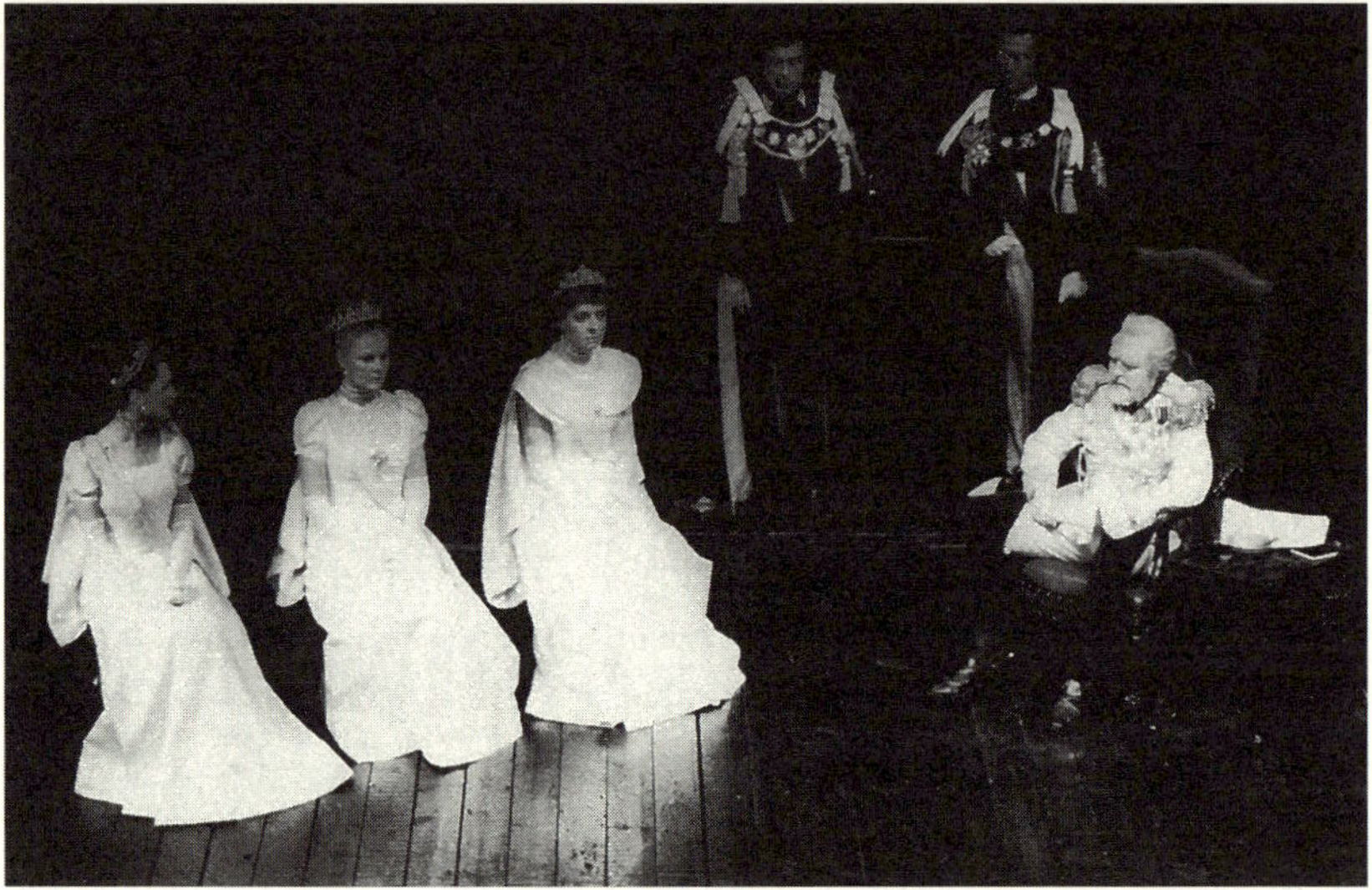

第1幕第1場，孝心の試しの場面．左からコーディーリア，リーガン，ゴネリル，リア(ロイヤル・シェイクスピア劇団公演，1976年)．

Photograph (page 3)
Reproduced by permission of
The Shakespeare Birthplace Trust
c/o The Shakespeare Centre,
Stratford-upon-Avon.

目次

登場人物一覧　八
第一幕
第一場　三
第二場　三八
第三場　五一
第四場　五四
第五場　八〇
第二幕
第一場　八五
第二場　九六

第三場　一一〇
第四場　一二三
第三幕
第一場　一三九
第二場　一四三
第三場　一五〇
第四場　一五三
第五場　一六六
第六場　一六八
第七場　一七七
第四幕
第一場　一八九
第二場　一九六
第三場　二〇八

第四場 二一一
第五場 二二四
第六場 二二八
第七場 二三三
第五幕
第一場 二三三
第二場 二三八
第三場 二六〇
補注 二五三
解説 二七七

登場人物一覧

リア　ブリテン王
フランス王
バーガンディ公
コーンウォール公　リーガンの夫
オルバニー公　ゴネリルの夫
ケント伯
グロスター伯
エドガー　グロスターの嫡子
エドマンド　グロスターの庶子
カラン　廷臣
オズワルド　ゴネリルの執事
老人　グロスターの借地人

侍医
道化
隊長　エドマンドの部下
紳士　コーディーリアの従者
伝令
コーンウォールの家来一同
ゴネリル
リーガン
コーディーリア　リアの娘

その他、リアの供回りの騎士たち、将校、使者、兵士、侍者たち。

場面はブリテン。

リア王

第一幕

第一場——リア王宮殿、謁見の間

ケント、グロスター、ならびにエドマンド登場。

ケント　王にはコーンウォール公よりオルバニー公のほうがお気に召しているとばかり思っていたが。

グロスター　たしかに誰の目にもそう見えておった。ところが、さていよいよ王国の分割という段になって、いずれの公爵を重んじておられるのか、さっぱりわからなくなった。なにしろ両公の分け前は均等で、いかに綿密に秤に掛けても、どちらの分け前のほうが重いか決めかねるありさまなのだから。

ケント　こちらは御子息では?

グロスター　育てたのは、いかにもこの私だが、これをわが子と認めるたびに、どんなに赤面してきたことか。お陰で今ではすっかり面の皮も厚くなった。

ケント　おっしゃること、とんと胸に落ちぬが。

グロスター　なに、この若僧のお袋の胎《はら》には見事に落ち着いた。そんな因果で、お腹がどんどんふくらみ、挙句、結婚もしないのに揺籠《ゆりかご》に男の子が寝ていたという始末。なにやら淫らな罪の臭《にお》いがしないかね？

ケント　いや、その結果がこんなに立派なものなら、[一]罪を犯さなければよかったなどと悔いることもありますまいに。

グロスター　実は私にはもう一人、息子がいる、正規の法にのっとって出来たのだがね。こいつより一年ばかり前に生れたのだが、だからといって親の目から見ていっそう可愛いというわけではない。こいつは呼びもしないのに図々しくも世の中に出てきたやつだが、こいつの母親というのはきれいな女だった。これをつくるに当っては、随分と楽しい思いをさせてもらったものだ。[二]それで妾腹とはいえ、是非とも認知しないわけにはいか

一　エドマンドは長身の美男子である。

二　当人を前にしてこういうのは、「なんとも侮辱的な、淫らな軽率さだ」。これはロマン派最高の批評家コールリッジの評言である。

なかった。エドマンド、このお方《かた》を存じ上げているか？

エドマンド　いいえ、父上。

グロスター　ケント伯爵だ。以後、父の尊敬する友人として心にとどめおくがよい。

エドマンド　なにとぞ宜しくお願い致します。

ケント　君が好きになって、もっとよく君のことが知りたいと思うようになるにちがいない。

エドマンド　御愛顧にお報いできるよう努力致します。

グロスター　これは九年間外国で暮らしていたが、またすぐ行かせるつもり[一]。あ、王のお出ましだ。

トランペット吹奏。宝冠捧持の者を先頭にして、リア王、コーンウォール、オルバニー、ゴネリル、リーガン、コーディーリア、侍者たちが登場。

リア　フランス王とバーガンディ公をここに御案内するように、グロスター。

一　庶子を外国にやるのは、世間体をはばかる貴族階級の常習だった。

グロスター　はい、陛下、かしこまりました。〔グロスターとエドマンド退場〕

リア　その間に、独り心に秘めてきた計画[1]を話しておこう。
そこの地図をよこせ。よいか、見ての通りわが王国はすでに三つに分けてある。
わしの固い決意は、この老いの身の肩から
国事の煩いや責務のことごとくを振りはらい、
若い世代の力に一切を託して身軽になり、
心しずかに死出の旅路につきたいということだ。
わが婿《むこ》のコーンウォール、それに劣らずわが愛する婿のオルバニー、
わしは今ここで娘たちそれぞれの持参金を公表する固い覚悟でいる、
のちのちこれが原因《もと》で争いが起ってはならぬとの老婆心からだ。
フランス王とバーガンディ公は、わが末娘の愛を競い求めて、
この宮廷に恋の長逗留をなされてきたが、

一　原語は'darker'——文字通りは「いっそう暗い」という謂であり、これは発話者当人もその深い意味合いを理解していない、いわゆる悲劇的アイロニーである。リア王の悲劇は、まさに彼のこの「暗い計画」に端を発する。

今日ここで、あの二人にも決着の返答があるはず。さて娘たち、
(わしは今ここで支配の権力も領土の所有権も
わずらわしい政治のことも、すべてかなぐり捨てるのだから)
お前たちのうち、だれが一番、父としてのこのわしを愛してい
　るか？　言ってみよ。
親の自然な愛情と子としての自然な孝心が合致したところに、
当然の権利として最大の贈物が与えられよう。
ゴネリル、お前は長女であるから、まず先に言ってみるがよい。

ゴネリル　お父様、わたくしはもう言葉では表わしきれぬほどに
　お父様をお慕い申し上げております。
もの見る目の喜び、広びろとした自由の幸せよりも大切なお方
　として、
世にもめずらしい高貴な宝物よりも遥かに尊いお方として、
祝福と健康と美と名誉をそなえた生命《いのち》そのものにも劣らぬお方
　として、
かつて子が愛し世の父親が味わい得たかぎりの深い情愛、

息もつまり言葉にならぬほどの情愛を抱いてお慕いしております。

いいえ、そんな譬《たとえ》などなんになりましょう、わたくしのお父様への愛の深さは。

コーディーリア 〔傍白〕コーディーリアはなんと言ったらいいのだろう? ただ心で愛して、黙っていればいいのだわ。

リア この境界全部、この線からここまで、
緑の蔭濃い森、広びろとした豊かな平原、
みなぎり流れる河、遠く裾をひろげる牧場の数々、
この土地すべて、お前に遣わす。これは永久に
お前とオルバニーの子孫のものだ。ところで、
次の娘、最愛のリーガン、コーンウォール公夫人は、なんと返事をするかな?

リーガン わたくしも姉上とまったく同じ気質でございますゆえ、お父様への愛情も同等だとお心得くださいませ。心底《しんそこ》から申し上げますが、

姉上はわたくしの愛情の証《あかし》をありのままに示してくださいました。
ただお言葉が少し足りないようなので申し添えますなら、
感覚がこの上ない至福と感じる現世の喜びすべての敵と、
つね日頃から自負しておりますこの身の唯一の幸せは、
ひとえに父君をお慕いするばかりと心に決めております。

コーディーリア　〔傍白〕いよいよ哀れなコーディーリアの番だわ！
いいえ、哀れなんかじゃない。わたしの愛は
わたしの舌よりも重いのだもの。

リア　お前とお前の子々孫々に伝えられるものとして、
わが美《うる》わしき王国のこの豊かな三分の一を授ける。
広さ、価値、それが生む愉楽、いずれにおいても、
ゴネリルに与えたものにひけをとらない。
さて最後に、小さな末娘とはいえ、掛け替えのないわしの喜び、
その初々しい心を勝ち取ろうと、フランスの葡萄《ぶどう》と
バーガンディの牛乳とが懸命に争っておるが、

一　コーディーリアは小柄である。
二　フランス南東部ブルゴーニュの公国。「牛乳」とはその肥沃な牧場を指す。

姉たちが手にしたものより実り多い残りの三分の一を、
お前はどう言って引き当てるつもりかな？　さ、話してごらん。

コーディーリア　申し上げることは何も。[一]

リア　何もない？

コーディーリア　何も。

リア　何もないところからは何も生れない、[二]言い直すがいい。

コーディーリア　不幸なことに、わたくしには真心を
口の端《は》にのぼせることはできません。ただ子としての断ちがたい絆《きずな》のままに
陛下をお愛しするばかりで、その余のことではございません。

リア　なに、なんだと、コーディーリア！　少しは言葉を繕《つくろ》え。
さもなくば、お前の財産を損《そこ》ねることになるぞ。

コーディーリア　お父さま、
お父さまはわたくしを生み、育て、慈しんでくださいました。
その御恩に報いるのは当然の義務、
わたくしはお父さまに服従し、お父さまを愛し、心から尊敬し

一　原語は'Nothing'の一語である。この一語は全幕を通じてさまざまな劇的文脈で、こだまのように繰り返される。このそっけない一語に、コーディーリアの頑なさ、倨傲をみる評家も少なくないが、しかしここでコーディーリア役者はささやくような低い声音で、この一語を発音しなければなるまい。二五頁二行、ケントの科白参照。

二　'Ex nihilo nihil fit'――アリストテレスに由来する格言であるが、この'nothing'は格言の常識的道理、あるいは持参金という結婚の物質的条件の契約論理の域をはるかに越えて、コーディーリアの死体を抱いて登場する大詰のリアの叫び、'Never, never, never, never, never!'（コーディーリアは「もう戻って来ない／

ております。

いったい何故、お姉様方は夫君をお持ちになったのでしょう、もしおっしゃるとおり、お父さまだけを愛しておいでというのなら？

わたくしが結婚するようなことになったら、おそらくは契りの誓いを立てたお方に、わたくしの愛情もお世話する心づくしも義務も、半ばはお渡ししなければならないでしょう。

決してわたくし、お姉様たちのように結婚などいたしません、お父さまだけを愛するということならば。

リア　その言葉、本心か？
コーディーリア　はい、お父さま。
リア　その若さで、その冷たさか？
コーディーリア　この若さゆえの真実《まこと》。
リア　では勝手にするがいい。お前の真実《まこと》とやらを持参金にするがいい。

絶対に、絶対に、絶対に、もう絶対に！」——五幕三場、二八九頁四—五行）にまっすぐつながってゆく。まさしく「無から無が生れる」。すなわち、この'nothing'からリア、コーディーリアもろともの悲劇が生れる。

日輪の聖なる輝きに懸けて、
冥界を司る女神ヘカテー[一]の密儀と夜の闇に懸けて、
われわれ人間の生死を左右する
諸々《もろもろ》の天体の働きに懸けて、
今ここで、わしは父たる心遣いも
親子の絆《きずな》も血のつながりも、一切断つことを宣言する。
未来永劫、お前はわしの心にも身にもかかわりのない
赤の他人と思うぞ。アジアに住む野蛮なスキタイ[二]人、
肉親を食らって食欲を満たすという手合い、
いっそそんな奴をこの胸に抱き、隣人ともなして
憐れみ助けてやるほうが、ずっとましだ、
かつてわが娘であったお前などよりは。

ケント　陛下、一言《ひとこと》——

リア　黙れ、ケント!
竜の逆鱗《げきりん》に触れるな、差し出口は許さん。
わしはこの子を一番愛していた、安楽な余生のすべてを

一　つまりは月。天界にあるときには月はルーナと呼ばれる。ちなみに、森にあるときにはディアーナと呼ばれる。

二　黒海・カスピ海の北東部を中心とした古国。

これの優しい世話に委ねるつもりだった。失《う》せろ、目ざわり
だ！
もはやわが平安は墓にしかない、あれの父としての心を
みずから断ち切ってしまったからには！
フランス王を呼べ。だれも動かぬのか。バーガンディ公を呼べ。
コーンウォールとオルバニー、二人の娘に与えた持参の領土に
三番目のも合わせて取るがよい。
この女には高慢が、率直さとやら自分でうそぶいているものが、
似合いの結納だ。
さらに両公には、わしの権力、至上の位階、
王位に付随する申し分ない特権のことごとくを譲る。
ただし騎士百名は側近として両公の扶持《ふち》でまかない、
わしは彼らと共に、月々、順番に、
両家に滞在することにする。わしが保留するのは
王の名と、それにともなう栄誉だけだ。
統治の実権、歳入、その他の執行権は、

愛する婿たち、お前らのものだ。その証《あかし》として、
この宝冠[一]をそちたち二人に渡す、仲よく用いるがよい。

ケント　陛下、しばらくお待ちを。
わが王として常に敬い、わが父として慕い、
わが主君として仕え、わが偉大なる庇護者として
祈りのなかに御健勝を念じることと忘れしことなきリア王ならば
――

リア　弓はきりきりと引き絞られているぞ。矢面に立つな。

ケント　さ、射るなら射るがよろしい。二叉《ふたまた》の矢尻に
この胸を射抜かれようと。リアが狂えば、
ケントも礼節を忘れよう。ご老人、どうなさるおつもりか？[二]
権力が阿諛《あゆ》追従《ついしょう》に屈するとき、忠義の臣たる者、
恐れて口もきけぬとでもお思いか？　君主が愚行に走るなら、
直言するは名誉を重んずる者の務め。王国を手放しなさるな。
とくと熟慮の上、かかる忌まわしき軽挙妄動を
控えられよ。一命を賭《と》して申し上げる、

一　一五頁ト書にあった宝冠を指す。それはもともとリアが「一番愛していた」コーディーリアに与えるつもりのものであったと思われる。リアの宝冠でないことは確実で、彼は「王の名」の象徴として、それを額の上に「保留」している。

二　おそらく、すでにここで、リアは剣の柄に手をかける。

末の姫君の親おもう情愛は末のものではござらぬ。
声が低いからとて、その人の心が空《うつ》ろというわけではない。
空ろな器ほどよく響くと譬《たとえ》にもあるではありませぬか。

リア　ケント、命が惜しくば、黙るがいい。

ケント　この命など、将棋の歩《ふ》同然、
あなたの敵に向って投げ出してきた私だ、今さらなにが惜しい
　ものか。
あなたの安泰こそ何より大事と思っているばかり。

リア　退《さが》れ、目ざわりだ！

ケント　いや、目を見ひらいてもっとよく見るのだ[一]、リア。私は
　これからも変らず、
あなたの目線を導く誠《まこと》の的《まと》となっていよう。

リア　かくなる上は、アポロに懸けて――

ケント　かくなる上はアポロに懸けて、王よ、
あなたが神々になんと誓われようと、すべては無駄だ。

リア　おお、臣下の分際でなんたる雑言《ぞうごん》！　不信心者めが！〔剣

一　「もっとよく見る」、ここにリアの人生が彼に課することになる試練と〝教育〟の主題がある。副筋の主人公グロスターも、目をくりぬかれることによって物事を「もっとよく見る」ことができるようになるだろう。

の柄に手をかける〕

オルバニー
コーンウォール｝なにとぞ御堪忍のほどを。

ケント　抱えの医者を殺して、疫病神に謝礼を出すがいい。
先ほどの贈与の約束を撤回しないなら、
この喉《のど》から声の出るかぎり、あなたのやったことは
凶事《まがごと》だと、叫びつづけよう。

リア　黙れ、不忠者めが！
忠義づらするなら、その忠義に懸けて、とくと聴け！
お前はわしが誓ったことを破らせようとした、いまだかつて二《に》
言《ごん》した
憶えのないこのわしに。あまつさえ身分をわきまえぬ増上慢で、
わしの宣言と王たる権力の間に立ちはだかろうとした。
わしの生れついての自然な性質からしても地位からしても許し
がたいことだ。
わしの力のほどを見せてくれよう。不届きの始末、その報いを

受けるがいい。
この世の禍いから身を守る仕度に
五日の猶予を与える。六日目には、
わが王国にその憎むべき背を向けて出てゆくのだ。万が一、
十日経っても、追放のその身がわが領内にいるのがわかれば、
見つけ次第、即刻死刑だ。去れ！　ジュピターに懸けて、
このこと、断じて取り消しはせぬ。
ケント　では、さらば、王よ。このようなありさまでは、
自由はこの国から去り、残るは追放のみとなる。
〔コーディーリアに〕神々が至福の避難所にお導きくださいましょう。
姫のお考えは正しく、お言葉はまことに至当のものでございました！
〔ゴネリルとリーガンに〕お二人の御大層なお言葉が実行となって現れ、
その愛の言葉から良き結果が生れますよう。

では御一同、ケントよりお別れの挨拶を送ります、
慣れぬ他国にあっても慣れ親しんだ生き方をつづける所存。

〔退場〕

トランペット吹奏。グロスター、フランス王とバーガンディ公を案内して再び登場、侍者たちこれにつづく。

グロスター　フランス王ならびにバーガンディ公のお出ましでございます。

リア　バーガンディ公、
まず貴殿にお訊《たず》ねする、ここなるフランス王と
わが娘を求めて競われた御身《おんみ》から先に。
差し当たり持参金として、最少限、いかほどのものをお求めか。
それとも求婚の願い取り止めるお積《つも》りか？

バーガンディ　国王陛下、
すでにお示し下されたものよりも多くは望みませぬ。
王におかれても、よもやそれより以下のものを賜わるお積りで

はございますまい。

リア　バーガンディ公、
あれが大事な娘だったときには、わしもあれを高く値踏みして
いた、
が、今はあれの値も下落したのだ。公爵、それ、そこにあれは
いる。
見せかけなしの実ある者と自惚《うぬぼ》れるあの小柄な女の中身の何で
あれ、
いや、丸ごと全部、父たるわしの不興を添えて、
あとは無一物、それでも御意にかなうとならば、
それ、そこにいる、勝手にわが物となさるがよい。

バーガンディ　なんとお答えしてよろしいやら。

リア　さあ、どうなさる？　欠点しか持ち合わさず、
友もなく、今また親の憎しみを買い、
親の呪いを持参金とし、親の誓いによって勘当されたこの女を
娶《めと》るか、棄てるか？

バーガンディ　憚《はばか》りながら、
　そのような条件ではなんとも決めかねます。
リア　では、お棄てになるがいい。この身を造られた神々の力に
　懸けて、
　今お話ししたところがあれの財産のすべてなのだから。〔フラ
ンス王に〕さて、フランス王、
日頃の御厚情をないがしろにして、
自分の憎む者を差し上げるのは邪道というもの。
だからお願いする、お気持を変えて、
自然の女神さえわが子と認めるのを恥じる不人情者より、
もっとましな女人をお探しくだされい。
フランス王　これはまた異なことを仰せられる。
今が今まで御寵愛の的《まと》、
御自慢の種《たね》、御高齢の慰め、
最善最愛のお方であった姫君が、またたくまに
途轍もない奇怪な罪を犯して、

御偏愛の十二単《じゅうにひとえ》をみずから剝ぎとるとは。
さだめしその罪は怪物じみた不自然きわまるものに相違なく、
さもなくば、これまでの御高言の愛情も
真心からのものではないことになりましょう。
姫君がそのような罪を犯したとは、奇蹟ならともかく、
理性では到底、私には信じられぬことです。

コーディーリア　陛下、お願いでございます、
(お怒りの原因《もと》が、心にもないことをなめらかに言いまわす術《すべ》
を知らず、
思い立ったことは言うより先に行うこの身の性《さが》にあるのなら
ば)
一言おっしゃって頂きとうございます。
御寵愛を失ったのは、
悪徳の汚点《しみ》のせいでも、人殺しや汚らわしい過ち、
淫らな行い、恥ずべき振舞いのせいでもなく、
ひとえに、欠けているのがわが身の富と思えるもののせいだっ

たことを。

たとえば、いつも物欲しげな目つき、いっそ無くてうれしい舌のそよぎ。

でも、それが無いため、お父さまの愛情を無くしてしまいましたけれど。

リア　お前など生れてこなければよかったのだ、わしの気に入る入らぬは二の次だ。

フランス王　それだけのことなのですか。生れつき口が重く、心でしようと思っていることを言わずじまいにする、世間によくある話ではありませぬか。バーガンディ公、この御婦人にどうお答えするお積りか?

肝心な点を避けた思惑が混じれば、もはや愛も愛ではない。姫を娶《めと》られるか?

お身柄だけが持参金の姫を。

バーガンディ　陛下、当初お申し出の分だけ頂戴できますなら、

ただちにコーディーリア姫をお迎えし、
バーガンディ公爵夫人といたします。

リア　いや、何も差し上げられぬ。断言したとおりだ。二言はない。

バーガンディ　それではお気の毒ながら、お父上を失ったあなたは
夫をも失わなければならない。

コーディーリア　ご安心あそばせ、バーガンディ公！
財産目当ての愛情をお持ちの方の妻などに、
いったい、だれがなりましょう。

フランス王　美しいコーディーリア、あなたは富を失ってこよなく豊かに、
棄てられてこよなく貴重に、蔑《さげす》まれてこよなく愛《いと》しいものになられたのだ！
あなたとその高潔な心を、私はこの場で摑み取る、
棄てられたものを拾い上げて、どこが悪かろう。

神々よ！　不思議なことだ、あなた方が冷たく見棄てたがゆえに、
私の愛が火と燃え、熱い敬愛に変じるとは。
王よ、無一物の御息女は賽子一擲《さいころいってき》、たまたま私の手に落ちましたが、
今こそ私の妃《きさき》、わが同胞の、わが美わしのフランスの王妃となりました。
水ゆたかな国バーガンディの水っぽい心の公爵など何人こようと、余人は知らず、
私にとっては値踏みもかなわぬこの貴い乙女を買い取るわけにはゆかぬ。
さ、コーディーリア、皆さんにお別れを、たとえ情けを知らぬ人たちであろうと。
あなたはここを失い、もっとましな場所を見出すのだ。

リア　それはあなたのものだ、フランス王。ご自由になさるがいい。

わしにはそんな娘はおらぬし、そんな顔、
二度と見たくもないからな。さ、とっとと出てゆけ、
恵みも愛も祝福もくれてやらんぞ。
さあ参ろう、バーガンディ公。〔トランペット吹奏。リア、バーガンディ、コーンウォール、オルバニー、グロスター、侍者たち退場〕

フランス王　姉上たちに御挨拶を。

コーディーリア　お父さまの大事な宝のお二人に、コーディーリアは
涙ながらにお別れいたします。お姉さま方のお人柄はよく存じ上げております。
ただ妹の身として、お二人の欠点をありのままにあげつらうのは
なによりも辛《つろ》うございます。どうかお父さまをお大切に。
お口でおっしゃったとおりの御孝心に、父上をおあずけいたします。
でも、ああ、お父さまの御勘気に触れた身の上でないなら、

もっとましなところにお連れするのだけれど。

では、お二人ともご機嫌よろしゅう。

リーガン　ああしろこうしろと、なんて差し出がましいこと。

ゴネリル　せいぜい御主人のお気に入られるよう努めることね。

運命の女神の施しと思って、あんたを拾ってくれた奇特な人なのだから。

あんたに欠けているのは従順、

だから何もかも無くしたのは当然の報いよ。[一]

コーディーリア　包み隠した術策も、時がたてば明るみに出ることでしょう。

秘めた悪事は、いつか必ず恥と嘲りの憂き目をみずにはすみませぬ。

では、せいぜいお栄えなさいませ！

フランス王　さ、コーディーリア、行こう。〔フランス王とコーディーリア退場〕

ゴネリル　ねえ、いろいろと話しておきたいことがあるの。二人

一　原文は「だから気をつけないと、御主人の愛も失うのが落ちよ」とも、解せられる。

に直接関係のあることよ。お父様は今夜にもここをお立ちになると思う。

リーガン　それは確かね。そしてお泊りはお姉様のところ。来月はわたしのところ。

ゴネリル　このごろはお年のせいで、ずいぶん気まぐれになったわね。気をつけて見ていると、ちょっとやそっとのことじゃないもの。これまでいつも一番かわいがっていた妹をあんなふうに抛り出してしまうなんて、分別がなくなった何よりの証拠よ。

リーガン　年のせいでぼけてきたのよ。そういえば昔から自分のことはあまり分かっていなかった。

ゴネリル　一番元気で盛んなときでも、短気で激しやすかった。ましてや年だもの、長年のあいだに深く根づいた気性の歪みばかりか、体が弱って気ばかり高ぶる老人の癖、始末におえぬ我が儘までしょいこむ覚悟をしておかなければね。

リーガン　わたしたちだって、いつケントを追放したような突飛な気まぐれに見舞われるか分かったものじゃない。

ゴネリル　フランス王と父上との別れの挨拶がまだあるはず。ねえ、しっかり手を組んでいきましょうよ。父上に今のような気性で威張り散らされたのでは、せっかく権力を譲られても、こちらは迷惑するばかりだもの。

リーガン　もっとよく考えておかなくては。

ゴネリル　いいえ、何かしなくては、それも急いで。鉄は熱いうちに打たなければ。〔二人退場〕

第二場――グロスター伯の居城

エドマンド、一通の手紙を持って登場。

エドマンド　自然よ、あんたこそ、おれの女神だ。
あんたの掟にだけは従う。一体、なんだって悪疫のような習慣
に囚《とら》われ、
国の糞やかましい法律のままに権利を奪われなければならぬの

か。
一年かそこら兄貴より遅れて生れてきたためなのか？
なにが妾腹だ？　なにが下賤な生れだ？
五体の釣合いは完璧、
気性は凛々《りり》しく、姿かたちは親父《おやじ》そっくり、
どこが違う、貞女の奥方様の御子息とやらと？
なんだって世間の奴らはおれたちに烙印を押すのだ、
下賤な生れだの、父《てて》なし子だの、妾腹だのと？　下賤？　下賤
だと？
いや、おれたちこそ、人目を忍ぶ欲情が造った自然の産物、
それだけたっぷり、心身の養分と激しい活力を親から授かって
いるのだ。
退屈、陳腐、飽き果てた寝床のなかで、
夢かうつつか、欠伸《あくび》まじりの間に出来た
世の阿呆どもとは、どだい訳がちがう。
よし、そうと決まれば、嫡子のエドガーさんよ、あんたの領地

一　一幕一場、一四頁八行のケントの科白参照。

は頂きだ。
親父の愛情が妾腹のエドマンドと嫡子のあんたとで違うはずもない。[一]
結構な言葉だよ、〝嫡子〟というのは！
よし、わが嫡子殿、この手紙が功を奏して、
おれの計画がうまく運べば、下賤な生れのエドマンドさまが、
嫡子殿に取って代わって上になるのだ——おれは世に出る、栄えてみせる。
いざ、神々も奮励勃起して、[二] 世の妾腹たちに味方し給え！

　　グロスター登場。

グロスター　かくしてケントは追放！　フランス王は激怒して御帰国！
そして王は昨夜、御出立！　権力をおんみずから限定されて！
今はあてがい扶持《ぶち》のお暮し！　これがすべて一度にどっと飛び出したのだ、

一　一幕一場、一四頁一一—一三行参照。
二　原文は'stand up for'——「味方する」という尋常な意味の底に、性的隠喩が秘められているのは確実だ。

蜂の巣をつついたように！——おや、エドマンド、どうした？
何かうれしい便りでも？[一]

エドマンド　いえ、父上、別に何も。〔手紙を隠しに入れる〕

グロスター　ではなんだって、そんなに慌てて手紙を隠そうとするのだ？

エドマンド　お知らせするようなことは何もございません。

グロスター　何を読んでいたのだ？

エドマンド　いえ、何も。[二]

グロスター　何も？　じゃどうしてあんなに慌てふためいて隠しに押し込む必要があったんだ？　何でもないもの[三]なら、隠す必要などあるまいが。見せてみろ、さあ。何でもないものなら、眼鏡も要るまい。

エドマンド　なにとぞ御勘弁のほどを。実は兄上からの手紙で、まだ全部に目を通したわけではありませんが、読んだかぎりでは、とてもお父上にお見せできるようなものではないと心得ます。

一　好色な彼はエドマンドの持っている手紙を恋文とでも思っているらしい。

二　'nothing'——副筋、グロスター父子の〝家族物語〟の悲劇もまた、この一語ではじまる。

三　「何でもない」'nothing'の反復に注目すべきである。

グロスター さ、その手紙をよこすのだ。
エドマンド お渡ししてもしなくても、お怒りを買うことになりましょう。内容はその一部を理解しただけでも、感心できる代《しろ》物《もの》ではなさそうです。
グロスター 見せろ、見せるのだ。
エドマンド 兄上の弁護のために一言、申し上げますなら、この手紙は私の心を味見して試すために書かれたものと思われます。
グロスター 〔読みあげる〕「敬老という老人どもの仕組んだ狡猾な仕来たりのお陰で、あたら人生の盛りにあるわれわれにとって、この世は苦々《にがにが》しいものとなっている。世襲の財産はわれわれの手もとから遠ざけられ、いざ手に入ったときには、もはやこちらは老いぼれていて、それを味わい楽しむこともままならぬ始末だ。おれはこの頃、老人の専制に押さえ込まれているのは、くだらぬ馬鹿げた隷属だと痛感しはじめている。老人が支配するのは奴に力があるからではなく、こちらが温和《おとな》しく忍従しているからだ。来てほしい、この件についてもっと話したいから。

もし親父が眠るも醒《さ》めるも、死ぬも生きるも、こちらの意のままになれば、そのときは収入の半分は永久にお前のものとなり、お前は兄に愛されながら人生を生きることになる。エドガー」――ふむ！ 陰謀だ！「眠るも醒めるも、死ぬも生きるも――収入の半分はお前のものとなり」。わが子のエドガーが！ こんなことを書く手があれにあったのか？ こんなことを思いつく心と頭があったのか？ これが届いたのはいつだ？ だれが持ってきたのだ？

エドマンド　だれが持ってきたというわけのものではありません。なかなか巧妙な手口です、私の部屋の窓から投げ込んであったのです。

グロスター　これは確かにお前の兄の筆跡《て》か？

エドマンド　書かれていることが良いことなら、憚ることなく兄上のものと断言もいたしましょうが、こういうものでは、違うと考えとう存じます。

グロスター　これは確かに、あれの手だ。

エドマンド　確かに兄上の手に相違ありませんが、しかし兄上の本心はこの手紙の中にはないのでは。
グロスター　このことで、以前、お前の肚《はら》を探ったことはなかったか?
エドマンド　いいえ、一度も。でも兄上が口癖のように、こう主張するのは耳にしております。息子が一人前の大人《おとな》になり、父親が老い衰えれば、親が子の世話になり、子が親に代ってその収入を管理するのは、当然だと。
グロスター　悪党、悪党め! この手紙そっくりの考えだ! なんて忌まわしい悪党なのだ! 人道の自然に背く憎むべき畜生同然の、いや、畜生にも劣る悪党だ! さ、奴を探してこい。ひっ捕えてくれる。言語道断な悪党め! 奴はどこにいる?
エドマンド　よくは存じません。が、今しばらくお怒りは押しとどめ、兄上の心の内を明かす証拠を本人から直接引き出すまでお待ちになったほうが、穏当確実な方法かと存じます。それをもし、兄上の真意をとりちがえて向う見ずに突き進みなさいますなら、御一身の名折れとなるばかりか、兄上の孝行の真心をも粉ごなに打ち砕くことになりましょう。兄上のためにこの命を懸けて申し上げます、兄がこれを書いたのは父上に対する私の愛情を試すためであって、他になんの危険な意図があったわけではありません。

グロスター　お前はそう思うか？

エドマンド　父上がよしと御判断なされるならば、われわれ兄弟がこの件について相談するのをお聴きになれる場所に御案内いたします。御自分の耳でじかに確かめ、御得心なされますよう。それも取り急ぎ、今晩にも。

グロスター　あれがそんな大それた怪物であるはずはない。

エドマンド　事実、そんなことはありません。

グロスター　――これほど優しく心から愛しているこの父に対して。滅相《めっそう》もない！　エドマンド、あれを探し出せ。あれに巧く取り入って信用させるのだ、いいか。万事、お前の分別にまかせる。身分や体面などかまってはいられぬ、あれが白か黒かはっきりさせるためには。

エドマンド　ただちに探してまいります。手立てが見つかり次第、ことを運び、委細はいずれ御報告いたします。

グロスター　最近のあの日蝕や月蝕、あれはみんな不吉な前兆だ。いくら自然の学問がかくかくしかじかとその原因を説明して見せたところで、その結果が人の世の自然に禍いすることに変りはない。愛情は冷え、友情は衰え、兄弟は互いに争う。町には暴動、田舎には不和、宮廷には謀反が起り、そして親子の間はひび割れる。あの非道の息子も、まさにこの予言どおりだ。子は親にそむき、王は自然の正道からそれ、父は子をさいなむ。もう世も末だ。陰謀、虚偽、裏切り、破滅を呼び込む世の乱れの数々が、不穏にもわれらを追って、墓場まで追いつめる。エドマンド、あの悪党を見つけ出せ。お前には損はかけぬ。慎重にやるのだぞ。そうだ、あの高潔廉直な御仁、ケントは追放されたのだった！　その罪たるや正直にあったという！　なんとも不思議な話だ。〔退場〕

一　月のラテン名は Luna で、阿呆・狂人を意味する英語は 'lunatic' である。

二　原語は 'influence'――ラテン語源で「流れ込む」の謂。天体の発する霊妙な液体が地上の人間の中に流れ込んで、彼の性格や運勢を決定する。これは中世・ルネサンス期に支配的な通念だった。それを否定するエドマンドは、当時出現した「新＝人間」、この国現代の俗語でいえば「新人類」である。いや、彼はスコラ哲学の天動説、紀元二世紀以来のプトレマイオス的宇宙観にとってかわろうとしていた地動説、つまり「新学問」と呼ばれた近代自然科学の宇宙観、いわゆるコペルニクス的転換の時代の申し子であった。

三　ここに、ただ好色のみの結果として世に産み落と

エドマンド　馬鹿もここまでくれば、あっぱれだ。運が向かなくなると、いや、大抵は自業自得にすぎないのに、禍いを太陽や月や星のせいにする。悪党になるのは天然自然の必然、阿呆になるのは月の影響[一]、ごろつき、盗っ人、裏切り者になるのは生れたときの支配星の運勢、酔っぱらい、嘘つき、間男《まおとこ》になるのは有無をいわせぬ強力な惑星の感化[二]による、といった塩梅《あんばい》だ。どんな悪事に染まろうが、すべては神の無理強いというわけだ。てめえの助兵衛根性を星のせいにするとは、なんて見事な女郎買いの言い逃れか[三]！　親父とお袋がつるんだのは竜座の尻尾《しっぽ》の下、おれが生れたのは大熊座《ウルサ・マヨール》の下だった。しかるがゆえに、このおれさまは荒くれで好色だということになる。ふざけちゃいけねえ！　たとえこの庶子さまが孕《はら》まれたとき、天空に純潔無比のお星さまが瞬いていたとしても、おれはおれ、今あるとおりのおれになっていたさ[四]。あ、エドガーだ――

された庶子エドマンドの、父に対する暗く結ぼれた憎しみと侮蔑がある。

四　原文は'I should have been that I am'. 神がみずからモーセに示した名乗りは'I am that I am'――「われはわれなり」(出エジプト記第三章一四節)であった。「おれはおれだ」、この神聖冒瀆的な自称はリチャード三世、イアーゴーをはじめとするシェイクスピア劇の、ひいてはエリザベス朝の劇作品に登場するいわゆる悪党たちの決まり文句である。いや、シェイクスピア自身、世間に向って「おれはおれなのだ」と不遜に歌っている(十四行詩一二一番)。が、近代の個人主義はこのような個人の自意識からしか出てきようがない、これもまた真実である。

エドガー登場。

エドマンド　お誂え向きの出《で》ときたな、昔の喜劇の大詰そっくりだ。それを受けるおれの切っ掛けは、見るも哀れな憂鬱型の役[一]どころ、瘋癲院《ふうてんいん》ベドラム[二]を抜け出した気違い乞食トムよろしく溜息をつくことだ。ああ、最近のあの日蝕や月蝕、あれはみんなこの頃の不和分裂、うちつづく不協和音すべての前兆だったんだ。ああ、ファ、ソ、ラ、ミ……[三]

エドガー　どうした、エドマンド！　何をそう真剣に考え込んでいる？

エドマンド　先日読んだ予言のこと、近頃の日蝕月蝕につづいて何が起るか、それが心配なもので。

エドガー　お前、そんなことが気になるのか？

エドマンド　そこに書いてあることが事実、不幸にして起っているものですから。自然にもとる親子の確執、死者の続出、飢饉、年来の友誼の解消、国内の分裂、国王貴族にたいする威嚇と呪

一　例えばハムレット。

二　ロンドンに古くからあったベツレヘム精神病院。まもなくエドガーがこの気違い乞食に扮することになる。

三　前行で「不和分裂」と訳出した原語は'divisions'で、これは音楽用語としては「音階」を意味する。日蝕や月蝕によって時勢を占う父の愚かな迷信を信じる振りをして、兄を術中に陥れようと図るエドマンドは多分、聞えよがしに「父上(*Father*)のおっしゃるとおりだ」といいかけたに相違ない。が、それでは手の内が見えすぎると思い返した彼はすぐさま「ファ(*Fa*)、ソ、ラ、ミ……」と音階の鼻唄に転換する。

詛、いわれなき猜疑、友人の追放、軍隊の離散、婚約破棄、数えあげればきりもない始末。

エドガー　いつからお前、占星術の信者になったんだ?

エドマンド　ところで、父上とは最近いつお会いになりました?

エドガー　つい昨夜のことだ。

エドマンド　お話しなさいました?

エドガー　無論。二時間もたっぷりとな。

エドマンド　それで、気持よくお別れになれました?　父上のお言葉や態度に御不興の様子はありませんでした?

エドガー　いや、全然なかった。

エドマンド　ようくお考えになってみてください、父上のお気にさわるようなことを何かなさらなかったかどうか。とにかくお願いですから、しばらく父上にはお会いにならぬように。いずれそのうち御不興の熱も冷めるでしょうが、今のところは、かっかと燃えて、兄上の身に危害を加えるくらいでは納まりそうにない勢いです。

エドガー　どこかの悪党があらぬ告げ口でもしたにちがいない。

エドマンド　そこです、私の心配しているのも。どうかお怒りのほとぼりが冷めるまでじっとこらえて、お会いになるのは控えて頂きたいのです。よろしいですか、当分、私の部屋に身を隠していてください。適当な折りを見はからって、きっと父上の話がお聞きになれるようにして差し上げますから。さ、どうぞ、御遠慮なさらずに。これが部屋の鍵です。外に出られる際は、武器を持つのをお忘れなく。

エドガー　えっ、武器を持てだと！

エドマンド　兄上のお為《ため》を思えばこその御忠告。嘘は申しません、兄上に悪意を抱く者がどこにいるやらわからないのですから。ただ、この目で見、この耳で聞いたことをお話ししたまでです、といっても遠回しに。事実そのままの恐しさは、とても口にはできません。さ、お出でなさい、一刻も早く。

エドガー　様子はすぐにも知らせてくれるだろうな？

エドマンド　御安心ください、この件についてはきっとお力にな

ってみせますから。〔エドガー退場〕
親父は大のお人好し、兄貴は気高い間抜け者、
人を害することなど夢にも思わぬ生れつき、
おかげで人を怪しむことを知らぬ。この馬鹿正直の馬に跨《またが》り、
わが策略の手綱さばきは思いのままか！　この一件、先は見えた。
生れで得られぬ土地ならば、知恵で奪って見せてやる、
目的にかなうものならば、手段はなんでも結構だ。[一]〔退場〕

第三場――オルバニー公の館の一室

ゴネリルと執事オズワルド登場。

ゴネリル　では父上が家《うち》の者をお打ちになったというのだね、お抱えの道化を叱ったというので？

オズワルド　はい、左様でございます。

一　新時代の政治学、現実政治（レアールポリティーク）の哲学、すなわちマキアヴェリズムである。

ゴネリル　夜昼幕なしに迷惑をおかけになる。次から次へと、突飛に非道《ひど》い仕打ちをなさるものだから、屋敷じゅう争いごとが絶えやしない。もう我慢がゆかぬ。お付きの騎士たちの乱暴狼藉は増すばかり、父上は父上で取るに足らぬことで、いちいち私たちを責めなさる。狩りからお帰りになっても、口などきくものですか。気分がすぐれぬからと、そうお伝えしておくれ。お前もこれまでどおりの御奉公はせずともよい。その咎《とが》は、この私が責任をとるから。

オズワルド　御帰館のようでございます。お声が聞えます。〔奥から角笛の音〕

ゴネリル　なんでも好きなように、うんざりした投げやりな態度を見せておやり、お前ばかりか仲間みんなで。それが問題になれば、こちらの思う壺。

お気に召さぬというなら、妹のところへ行ってもらうしかない。
あの人の心も私のと一つで、抑えつけられるのが
大の苦手なのは百も承知のことだけれど。
ほんに愚かな老人というのは始末におえない、一度手ばなした
　権力を
いつまでも振りまわそうというのだから！　正直な話、
老いぼれれば、赤子に返ったも同じ、
おだてられていい気になったら、叱りつけてやらなくては。
いま申したこと、忘れるでない。

オズワルド　はい、決して。

ゴネリル　お付きの騎士たちも、今までより冷たくあしらってお
　やり。
その結果どうなろうと、かまうことはない。仲間のみんなにも
　そう伝えるがいい。
これを機に何か起ればもっけの幸い。そうなったら
思う存分、言いたいことを言ってやる。妹にすぐ手紙を書いて、

同じ方針をとらせよう。夕食の支度をしておくれ。〔二人退場〕

第四場——前場と同じ、玄関広間

ケント、変装して登場。

ケント この上おまけに、声色まで人のを借りて、日頃の口振りをごまかすことができさえしたら、おれの善意も見事に実を結ぶかもしれぬ。こうして髭《ひげ》まで剃り落とし姿を変えたのも、そのためなのだからな。追放されたケントよ、罰を受けた身でなおも留まり御奉公できるなら、お慕いする主君に忠勤の労をねぎらって頂ける日も来よう。

奥で角笛の音。リア、騎士と侍者を率いて登場。

リア 一刻も待てぬ、食事だ。早く支度せい。〔侍者一人退場〕

おい、お前は何者だ？

ケント　ただの男。

リア　何をやっている？　わしに何の用だ？

ケント　何をやっていると言われても、見てのとおりの者でして。[一] 信用してくれる人には真心こめて仕え、正直者が好きで、かしこくて口かず少ない人には付きそい、神の裁きを恐れ、よんどころないときには喧嘩もする、魚は食わない。[二]

リア　一体、何者なのだ？

ケント　まっ正直なやつで、この国の王さま同様、貧乏暮らし。

リア　お前が臣下として貧乏なのは、この国の王が王として貧乏なのと同様というのなら、たしかにお前は貧乏だ。何が望みだ？

ケント　奉公。

リア　誰に奉公したい？

ケント　お前さまに。

リア　おい、わしが誰か知っているのか？

一　原文は 'be no less than I seem'——たしかにケントにあって、「実質」'be' と「見かけ」'seem'、内と外とは一致している。そこに彼の誠実・正直な人柄があるわけだが、けだし人間ないし世界の「実質」と「見かけ」の幸せな一致が崩れ去るのを深く暗く認識するところに、『ハムレット』以来のシェイクスピア悲劇が生れる最深の根源があったのである。

二　魚を食べるのはカトリック教徒。つまりケントは、自分は忠実なプロテスタントだと言っているわけだ。無論、作者はこれがキリスト教化以前の悲劇という時代設定に矛盾するのを重々承知している。また〝魚〟は娼婦の隠語でもある。

ケント 知らない、けれどお前さまの態度には御主人と呼びたくなるようなところがある。

リア それは何だ？

ケント 威厳。

リア どんな奉公ができる？

ケント 名誉にかかわる秘密なら守る。お使いなら馬でも徒歩《かち》でもとっとと走る、飾りたてた口上なら話すそばからぶちこわし、飾りけのない伝言ならぶっきらぼうに届ける。普通の人間にできることなら、なんでもやれる。一番の取り柄は勤勉。

リア 年《とし》はいくつだ？

ケント 歌がうまいからとて女に惚れるほどの青二才でも、また、なにがなんでも女にうつつをぬかすほどの老いぼれでもない。あたしは四十八年の甲羅《こうら》をへている。

リア ついて来い、使ってやる。晩飯を食べたあともお前が嫌いにならなかったら、もう手ばなさないぞ。飯だ、おおい！　飯だ！　小僧はどこにいる？　おれの道化は？　行って、おれの

道化を呼んでこい。〔侍者一人退場〕

オズワルド登場。

リア　おい、おい、お前だ、娘はどこにおる?

オズワルド　御免なすって――〔退場〕

リア　あいつ、今、何って言った? あの頓馬《とんま》を呼びもどせ。

〔騎士一人、退場〕

わしの道化はどこだ? ええい、じれったい! 世界じゅう、眠っているのか。〔騎士ふたたび登場〕

どうした! あの野良犬《のらいぬ》はどこに行った?

騎士　奴が申すには、奥方様は御不快とのことであります。

リア　あの下郎、なぜ戻って来ない、わしが呼んでいるというのに?

騎士　厭《いや》だと一言、なんとも無礼千万な答えようでした。

リア　厭だと!

騎士　くわしい事情は存じませぬが、拝見するところ、陛下に対する御処遇に以前のような礼儀正しい情愛が欠けているように思われます。優しい心遣いがはなはだしく失われた様子は、家来衆のみならず、公爵御自身にも、それから奥方様にさえうかがわれます。

リア　えっ！　それ、まことのことか？

騎士　間違っておりましたならば、なにとぞ御容赦のほどを。お仕えする者として、陛下が不当な扱いをお受けになっていると思えば、黙って見すごすわけにはまいりません。

リア　いや、お前はただわし自身が考えていたことを思い出させてくれただけだ。近頃、いささか疎略にされているとはうすうす感づいておったが、それは穿《うが》ちすぎの邪推だとみずからを責めて、まさか実際、奴らに不人情な下心と企みがあろうとは思ってもみなかった。このこと、もっと注意して様子を見ることにする。それにしても、わしの道化はどこにいる？　この二日というもの、姿を見かけないが。

騎士　末の姫君がフランスへお立ちになってからというもの、道化はすっかりしょげ返っております。

リア　それはもう、言うな。わしも気づいておる。お前、娘のところに行って、話があると伝えろ。〔侍者一人退場〕お前はわしの道化を呼んでこい。〔他の侍者退場〕

オズワルド再び登場。

リア　おお、あんたか。どうぞこちらに。このわしを誰だと思いなさる？

オズワルド　奥方様のお父上と。

リア　「奥方様のお父上」だと！　お館《やかた》様の茶坊主めが。この父《てて》なし子の犬畜生め！　この下司《げす》下郎《げろう》！　この野良犬め！

オズワルド　手前はそんな者じゃありません、はばかりながら。

リア　口答えする[一]のか？　こいつ。〔オズワルドに殴りかかる〕

オズワルド　打たれっぱなしというわけには参りませんよ。

ケント　足をすくわれっぱなしというわけにも参らないか、この蹴球《フットボール》[二]遊びの下司野郎。〔足をすくう〕

一　原語は'bandy'で、ボールなどを打ち合う意。テニスの隠喩がひそんでいる。

二　当時は下層階級の子供が路上でやった遊び。貴族の球戯はテニスか芝生でのボウリング。

リア　礼を言うぞ。お前は忠義な奴だ、目をかけてやる。

ケント　さあ、起きてとっとと失せろ！　身の程《ほど》はいくらでも知らせてやるぞ。さ、行け、行くんだ！　そのどでかい図体の長さ、もう一度計ってみたけりゃ、残るがいい。いや、ぐずぐずせずと、失せたがいい！　おい、お前、脳なしか？〔オズワルド退場〕そう、それでよし。

リア　お前の親切、有難く思うぞ。さ、これが手付けだ〔ケントに金を与える〕、今後とも忠勤にはげむがよい。

道化登場。

道化　おいらもそいつを傭《やと》ってやろう。この鶏冠帽《とさかぼう》一くれてやる。

〔自分の帽子を差し出す〕

リア　おや、どうした可愛い小僧！　久しぶりだな。

道化　さあ、この鶏冠帽、受け取ったがいいよ。

ケント　なぜだ、道化？

道化　なぜって、落ち目のやつの肩をもつからさ。風向き次第に

一　道化の制帽。天辺に雄鶏のとさか状のものが載り、その上に鈴が一つ付いている。

愛想わらいができんようじゃ、風に当たってすぐ風邪ひいちゃうよ。さ、この帽子とっときな。なんと、こいつは二人の娘を追い出して、三番目のに心ならずも祝福を与えちまったんだよ。[一] そんなやつについていくっていうなら、この鶏冠帽をかぶらなきゃだめだ。どうだい、おっさん！　おいらも鶏冠帽二つ、娘が二人、あったらいいな！

リア　なぜだ、小僧？

道化　おいらだったら身上《しんしょう》全部娘どもにくれてやっても、帽子はとっとくね。馬鹿さ加減の証拠《しるし》にさ。さ、おいらのをとっときな。もう一つ証拠が欲しけりゃ、娘さんたちにねだるがいいよ。

リア　気をつけろ、こいつ。鞭《むち》だぞ。[二]

道化　正直者は犬ころ同然、鞭をくらって追い出され小屋にひっこむのが定め。口先達者なやんごとなき〝牝犬さま〟は炉辺《ろばた》でぬくぬく、臭い屁《おなら》をひり遊ばしているというのに。[三]

リア　なんと酷い、苦々しいことを言うのだ[四]！

道化　おい、いいこと教えてやろうか？

一　事実を裏返して相手の弱みをつくのは、道化のレトリックの常套。

二　お抱え道化は何をいっても許される「天下御免」の職業であるが、度を過ごせば罰として鞭を受けるのが仕来たりだった。

三　解説、二九七―八頁参照。

四　コーディーリアを追放したリアを阿呆(＝道化)と化そうとする道化の口舌の戦略は、すでに功を奏しはじめているようだ。

リア　言ってみろ。

道化　ようく聴いているんだよ、おっさん。
金があっても見せびらかさず、
知ってることでも口はつつしみ、
持っていても貸すのは惜しみ、
てくてく歩くよりは馬に乗り、[一]
人の話は真《ま》に受けず、
最後の一文《いちもん》まで賭けるは禁物、
酒と女には手を出さず、
おとなしく家にこもっているならば、
十が二つで二十より
たんまり儲《もう》かるのはきまってる。

ケント　何でもない、つまらんこと[二]を言うな、道化。

道化　じゃ、礼金なしの弁護士の弁論そっくりというところだな。あんた、何にもくれなかったもんな。おっさん、何でもないものを何とか使う算段、知ってるかい？

一　靴底をへらさないため。

二　原語は'nothing'である。次の道化の科白に繰り返される「何にも」「何でもない」も同一の語である。

リア　知るものか、小僧。何でもないものからは何も出て来はしない。[一]

道化　〔ケントに〕ひとつ、あんたからいってやってくれ。おっさんの土地の地代《あがり》が今じゃ何でもないものになっちゃったことを。道化のいうことなんか信じちゃくれないからな。

リア　なんて苦い、辛辣な道化だ！

道化　おっさん小僧、[二]お前さんわかってるのかい、苦い道化と甘い道化のちがいが？

リア　知らぬ、言ってみろ。

道化　　思案投げ首、あげくの果てに
　　　領地をゆずったお殿さま、
　　おいらの脇につれてきな、
　　そう、お前さんがその適役だ。
　　さあ、お立ち合い、すぐさま
　　甘い道化と苦い道化のご登場、
　　苦いのはここに、だんだら染めのお仕着せ姿、[三]

一　一幕一場、二〇頁六行の科白の反復。あるいは、道化がいった「使う算段」の原語は'use'であり、これは「利息」の意味にもなるのであれば、リアはその意味にとったのかもしれない。元金が「何でもない」ものなら、利息が生れる気づかいもないのは道理で、のちに歴然とうかがわれるように、リアにはもともと計算高いところがあるのだ。すかさず道化は、「土地」（=元金）を失って「地代」（=利息）が入らなくなったリアの愚かしさを諷することになる。

二　リアに「小僧」と呼ばれた道化の早速のお返し。

三　赤、緑、雑色まだらの道化の衣裳。

甘いのはそれそれ、そこに。[一]

リア　小僧、わしを阿呆呼ばわりするのか？

道化　お前さん、ほかの肩書きはみんな人にくれちまったんだから、持って生れたものしか残っちゃいないよ。[二]

ケント　こいつは全くの阿呆とばかりは申せませんな、殿。

道化　いや、全くの話、殿さまもお偉がたも、おいらだけを阿呆にしておかない。たとえ専売特許がこちらにあっても、よってたかって権利をわけてくれというにきまってる。ご婦人連もおんなじさ、おいらに阿呆の独り占め許しておくものか、ひったくるにきまってる。おっさん、卵を一つくれてみな、そしたら冠《かんむり》二つ、くれてやる。

リア　さて、どんな冠二つかな？

道化　なあに、わけない謎さ。卵をまっ二つに割って中身をくっちまえば、卵の殻の冠が二つできるだろうが。王冠をまっ二つに割って両方ともくれてやっちまったお前さんは、てめえの阿呆なロバをしょいこんで、ぬかるみを渡る破目になったたってい

一　リアを指さしながら。

二　つまりは根っからの阿呆＝「甘い道化」。

う話一だよ。黄金《きん》の冠をくれちまって裸になった、その薬缶頭《やかんあたま》の冠《おつむ》には知恵がなかったんだ。おいらのいうことが阿呆らしいというなら、そういうやつにこそ、まっさきに鞭をくれてやるがいい。

　ことしは道化の不作年《どし》。
　　利口なやつまで馬鹿になり、
　知恵めぐらす分別わすれ、
　　人まね小まね、猿芝居。

リア　いつからそんなに歌をおぼえたのだ二?

道化　おっさん、あんたが娘二人をお袋がわりにしちまったときからさ。だって、あんたは娘たちに鞭を手わたし、てめえでてめえの尻を剝《む》き出しにしたんだからな。

　そのとき娘二人はわっとばかりに嬉し泣き、
　　こちらは悲しみあまって歌となる。
　なにせ王さまは阿呆の仲間入り、
　　いない、いない、ばあの隠れんぼ。

一　イソップ寓話中の愚かな老人にたとえている。本来、自分を背に乗せるべきものを自分が背に乗せる、価値秩序の転倒の寓意である。

二　一五九九年頃、シェイクスピアの属する劇団に加入した道化役者ロバート・アーミン(一五六六?—一六一五)は、前任者ウィル・ケンプと違って歌の上手であった。『十二夜』の道化フェステ以後、シェイクスピア道化に歌があるのは、アーミンのお陰である。

たのむ、おっさん、お前さんの道化に先生つけて嘘のつきかた教えてやってくれ。喜んで勉強するぜ。

リア 嘘をついてみろ、ただではおかぬ、鞭をくれるぞ。

道化 こいつは驚いた、あんたとあんたの娘たちとは同じ穴の狢《むじな》だな。あの女《ひと》たちはおいらが本当のことをいうてんで鞭をくれる、あんたは、おいらが嘘をつけば鞭だという。ときには、だまっているてんで打たれることもある。道化だけにはなりたくないもんだ。といって、おっさん、あんたみたいになりたくもないな。あんたは両側から知恵の皮をひん剝《む》いて、中身は何にも残っちゃいないもんな。そうら、やってきた、ひん剝いた皮の一枚が。

ゴネリル登場。

リア やっと娘御の御到来か！　その眉間の八の字飾りはなんのためだ？　この頃、お前は顰《しか》めっ面ばかりしているな。

道化 あんたも娘さんのしかめっつらなんか気にしないでいられ

たところは、けっこうなご身分だった。ところが今じゃあ、桁《けた》なしの0《ゼロ》。おいらのほうがまだましだ、こちらは道化、あんたは何でもないもんな。〔ゴネリルに〕はいはい、まことにごもっとも、口はききません。お顔を見ればすぐわかります、何もおっしゃらずとも。

　しっ、しっ、しーっ。
なにもかも嫌気《いやけ》がさして、パンの身も耳も
あげてしまった挙句には、あげて口惜《くや》しいパンいちもん
　め。

〔リアを指さし〕あれは中身が空《から》っぽのサヤエンドウにございます。

ゴネリル　天下御免[一]のこの道化ばかりか、
傲慢無礼な御家来衆も、ひまさえあれば
喧嘩口論、たちまち乱暴狼藉をはたらく為体《ていたらく》。
到底、我慢がなりませぬ。委細をお知らせして
何らかの善処をと考えておりましたが、近頃の御様子、

一「解説」三三八頁参照。

お言葉といい、お振舞いといい、御自身、
この狼藉をお認めの上、後楯《うしろだて》ともなられて
唆《そそのか》しておいでなのではないかと、
今は心配いたしております。万が一、そのようなことがありま
すなら、
世の非難は必定、何らかの処置を早急に講じなければなりませ
ぬ。
国の安泰を強く願う者として、そのような処置を講じれば、
お怒りを買う仕儀となり、当家にとっても恥となりましょうが、
この際、已《や》むにやまれぬ事であるゆえ、
思慮ある手続きと認められもいたしましょう。

道化　おっさん、あんたもご存じさ、
　庭の雀が郭公《かっこう》の雛そだて、
　そだてたお礼に首くいちぎられた。[一]
かくて蠟燭《ろうそく》の火は消えて、国民《くにたみ》は闇の中。

リア　お前はこのわしの娘か？

一　郭公は他の鳥の巣に卵を産みつけ育てさせる。

ゴネリル　どうかお知恵をお用いになってくださいまし、
折角、たくさんお持ちになっていらっしゃるのですから。
近頃の御気分の惑いからお目覚めになって、
本来の御自身にお戻りになってくださいまし。

道化　どんな馬鹿だって、車が馬をひっぱってたら妙だと思うんじゃないの？[一]　おっと、ねえちゃん！　惚れてるよ。[二]

リア　誰か、このわしが分かる者はいるか？　これはリアではない。
リアはこんな風に歩くか？　こんな風に話すか？　彼の目はどこにある？
知力は衰え、分別は麻痺して――
ああ！　これでも目は醒めているのか？　いや、醒めてはいない。
誰かいないか、教えられる者が、わしが誰であるかを？

道化　リアの影法師さ。

リア　わしが誰であるか、それが知りたいのだ。国王の身分、知

一　ふたたび価値秩序の転倒の寓意。
二　ゴネリルににらまれたので、古い戯れ唄に逃げてかわす。

識、理性、そんな見せかけの印《しるし》にたぶらかされて、わしには娘
があると思い込んでいただけかも知れぬ。

道化 そう思い込んでたやつを、いいなりになるお父さまに仕立
てあげようてぇのが、やつらみんなの魂胆さ。

リア お名前は何とおっしゃる？

ゴネリル そういうお恍《とぼ》けこそ、近頃よくなさる
悪ふざけと同じ気味合いのもの。なにとぞ
私の意中を正しく御理解いただきとうございます。
人の崇《あが》める御老人ならば、何よりも賢くなければなりませぬ。
今こちらにはお供の騎士と従者、合わせて百人おりますが、
揃いもそろって粗暴、放蕩、不遜の輩《やから》、
お陰でこの宮廷も彼らの風《ふう》に染まって、
奔放無頼の旅籠《はたご》も同然。酒色に耽る手合いのために
居酒屋か娼家の風情に堕して、
とても国王のいます宮殿とは思われませぬ。
この恥辱を拭う応急の措置を施さねば。お願いにございます、

お聞き入れ頂けなければ、こちらで勝手ながら始末せねばなりませぬが、
少々、お供の数を減らして頂きとうございます。
なおお供として残りお仕えする者は
御老齢にふさわしい者、つまりは各自、身の程を知り、
主人の置かれている立場をもよく心得ている者だけにして頂きます。

リア　この世は闇か、悪魔の巣か！
馬に鞍を置け。供の者を呼び集めろ。
腐れ果てた父《てて》なし子め！　お前の世話にはならぬ。
わしにはまだ一人、娘がいる。

ゴネリル　あなたは私の館の者をお打ちになる、家来衆は家来衆で、
あの乱暴者たちは目上の者を顎《あご》で使うという有様なのに。

オルバニー登場。

リア　ああ、後悔は先に立たずか。おお、やっとお出ましか！　これは貴公の差《さ》し金《がね》か？　さ、返答せよ。〔家来に〕馬の用意を。忘恩よ、石の心の悪魔よ、お前がわが子の形を借りて現れた、その姿は深海の怪物[一]よりもおぞましい。

オルバニー　なにとぞ御堪忍のほどを。

リア　〔ゴネリルに〕憎い鳶《とんび》[二]め！　この嘘つきめ。わしの家来は選り抜きの希有《けう》な才能の持主ばかりだ。臣下の本分、その細目すべてを弁《わきま》え、如何に微々たる事であろうと名を汚すまいと命を賭《と》している。ああ、あんなに些細な欠点が、なぜコーディーリアの場合にかぎって、あれほど醜く見えたのか！　お陰で、父たるこの身の自然の骨組みは、梃子《てこ》を仕掛けたよう

一　四幕二場、二〇一頁六行、オルバニーも同じ表現を使うことになる。
二　腐肉をあさるもの、残忍と死の象徴。

に土台から
根こそぎにされ、この胸からは一切の愛情が抜き取られ、
苦い憎しみが募《つの》るばかりだった。ああ、リア、リア、リア！
この扉を打ち砕け〔自分の頭をたたきながら〕、あのような愚かし
さを引き入れ、
大事な分別を締め出したこの扉を！　さあ、出かけるんだ、み
なの者。〔ケントと騎士たち退場〕

オルバニー　お待ちを。私に責めはございませぬ。何をお怒りな
のか
全く存ぜぬ身でありますゆえ。

リア　そうかもしれぬ。
聞け、自然よ、聞け！　愛する女神よ、聞き給え！
この雌《めす》を孕《はら》ませるつもりがあるなら、
思いとどまってくれ！
こいつを石女《うまずめ》にしてくれ！
こいつの腹の生殖の器官すべてを干上がらせ、

こいつの腐った肉体からは、親の誉れとなるような子は
生れさせてくれるな！　どうしても産ませるというなら、
悪意の塊《かたまり》のような子を授けてやって、それが長じて
自然の情を知らぬ天邪鬼《あまのじやく》となり、この女の拷問の責め苦となる
ように！
その子のために、この若い女の額は皺《しわ》に刻まれ、
落ちる涙でその頬には溝が穿《うが》たれ、
子を育てる母親の苦労も恩愛もことごとく
嘲笑と侮蔑の種《たね》となり、恩知らずの子をもつのは
蝮《まむし》の牙に嚙まれるより如何ばかり苦しいものか、
この女に思い知らせてやるのだ！〔止めようとするオルバニー
に〕退れ、退れというに！〔退場〕

オルバニー　一体全体、どうしてこのようなことに？

ゴネリル　わけを知ろうなどと、お気を悩ませることもございま
すまい。
どうせ日頃の気まぐれ、勝手にさせておきましょう、

老いぼれのすることですから。

リア再び登場。

リア　何事だ！　供の者を一度に五十人も。半月もたたぬ間《ま》に！

オルバニー　一体、何事が？

リア　わけを話そう。〔ゴネリルに〕ええい、忌まいましい！　おれは恥ずかしい、大の男をこんなふうに身《み》悶《もだ》えさせる力がお前にあると思うと。こんなふうに熱い涙を止めどなくほとばしらせるのも、お前の力だと思うと。貴様など、疫病をもたらす疾風と濃霧に当って死んでしまえ！父親の呪いを浴び、その手当ての仕様もない深傷《ふかで》で、お前の感覚すべてが引き裂かれてしまうがいい！　老いぼれた愚かな目よ、この事で二度と泣こうものなら、抉《えぐ》り出してやる、

お前が流す涙もろとも、投げ棄ててやる、
粘土をこねるためにな。そうか、これが結末なのか？
ええい、勝手にしろ。わしにはもう一人、娘がいる、
あれは親切で優しい女だ、それは確かだ。
この事を聞き知ったら、あれは爪を立てて、
貴様のその狼のような面の皮をひん剝いてくれよう。
おれは以前のおれに戻って見せる、おれが永久に
かなぐり棄てたと貴様の思っている昔のおれに。〔退場〕

ゴネリル お聞きになりまして？

オルバニー いや、身贔屓《みびいき》はできない、ゴネリル、

どれほどきみを愛していようと――

ゴネリル ま、安心なさっていてくださいましな。ねえ、オズワルド、どこにいる！

〔道化に〕お前は阿呆っていうより悪党だね、主人のあとに付いておゆき。

道化 リアのおっさん、リアのおっさん！ 待ってくれ、道化も

いっしょに、阿呆のあんたといっしょに連れてってくれ。[一]
狐一匹つかまれば、
こんな娘もつかまれば、
さっさと首を絞めてやる、
おれの帽子で縄が一本買えるなら。
そしたら道化もついていく。〔退場〕

ゴネリル　あの人は結構な後楯があるもので、それで好《い》い気になっているのです。騎士が百人！
それこそ抜け目ない安全策というもの。なにせ百人の騎士をいつも武装させて手もとに置けるのだから。そうですとも、どんな夢を見ても、
どんな噂を耳にしても、またどんな妄想、苦情、不和が芽吹いても、
あの人は武力を借りて老いぼれの勝手次第を守り、
私たちの命を思いどおりにすることができるのだから。オズワルド、何をぐずぐずしている！

一　「道化」と「阿呆」の共存ないし一心同体、道化はつねにリアのもとにとどまりつづける。やがて彼は唄うだろう、「おいらは残る、阿呆は逃げぬ、利口なやつは逃げるがよかろ」(二幕四場、一一七頁一三—一四行)。そもそもリアを阿呆＝道化と化すのは、道化の役目である(一幕五場、八二頁注三参照)。

オルバニー　どうやら、心配が過ぎるようだね。

ゴネリル　信用し過ぎるよりは安全だわ。

気がかりな禍いはさっさと取り除いたほうがましです、禍いに見舞われるのではないかといつも怖れているよりは。あの人の心の内は分かっています。

あの人の言ったことは全部、妹に書き送ることにしました。

もし妹があの人と百人の騎士を養うようなら、
そんなことをするのは不当だと、手紙ではっきり説明してあるというのに——


オズワルド再び登場。

ゴネリル　あ、オズワルド、どう？
妹宛の例の手紙、書けたのだろうね？
オズワルド　はい、書き上げてございます。
ゴネリル　何人か供を連れて、早馬でお行き。
私がひそかに恐れていることを逐一お伝えするのだよ、

その恐れをいっそう確かなものにすると思えるものなら、
お前自身の考えも付け加えて。さ、お行き、
帰りも急いで。〔オズワルド退場〕
いいえ、もう何もおっしゃらないで。
そういうあなたの乳臭く生易《なまやさ》しい[一]なさりかたは、
いえ、お責めするつもりはございません、ただお許しを得て言
　わせて頂くなら、
国を害《そこな》う危険はあっても心優しいと賞賛されるどころか、
知恵が足りぬと、世間では謗《そし》られているのですよ。

オルバニー　きみの目がどこまで見きわめているかは、知らぬ。
　しかし、
良かれと努めて、良い事まで台無しにしてしまうことはよくあ
　ることだ。

ゴネリル　大丈夫、そのときは――

オルバニー　ま、どうなるか、成り行きを見よう。

一　マクベス夫人はマクベスにいう、「あなたの性質には人情の乳がありすぎる」(一幕五場一七行)。また、悪霊に向って「わたしの乳を苦い胆汁に変えておくれ」とも。

第五場――前場と同じ、中庭

リア、ケント、道化登場。

リア　この手紙を持参して一足先にグロスター[一]に行け。娘が手紙を読んで訊《たず》ねることに答える以外、たとえ知っていることでも言わんでよい。懸命に急いで行け、さもないとわしのほうが先に着くぞ。

ケント　この手紙届けるまでは、一睡もしやしません。〔退場〕

道化　脳味噌がかかとについてたら、脳味噌にもあかぎれができるかな？

リア　出来るだろうな、小僧。

道化　それじゃ安心だ。あんたの知恵はかかとにさえついてないんだから[二]、あかぎれができて、それでゆるい靴はかなきゃならん心配もないもんな。

リア　は、は、は！

一　コーンウォール公の屋敷が近くにある町。

二　リーガンの所にゆけば、事態はいっそう悪化することを道化はつとに見ぬいている。

道化　も一人の娘さんも類《るい》は友というからね、きっとやさしくしてくれるさ。あっちのもこっちのも同《おんな》じようなもの、野生のリンゴと畑のリンゴが似てるのと同じだからな。わかりきった話だよ。

リア　何がわかりきっているのだ、小僧。

道化　あっちもこっちも同じ味、リンゴはみんな同じ味ってぇことよ。あんた、わかるかい、なぜ鼻は顔のまんなかにあるのか？

リア　わからぬ。

道化　きまってらあな、鼻の両わきに目をつけておくためさ。嗅ぎだせなければ、目っけだせるようにな。

リア　あれ[一]には酷《むご》いことをした――

道化　牡蠣《かき》はどうやって殻をつくるか、知ってるかい？

リア　知らぬ。

道化　おいらも知らない。でもカタツムリがなぜ家をもってるかなら、知ってるぜ。

一　コーディーリア。今やリアの念頭を固定観念のように呪縛しはじめているのは、コーディーリアの影である。

リア　なぜだ？

道化　なぜって、頭を入れておくためさ。そいつを娘たちにくれちまって、角《つの》に寒い思いをさせないためさ。

リア　子を思う自然な情けなど忘れてしまおう。あんなに優しい父であったのに！　馬の用意はできたか？

道化　お付きのロバ[一]どもがせっせとやってるよ。七つ星[二]はなぜ、七つしかないか、そのわけはなかなか面白いね。

リア　八つはないからか？

道化　おみごと、当たりだ。あんたもいっぱしの道化になれそうだ。[三]

リア　力ずくでも取り戻してみせるぞ！　恩知らずの化け物めが！

道化　あんたがおいらの道化だったらな、おっさん、年よりさきに年とった罰《ばち》として、なぐってやるところだな。

リア　それはまた、どうしてだ？

道化　年とるのは、知恵がついてからにしてほしかったというま

一　ロバは愚か者の別称。

二　昴(すばる)。

三　中世伝来の道徳寓意劇で、〝悪役〟(〝ヴァイス〟)は〝人間〟を誘惑して、彼固有の悪に堕落させる。社会の最下層アウトサイダー、阿呆＝道化が社会内最高位の人間、「頭の天辺から足の爪先まで紛れもなき国王」(四幕六場、二二七頁八行)を誘惑して阿呆(＝道化)と化する。そして、この阿呆＝狂気は必ずや「狂気の理性」(二三二頁七行)につながるはずである。そういうところに、〝ヴァイス〟直系の血をひくシェイクスピア道化の比類ない劇的機能がある。

でさ。

リア　おお、天よ！　おれを気違いにしてくれるな、気違いにだけは。正気のままにしておいてくれ、気違いにはなりたくない[一]！

一紳士登場。

リア　どうだ！　馬の支度はできたか？

紳士　はい、できております。

リア　来い、小僧。

道化　〔観客に向って〕いまは生娘《きむすめ》、引っ込むおいらの長い一物《いちもつ》みてわらう、
そんな阿呆では長くは娘じゃいられまい、すぐにお宝やぶられる。[二]〔一同退場〕

一　リアの狂気の最初の予感。前注にいった道化の劇的機能は着々と果たされようとしている。

二　おそらく道化は男根を象徴する道化杖を股にはさんで、淫ら滑稽な仕草をしている。なお、この二行は他人の手による勝手な追加と考える編者も少なくない。が、猥雑さはシェイクスピアとは無縁と考えるのは、まさにシェイクスピアの本質にもとる所業である。

第二幕

第一場――グロスター伯の居城の中庭

エドマンドとカラン左右から登場して出会う。

エドマンド　やあ、カラン、元気か。
カラン　お陰さまで。只今、お父上にお目にかかり、コーンウォール公と奥方リーガン様には今宵《こよい》こちらにお越しの由、御報告申し上げて参ったところです。
エドマンド　それはまた、どうして?
カラン　いや、私も存じませぬが、お聞き及びでしょう、世間の噂は?　つまり例の内証話、まだほんの耳打ち程度のこそこそ話にすぎませぬが。
エドマンド　いや、聞いていない。聞かせてほしい、どういうことなのだ？

カラン 近いうち戦争がはじまりそうだという話、お聞きになっておりませぬか、コーンウォール、オルバニー両公の間で？

エドマンド いや、一言《ひとこと》も。

カラン いずれお耳に入りましょう。では、これにて失礼いたします。〔退場〕

エドマンド 公爵が今夜ここに見える！ ますます結構！ 結構至極！

事はおのずから運んで、こちらの仕事を織り上げてくれる。

親父はすでに兄貴を捕える手筈をととのえている。

ただ、おれには一つ、手際よくやってのけねばならぬ細工がある。

手っとり早く片付けて、運を摑むのだ！

兄上、ちょっとお話が。降りて来てください、兄上！

エドガー登場。

エドマンド　父上が見張っています、さあ、一刻も早くこの場を。隠《かく》れ処《が》の秘密が漏れてしまったのです。幸い、今は夜、人目にも付きますまい。ところで兄上、コーンウォール公の悪口を何か言ったのでは？公はここに見えます、今にも、夜の夜中に、大急ぎで、奥方のリーガン様も御一緒に。それとも兄上、公に味方してオルバニー公を非難するような事、何かおっしゃったのでは？思い当たることはありませんか？

エドガー　ない。そのような事は一言もいった覚えはない。

エドマンド　父上の足音がする、失礼ながら、兄上に向って剣を抜かねばなりません、これも計略ですから。そちらもお抜きになって、身構える振りをしてください、お芝居上手に。降参して、父上の前に出ろ。明かりを、おおい！　ここだ！さ、逃げてください、兄上。松明《たいまつ》を！　松明を！　では、お達者で。〔エドガー退場〕

いくらか血が流れていたほうが余計〔片腕を傷つけながら〕、
激しく戦ったように見えるだろう。酔っぱらいが面白半分に、
これ以上の事をやるのを見たことがある。[一]
父上！　父上！　ここです、ここだ！　誰も助けに来ないの
か？

グロスター、松明を手にした召使たちと登場。

グロスター　おい、エドマンド、悪党はどこだ？
エドマンド　この暗闇に立っていました、鋭い抜身《ぬきみ》を構えて、
怪しい呪文を唱えながら、冥界の月[二]を呼び出し、
幸運の女神たれかしと祈っておりました。
グロスター　いや、今はどこにいる、あいつは？
エドマンド　あ、御覧下さい、血が、流れています。[三]
グロスター　悪党はどこにいるのだ、エドマンド？
エドマンド　こっちのほうに逃げて行きました、どうしても私を
——

一　酒盃に自分の腕の血を混ぜ情婦のために乾盃するのは、当時の伊達男の習いだった。

二　つまりは冥界をつかさどる女神ヘカテー。グロスターの迷信深さに乗じようという狡猾な計算である。

三　エドガーを逃がすための時間かせぎである。グロスターがエドガーの罪を確信するまでは、なんとしても彼との直面を避けなければならない。エドマンドの周到な計算である。

グロスター　追いかけるんだ、さあ！　あとを追え。〔召使数人退場〕

「どうしても」とは、どういうことだ？

エドマンド　父上殺害に同意させることができなかったものですから。

それに、私が復讐の神々は親殺しの頭上に
天のありとあらゆる雷を落とすと言い、
また、如何に子はさまざまな強い絆《きずな》によって
父と結びつけられているか、話して聞かせたからでもありましょう。
とどのつまり、私がそのような自然に反するもくろみに
激しく抗《あらが》うのを見てとるや、猛烈な勢いで
必殺の抜身を丸腰の私に向って突き出し、
この腕に深傷《ふかで》を負わせたのでした。
しかし正義はわれにあり、そう確信して
私は勇気百倍、相手に立ち向った、そのせいか、

それとも私の立てた大声に恐れをなしたか、
突然、さっと逃げ出しました。

グロスター　逃げられるものなら逃げてみろ、
この領内で捕えずにおくものか。
見つけたら――命はない。わが領主の公爵殿が、
わが第一等の恩人が、今宵ここにお出ましになる。
あの方の権威によって、触れを出そう、
きゃつを見つけた者には褒美を取らせ、
あの凶悪な卑怯者はきっと刑場に引っ立てる、
かくまう者には死を与えると。

エドマンド　もくろみを思いとどまらせようといくら説得しても、
頑として聞くようすがないので、私が激しい言葉で
洗いざらい曝《さら》け出してやると脅したところ、答えはこうでした、
「この妾腹の文無《もんな》しめ！　おれが貴様に反対しても、
人は貴様を信用し、貴様の徳と才能を信じて、
貴様の言うことを真《ま》に受けるとでも思っているのか？

馬鹿な。一旦《いったん》おれが否定すれば――
否定しないでおくものか、たとえ貴様がおれの自筆の手紙を
持ち出そうともな――みんな貴様の扇動、
貴様の陰謀、おぞましい悪だくみということになる。
おれが死ねば得をするのは、貴様に決まっている、
それでおれの命を狙う、それこそ明々白々強力な動機、
悪念の誘いだと人が考えないとでも思うなら、
貴様は世間を小馬鹿にしているというものだ。」

グロスター　おお、なんたる無情冷酷、根っからの悪党か！
あの手紙を書いたことを否定すると、そう言ったんだな？　あ
れはわしの子ではない。〔奥から華麗なトランペットの響き〕
聞け！　公爵の御到着だ。なんのためのお出ましかは知らぬが。
港はすべて閉鎖しよう、悪党を逃がしてはならぬ、
公爵もお許しくださるにちがいない。さらに奴の似顔絵を
あちこちに配り、国中の者がすぐ奴に
気づくように手配する。そしてわしの領地は、

自然の賜物、庶子ではあっても親子の自然の情に篤い孝行息子、お前が相続できるよう取り計らうことにする。

コーンウォール、リーガン、侍者たち登場。

コーンウォール　一体、どうしたのだ、伯爵！　到着早々、つい今しがたのことだが、妙な噂を耳にしたが。

リーガン　噂がまことのことなら、いかなる罰もその咎人《とがにん》を責めるには軽すぎましょう。どうなさいました、伯爵？

グロスター　ああ、奥方様、この老人の胸は裂け、張り裂けました。

リーガン　なんと！　私の父の名付け子があなたの命を狙ったですって？　父が名前を付けたあの人、あなたのエドガーが？

グロスター　ああ！　奥方、奥方様、面目次第もございません。

リーガン　あの人は父に仕えるあの無頼の騎士たちの

仲間だったのでは？

グロスター　それは存じませぬ。それにしても非道《ひど》い、非道すぎます。

エドマンド　奥方様、実はお察しのとおり、兄はあの仲間に加わっていました。[一]

リーガン　なら不思議はない、親不孝者になったとしても。
あの連中に決まっています、あの人をそそのかして、
父親を殺《あや》め、その財産を湯水のように使い果たさせようとしたのは。
実は、今夜ついさきほど、姉上から
連中についての詳しい知らせが届き、
もし彼らが私の館《やかた》に泊り込むようなら、
館を留守にするようにと注意してきました。

コーンウォール　おれだって、とどまっていたくはないよ、リーガン。
エドマンド、聞くところによると、きみは父親に

一「無頼の騎士」をたねにして実はリアを非難しようとしているリーガンの底意を、ひたすらわが身の不幸の悲しみに溺れるグロスターは理解しない。いっぽう、エドマンドはいち早くリーガンの心中を察知して、彼女の期待する返事を与える。かくして、初めて言葉を交わしたこの瞬間に、二人の間に隠密かつ親密な盟約が結ばれる。

孝行息子の手柄を立てて見せたそうだな。

エドマンド　当然のことを果たしたまででございます。

グロスター　これは兄の悪だくみを暴《あば》いて、これ、このとおり、傷を受けました、兄を捕えようと格闘して。

コーンウォール　追手はかけたか？

グロスター　はい、手抜かりなく。

コーンウォール　つかまえたら、二度とふたたび悪さができぬようにしてやる。思うがままにするがいい、おれの権力をどう使おうと貴公の勝手だ。ところで、エドマンド、このたびの親孝行の振舞い、大いに感心した、よって、お前をこの場で召し抱えることにする。お前のような深く信頼できる自然の人物《たち》が、この先、大いに必要となろう。[一]お前こそ、わし[二]が第一番に目を付けた男だ。

エドマンド　ひたすらお仕え致します、

一　リアとの戦か、噂にのぼっているオルバニーとの戦争か。いずれにせよ、そうした事態が予想されている。

二　原語は'we'——いわゆる'Royal "we"'で、君主が公式の場合に自分を指して用いる。コーンウォールはすでに国王気取りでいる。

ふつつかながら真心こめて。

グロスター　悴《せがれ》にかわって私からも深く御礼を申し上げます。

コーンウォール　ところで、まだ御存知あるまいな、われわれが
何故《なにゆえ》ここを訪ねてきたかは――

リーガン　しかも、こうして時ならぬ時に、夜の闇を縫うように
して。
実は、グロスター伯、いささか大事な要件があってのこと、
そのことで是非ともあなたの助言を得たいのです。
父上からも、それに姉上からも、お互いの争いごとについて
書いてよこしましたが、それに返事するのは
館《やかた》を離れてからのほうが上策と考え、一
それぞれへの急ぎの使者はここから差し遣わすことにしてあり
ます。
伯爵、御心痛のところ、大変恐縮ではありますけれど、
どうか私たちに必要な忠告を聞かせてくださるよう、
なにせ急を要する問題なのですから。

一　リアとの対面を遅らせ、その前にゴネリルとの打ち合わせを済ませる方策であるとともに、この幕および次の幕はすべてグロスターの居城と、その近くの荒野で演じられ、そこにコーディーリアとオルバニーを除く主要人物すべてが顔を揃える。いいかえれば本筋と副筋が綯(な)い合わさる、劇作術上の絶妙な方便でもある。

グロスター　かしこまりました、奥方様。お二方《ふたかた》とも、ようこそお出でくださいました。〔トランペット吹奏、一同退場〕

第二場――グロスター伯の居城の前

ケントとオズワルド、左右からそれぞれ登場。

オズワルド　お早う。御当家の人かね?
ケント　そうだ。
オズワルド　馬はどこに繋《つな》いだらいいかね?
ケント　溝《どぶ》の中だ。
オズワルド　冗談はよして、教えてくれよ。
ケント　冗談じゃない。
オズワルド　じゃ、お前なんかとは真面目《まじめ》には付き合えん。
ケント　じゃ、お前なんかリップスベリの迷子牛の檻《おり》にぶちこんでやる、[一] そうすれば、いやでも真面目になろうが。

オズワルド　なぜ、そんなに突っかかってくるんだ？　見ず知らずの他人だというのに。

ケント　いや、こっちは見知っている。

オズワルド　おれの何を見知っているというんだ？

ケント　悪党、ごろつき、残飯食《ぐ》らい。卑しくて高慢ちきの、薄っぺらで乞食根性の、年三枚のお仕着せの分際で百ポンド騎士[二]気取りの、むさくるしい毛糸の靴下はいた下司下郎《げすげろう》[三]。肝っ玉は白百合よろしく血の気なしの弱虫で、喧嘩するより訴訟沙汰が大好きな父《てて》なし野郎、うぬぼれ鏡の覗《のぞ》き魔で、出しゃばり好きの見えっ張り。財産といえば一切合財、鞄一つにつめられる素《す》寒貧《かんぴん》。ご主人様のお役に立つなら女郎の世話まで喜んでする犬畜生。これ要するに、ごろつきと乞食と臆病者とぽん引きのごったまぜ、素姓の知れぬ牝犬の跡取り小倅といったところだ。おまけに、いま挙げた肩書きの一つでも嘘だとぬかそうものなら、ぶったたいてひいひい言わせてみたい野郎だ。

一　リップスベリは文字通りは〝唇の町〟、つまり一句の意味は「噛みついてやる」。

二　財政難のため百ポンドで騎士の称号を乱売したジェイムズ一世を暗に諷している。

三　紳士は絹の靴下。

オズワルド　これはまた、途方もない奴がいたもんだ、お互い知りも知られもしない赤の他人に向って悪態のかぎりを並べたてるとは！

ケント　これはまた、えらく鉄面皮な野郎がいたもんだ、このおれを知らぬと言い張るとは！　つい二日前のことじゃなかったか、おれが王様の前で貴様の足をすくい、ぶちのめしてやったのは？　さ、剣を抜け、このやくざ野郎。夜は夜でも、月夜の晩だ。ひとつ貴様を血の海に浮かべて月見汁としゃれこむとするか。〔剣を抜く〕床屋びたり[一]の父《てて》なし下郎、さ、抜け。

オズワルド　どけ！　お前には用はない。

ケント　抜けというに、このごろつきめ。貴様は王の不利になる手紙を持ってきたな。そして人形芝居もどきの〝虚栄〟[二]に味方し、その女の父君の王権にたてつくつもりだ。さ、抜くんだ、このやくざ野郎、さもないと貴様の脛《すね》を切り刻んで焼肉にしてくれるぞ。抜けというに、ごろつきめ。さ、こい。

オズワルド　助けてくれ、おおい！　人殺しだ！　助けてくれ！

一　すなわち、しゃれ者、めかし屋。

二　古い寓意劇、道徳劇に登場する悪役。ゴネリルを指す。

ケント　かかってこい、この下司野郎。構えるんだ、やくざ野郎、ちゃんと構えろ。しゃれ者《もん》の、混じりけなしの下司野郎、かかってくるんだ。〔殴りつける〕

オズワルド　助けて、おおい、人殺しだ！　人殺しだ！

エドマンド、剣を抜いて登場。

エドマンド　どうした！　一体、何事だ？　二人とも離れろ！

ケント　おや、今度はあんたが相手か、お若いの。さ、こい、新参者、血の味を教えてやる、さ、かかっておいで、お坊っちゃん。

コーンウォール、リーガン、グロスター、召使たち登場。

グロスター　剣だ！　刀だ！　と、一体全体、この刃物三昧《ざんまい》は何事だ？

コーンウォール　しずまれ、命が惜しければ。今度、手を出したら、そいつは殺す。一体、何事だ？

リーガン　姉上と国王からの使者にちがいない。

コーンウォール　争いの原因《もと》は何だ？　言え。

オズワルド　息が切れて、一言《ひとこと》も。

ケント　なんの不思議があるものか、ありったけの勇気をはたき出したんだからな。臆病者のごろつきめ、自然もお前なんぞ造ったおぼえはないというに決まってる。貴様を造ったのは仕立屋だ。一

コーンウォール　妙なことを言う男だな、仕立屋が人間を造るか？

ケント　造りますとも。石工や絵描きだったら、こんな不細工なもの造れませんや、たとえその道に入って二年しか経っていない新米だって。

コーンウォール　それより、どうして喧嘩になったのだ？　答えろ。

オズワルド　この老いぼれのならず者が、命だけはその白髪《しらが》まじりの髭に免じて許してやりましたが――

一　諺にいう、「仕立屋は九人で男一人前」。

ケント　この父《てて》なし子のZ《ゼッド》野郎[一]！　用なしの文字野郎！　お許
しがあれば、篩《ふるい》をかけてないこの石灰野郎を粉々に踏みつぶし
漆喰《しっくい》にして、それで便所の壁でも塗ったくってやるところです。
白髪まじりの髭に免じてだと、このぺこぺこ野郎、鶺鴒《せきれい》野郎[二]。

コーンウォール　黙れ、下郎！
お前は畜生同然の奴、礼儀を知らぬか？

ケント　知っております、が、堪忍袋の緒が切れるということも
　ありましょう。

コーンウォール　何が堪忍できぬのだ？

ケント　こんな下司下郎が、男の真心のかけらもない奴が剣を、
男の真心の証《しるし》をつるしていることが。にやにやしているこんな
　奴らこそ、
鼠《ねずみ》同様、親子の神聖な絆《きずな》をまっ二つに嚙み切ってしまう手合
い、
どれほど解き難く結ばれた堅い絆であろうと。主人の胸に
自然《むらむら》と湧き立つ激情なら何であれ、左様ごもっともと媚びへつ

一　当時の辞書では、一般に"Z"の項は無視されていた。

二　尻尾を振るセキレイ'wagtail'にはふしだらな女、淫らな男といった卑猥な含意もある。とすれば、ケントはすでにオズワルドとゴネリルの内密な関係を察知していたのだろうか。四幕五場、二一六頁八行参照。

らって、
火には油をそそぎ、冷たい心には雪を添え、
否も応も主人の心の風向き次第、
軒先につるした翡翠風見《かわせみかざみ》[一]、風のまにまにくるくると嘴《くちばし》の向きを
　変え、
主人のあとについて行くことしか知らぬ犬畜生同然の奴。
おい、そのぶるぶる震える青瓢箪《あおびょうたん》の癲癇面をかたづけろ！
おれの話をくぁっくぁっと笑って聞いてるな、おれを道化だと
　でも思ってか？
鵞鳥《がちょう》め、セイラムの原[二]で貴様を見つけたら、
はるばる故郷のキャメロット[三]までくぁっくぁっと鳴かせて追い
　立ててやる。

コーンウォール　何だと！　気でも狂ったか、老いぼれ？

グロスター　どうして喧嘩になったのだ？　それを言え。

ケント　どんな敵《かたき》同士でも、私とこの悪党ほど
互いに反感をもっている者はおりますまい。

一　カワセミの首か尾を結んで吊すと、くちばしが風の吹いてくる方向に向くという俗信があった。

二　ストーンヘンジで名高いソールズベリ平原。

三　キャメロットは伝説の英雄アーサー王の宮殿の所在地。それは現在のウィンチェスターだと信じられていた。ウィンチェスターはソールズベリのほぼ真東三五キロのところにある。なお〝ウィンチェスター鵞鳥〟というのは、梅毒による腫れ物ないし淫売を指すが、その名の由来はロンドンのテムズ川南岸サザックがウィンチェスター主教管区内の土地で、そこには売春宿が多くあったからである。ちなみに『リア王』をはじめとするシェイクスピアの大悲劇、さらには彼の爛熟期の作品のほとんどが

コーンウォール　なぜ、この男を悪党呼ばわりする？　何か落ち度でもあるのか？

ケント　あの面つきが気に入りません。

コーンウォール　多分、おれのも、伯爵のも、〔リーガンを指して〕奥のも気に入るまいな。

ケント　憚りながら、率直に物を言うのが私の務め。
これまで随分と立派な顔を見て参りましたが、
唯今、目《ま》の当りに拝見しているどの肩の上にも、
これは立派だと感心できるようなのは一つも乗っかっていませんな。

コーンウォール　こういうしたたか者がいるものだ。
ぶっきらぼうだと褒められると図に乗って、
小癪《こしやく》にも豪放ぶりを衒《てら》い、率直な物の言い方をそれ本来の自然の道から
ねじ曲げる。おれはお追従が言えぬ、おれという人間は、
正直率直、真実を語らずにいられないとな。そして世間がそれ

上演されたグローブ座も、そのような猥雑な土地、サザックにあったのである。

　を鵜呑《うの》みにすれば、
それは結構。鵜呑みにしなくても、おれが率直なことに変りは
　ないとな。
この手の悪党をわしは知っている、やつらの率直さには
ずる賢い手練手管《てれんてくだ》と腐りきった魂胆がひそんでいる。
それよりいっそ、愚かな家鴨《あひる》よろしくぺこぺこ頭をさげて、
お勤め大事と汲々《きゅうきゅう》としている大方の家来どものほうが、ずっと
　ましだ。
ケント　御前《ごぜん》に真心より誠心誠意を籠めて願い上げ奉る、
日の神アポロの額の上に揺めき燃える
燦然たる光輪の如き御威光、その偉大なる運星の如き御尊顔の
　御寛恕を賜りなば、
平《ひら》に平に伏して――
コーンウォール　一体、それは何のつもりだ？
ケント　いつもの話しぶりを改めてみたまでのこと、だいぶお気
にさわったようなので。ええ、おっしゃるとおり、お世辞がか

らっきし駄目なことは、自分でも百も承知しています。しかし、正真正銘の率直な言葉であなたをだましたという、そんな奴は率直にいって、正真正銘の悪党《わる》でして、わたしとしては金輪際《こんりんざい》そんな奴にはなりたくない、たとえご機嫌がなおって、そんな奴になってくれとあなたに手をついて頼まれたとしても。

コーンウォール　お前、この男に何をしたのだ?

オズワルド　何も致しはしませんでした。

つい最近のこと、この男の仕えている王様が
理不尽な誤解から私をお打ちなされた際に、
この男がぐるになって御不興に取り入り、
後ろから私の足をすくい、こちらが倒れると見ると、
侮辱嘲弄の限りをつくし、鼻高々の英雄気取り、
お陰で王様からはお褒めの言葉を頂く始末、
こちらは刃向いもせず、ひたすら畏《かしこ》まっていたというのに。
そればかりか、このおぞましい手柄に味をしめて、
今また、ここで私に斬りかかって参った次第にございます。

ケント　こういう臆病者のごろつきにかかったら、
トロイ戦争の英雄エイジャックスも形なしの阿呆だ。一

コーンウォール　曝《さら》し台を持ってこい！
手に負えぬ老いぼれめ、白髪頭の大法螺吹《おおぼらふ》きめ、
思い知らせてくれる。

ケント　いまさら思い知るには年を取り過ぎました。
曝し台には及びません。私は国王にお仕えする身、
その御用でこちらに遣わされた者であります。
そのような使者を曝し台にかけては、
王としての、また個人としてのわが主人に対する
不敬であり、あからさまな悪意を示すことになりましょう。

コーンウォール　曝し台を持ってこい！
おれの命と名誉にかけて、明日《あす》の昼まで二こいつを曝しておくの
だ。

リーガン　昼まで？　いいえ、夜まで、いっそのこと一晩中。

ケント　これはしたり。私が御父上の飼犬だったとしても、

一　もともとエイジャックスはギリシア軍の道化サーサイティーズに愚弄されるような阿呆だが、この一行の裏の意味は、コーンウォール公のような御偉方も、所詮は阿呆、まんまとだまされるということで、次行の彼の激怒はこの含意をいち早く察知したところに発する。

二　月はまだ照っている。太陽が昇るのはもう少し先だ(一〇九頁五行)。

そのような酷《むご》い扱いはなさるまいに。

リーガン　いいえ、父上お抱えの悪党なればこそです。

コーンウォール　こいつは姉上の手紙にあったのと同じ毛色の
一つ穴の狢《むじな》だ。さ、ここへ曝し台を持ってこい。〔曝し台が運び
込まれる〕

グロスター　御前《ごぜん》、それればかりはお取り止め願いとう存じます。
この男の咎《とが》はなるほど重うございますが、それは主人たる王御
　自身が
お叱り下さることでしょう。御前が今なされようとしているお
　仕置きは
この上なく卑賤下劣の徒輩《やから》が
こそ泥、その他俗悪極まる罪を犯した廉《かど》で罰せられる
下等な懲罰でございます。王もさぞやお気を悪くなされましょ
　う、
お使者がかくも侮《あなど》られ、とどのつまりは
御自身がかように束縛される破目になりましたなら。

コーンウォール　責任はおれがとる。
リーガン　姉上のほうがいっそう御機嫌をそこねましょう、
家来の者が御自分の用を果たそうとして悪口雑言を浴びせられ、
手込めにされたとあっては。さ、その男の脚を差し挟んで。
〔ケント、曝し台の足枷《あしかせ》に掛けられる〕
コーンウォール　さあ、伯爵、参ろうか。〔グロスターとケントを残して、一同退場〕
グロスター　気の毒だな、公爵の御意《ぎょい》とあっては仕方ない。
あの方の気性は世間周知のとおり、遮《さえぎ》ることも
押し止《とど》めることもできはしない。いずれ取りなしてやるからな。
ケント　いや、おかまいなく。夜通し寝ずに急ぎ旅をしてきました、
ぐっすり一寝《ひとね》入《い》りできましょう、目がさめたら口笛でも吹いてます。
善人の運の靴の踵《かかと》もすり切れると諺にいいますが、本当ですな。[一]
では、良い朝をお迎えください！

一　足枷に掛けられているケントの自嘲。

グロスター　これは公爵が悪い。さだめし王は御気分を害されよう。〔退場〕

ケント　これで王も、あのありふれた格言をいやでもお認めにならずにはすむまい、

天恵に見はなされれば熱い天日《てんぴ》に曝される、一

これはあなた御自身のことだ！

近づけ、下界を照らす灯台よ、

お前の光を頼りに、この手紙が読めるように。

惨めさ極まって、はじめて奇蹟に会える、

これはコーディーリア姫からの御手紙だ。

有難いことに、おれが身を窶《やつ》して生きているのを

御存知だ。やがて時を見て、この無法の乱世から

国を救い、失われたものを回復して下さることだろう。

ああ、寝不足ですっかり疲れた、

重い目には、この恥辱の宿を見ずにすむ、

不幸中の幸い。お寝《やす》み、運命の女神よ、

一　王位を奪われたハムレットの科白、「天日に干されすぎている」（一幕二場六七行）参照。

もう一度頬笑みかけてくれ、その運命の車を廻してくれ。一

〔ケント眠る〕

第三場——とある森

エドガー登場。

エドガー おれの指名手配の触れが廻っているらしい。
追手から逃れられたのは、幸い木の洞《うろ》があったお陰だ。
港はすべて押さえられ、どこもかしこも昼夜を問わず
厳しい監視の目を光らせ、おれを捕えようと
手ぐすね引いて待っている。逃げられるだけ
逃げのびよう、いい考えがある、
できるだけ卑しく惨めな姿に身を窶《やつ》すのだ、
貧しさ極まって畜生同然、人間とはなんと浅ましいものか、
その証《あかし》となるような姿に。顔には泥を塗り、

一 運命の車が廻れば、最下底のものは上がり、最高位にあるものは下がり沈む。〝運命の女神の車〟というのは中世以来の馴染みの図像。

腰には襤褸《ぼろ》をまとい、髪はもつれ放題、
これ見よがしの真裸で、風が吹こうが
雨が降ろうが、空の迫害に立ち向おう。
この国にはベドラム瘋癲院[一]を抜け出した気違い乞食という
恰好の先例、見本がある。奴らはすさまじい声を張りあげ、
痺《しび》れて何も感じなくなったおのが剝《む》き出しの腕に
針、木串、釘、ローズマリの小枝、何でも突き立てる。
そんなむごたらしい見世物を種《たね》にして、貧しい農家や
小っぽけな村里、羊小屋や粉ひき小屋から、
ときには気違いじみた呪いを浴びせ、ときには神妙に祈りを唱
　えて、
施しを強請《せび》り取る。哀れなターリゴッド[二]でござい！
哀れなトムでござい！　これはいけるぞ。おれ、エドガーは、
　もういない。[三]〔退場〕

一　一幕二場、四八頁注二参照。

二　この名前についてさまざまな解釈があるが、すべては単なる臆説にすぎない。要するに「哀れなトム」同様の気違い乞食の種類と承知しておけばすむ。

三　この原語も'nothing'である。リアが直面しているアイデンティティ喪失の不安の主題の反復変奏がここにある。

第四場——グロスターの居城の前

ケントは曝し台に掛けられたまま

リア、道化、紳士登場。

リア 妙だな、急に家を留守にして、しかもわしの使者を返してよこさないというのは。

紳士 聞くところによりますれば、昨夜まではこちらにお移りになられるお積りはなかったようでございます。

ケント ようこそ、ご主人！

リア はっ！ お前か。そんな辱《はずかし》めを受けて楽しんでいるのか？

ケント いや、とんでもございません。

道化 は、は！ ひどい靴下留めをしているな。馬は頭、犬と熊は首、猿は腰、そして人間さまは脚、つながれるところはきまっているってわけか。あっちこっち駈《か》けまわる元気のよすぎる脚[一]は、しまいには木の靴下をはかされる。

リア　一体、誰だ、お前の身分を取り違え、そんな目にあわせたのは？

ケント　あのお二人ですよ、婿《むこ》殿と娘御の。

リア　馬鹿な、そんなはずはない。

ケント　あります。

リア　ないと言うに。

ケント　ありますと言うに。

リア　いや、いや、こんなことはしはしない。

ケント　いえ、いえ、こんなことをしました。

リア　ジュピターに誓って言う、しない。

ケント　ジューノー[二]に誓って言います、しました。

リア　あの二人が敢えてするはずはない、出来もすまい、したくもあるまい。人殺し以上のことだ、

一　無論、性懲りもなくなおもう一人の娘リーガンを頼りにしているリアへの皮肉が秘められている。

二　古代ギリシアの神々の神ジュピターの妻。

かような非道の無礼を故意に働いたとしたら。
今すぐ掻《か》い摘《つま》んで話して聞かせろ、一体どのような事の次第で、
お前はこんな仕打ちを受ける非を犯したのか、それともこれは
　彼らの無理無体な仕業か、
わしの遣わした使者だというのに。

ケント　申し上げます、館《やかた》に着き、
お二方《ふたかた》に御親書を差し上げましたところ、
私が跪《ひざまず》いて敬意を表していた席から立ちあがる間《ま》もなく、
汗みどろの急使が湯気を立てて到着、
息も絶えだえ喘《あえ》ぎながら
主人ゴネリル様よりの御挨拶を言上、あまつさえ
先着のこちらを無視して、持参の書面を差し出しました。
すぐさまお二方はこれに目を通され、読み終えるや否や
召使たちを呼び集め、ただちに馬に跨り、
私には後からついて来い、暇《ひま》があったら返事してつかわすと、
冷たい一瞥《いちべつ》を投げかけられました。

こちらに来て、もう一人の使者に出会いましたが、
そいつの挨拶が腹に据えかね、売り言葉に買い言葉、
と申しますのも、そいつこそ、つい先日、陛下に対して
これ見よがしに生意気な態度をみせた当の男でしたので、
分別よりは男意気に勝《まさ》る私は、つい剣を抜いてしまいました。
奴は臆病にも大声を張りあげ屋敷中の者を起しました。
こうして婿殿と娘御は、この咎《とが》は
今こうして受けている恥辱に値するとお考えになった次第です。

道化　冬[一]いまだ去らず、雁《かり》[二]がみんなあっちに飛んでいくようじゃ。
親父《おやじ》ぼろ着りゃ
　子どもはそっぽ向き、
親父財布もちゃ
　子どもは孝行。
運の女神は根っからの女郎、
銭《ぜに》のないのにゃ戸はあけぬ。
でもな、娘さんたちのおかげで、あんたは左団扇《ひだりうちわ》さ、一年もす

一　リアの不運の季節。
二　リーガンとゴネリル。

りゃ金《かな》しみ[一]はざぁっくざぁっくだよ。

リア　おお！　腹が煮えたぎる、胸が苦しい、

激情《ヒステリカ・パッシオ》よ！　下がれ、込み上げて来る悲しみよ！

お前の居場所は、下[二]だ。　娘はどこにいる？

ケント　伯爵と御一緒に、この奥に。

リア　ついて来るな、ここにおれ。〔退場〕

紳士　お話のほかには何もなさらなかったのか？

ケント　何も。

一体どういうわけで、王はこのような手薄のお供でお出でにな
ったのだろう？

道化　そんなことを訊くもんで足枷《あしかせ》にはめられたとすりゃ、自業
自得というもんさ。

ケント　なぜだ、道化？

道化　ひとつお前さんを蟻の学校にやって、冬[三]には仕事はしない
ものだってこと、教えてもらおうか。[四]　鼻の向くほうに歩いてい
くやつは盲目でもないかぎり、みんな目をたよりにするものよ。

一　原語は'dolours'(悲しみ)、dollars(金)と語呂を合わせている。

二　「下」とは脾臓を指す。古来、脾臓は怒り、怨念、遺恨、憂鬱など激しい感情の宿る場所と信じられていた。

三　道化の先の言葉「冬いまだ去らず」を想起せよ。「冬」のさなかにいるリアのために働くのは、まことに愚の骨頂である。

四　イソップ寓話「飢えた蟬と蟻」、または旧約聖書の箴言第六章六―八節、「惰(おこた)る者よ、蟻にゆき、その為すところを観て知恵をえよ。蟻は……夏のうちに食をそなえ、収穫のときに糧をおさむ」を踏まえている。

いや、盲目だって鼻さえあれば、二十人に一人くらいは腐りかけた臭いやつ[一]を嗅ぎあてられる。でっかい車が山をころがりはじめたら、手をはなすにかぎる、つかまってれば、首ねっこが折れちまうからな。しかし、でっかいのが上に登っていくなら、しっかりつかまって引き上げてもらうんだね。[二]賢い人がもっとましな忠告してくれるなら、今のおいらのは返してもらう。おいらの忠告は悪党にしか守ってもらいたくないんだ、なにせ阿呆の忠告だもんな。

欲得ずくで仕えるやつは
　上辺《うわべ》ばかりで心はからっぽ、
雨が降り出しゃ、さっさと逃げる、
　あらしの中にはお主《ぬし》が独り。
でも、おいらは残る、阿呆は逃げぬ、
　利口なやつは逃げるがよかろ。
逃げる悪党は阿呆になるが、
　阿呆は悪党にゃならぬ、神かけて。[三]

一　運命の女神に見はなされた人間。

二　運命の女神がまわす車輪が起こす世の栄枯盛衰、二幕二場結末のケントの科白(一一〇頁一行)参照。道化は栄枯盛衰の世の中をうまく立ちまわって現実的功利的に生きることを勧めているが、無論その「忠告」をすぐさま逆転させる。

三　解説、三三九―四〇頁参照。

ケント　どこで、そんなこと憶えたのだ、道化？

道化　残念ながら、足枷にはめられてじゃないさ、道化のお仲間
さんよ[一]。

リア、グロスターと共に再登場。

リア　話したくないだと！　病気！　疲れている！
徹夜の旅だったからだと！　ただの逃げ口上だ、
親に背き親を棄てる証《しるし》だ。
もっとましな返事を持ってこい。

グロスター　仰せではございますが、
御存知のとおり公爵は火のような御気性の方、
一旦こうとお決めになったら、
梃子《てこ》でも動じません。

リア　おぼえていろ！　呪われてしまえ！　くたばれ！　畜生め！
火のような？　御気性が何だと？　おい、グロスター、グロス
ター、

一　現実的功利的な「悪党」でないケントは「阿呆」である。たしかに「道化のお仲間」にちがいない。

わしはただコーンウォール公とその妻に会って話したいだけだ。

グロスター　はい、その通りお二方にお伝え申し上げたのでございますが。

リア　二人にお伝え申し上げた！　お前、わしの言うことがわかっているのか？

グロスター　はい、確《しか》と。

リア　国王がコーンウォールに話したいのだ。大切な父が娘と話したいのだ、子としての礼を尽して仕えよと命じているのだ。そう二人に伝えたのか？　ええい、腹立たしい！　火のような！　火のような公爵だと！　そのかっと燃える公爵に伝えろ――いや、まだいい。ことによると本当に具合いが悪いのかもしれぬ。病気には勝てぬ、達者ならば果たさねばならぬ務めも

怠りがちになるのは已《や》むを得ない。虐《しいた》げられた自然が
お前も肉体と共に病めと精神に命じるとき、
人はわれを失ってしまうものだ。我慢しよう。
われながら、おのれの短気には愛想が尽きる、
病人の苛立ちを健康な人間のそれと思い込むとは。
〔ケントを見て〕わしの王権も地に墜ちたか！　なんで、あれは
こんなところに縛りつけられているのだ？　これで合点がゆく、
公爵と娘が居所を変え、会おうともしないのは、まさに策略だ
ということが。
わしの家来を曝し台から引き出せ。
行って伝えろ、公爵とその妻にわしが会って話したいと。
今、すぐにだ。出て来てわしの言うことを聞けと命じろ、
来なければ、わしの方からやつらの寝室に出向いて
太鼓を叩き鳴らしてくれる、眠れるものなら眠ってみろ。

グロスター　御仲《おんなか》、万事つつがなきようお取り計らい致します。

〔退場〕

リア　ああ、この胸、込み上げて来る胸！　ええい、下がれ！[一]

道化　気がすむまで怒鳴るがいいや、おっさん。どこかの馬鹿な料理女が鰻《うなぎ》パイをつくろうと、鰻を生きたまま生地《きじ》につっこんだときみたいにな。そいつがいかがわしいなにかみたいに鎌首をぬっともたげると、女は仰天、棒きれでそいつの頭をたたきつけ、怒鳴ったそうな、「下がれ、この助平、下がれ！」ってね。そのまた兄貴が変ってる、飼い馬がかわいいあまり、干し草にバターを塗ったんだ。[二]

グロスター再び登場、コーンウォールとリーガン、召使たちと共に登場。

リア　早起きだな、[三]二人とも。

コーンウォール　ようこそ、陛下！〔ケント足枷を解かれる〕

リーガン　お目にかかれて嬉しゅうございます。

リア　さもあろうな、リーガン。わしがそう思うには

一　一一六頁三行参照。

二　干し草に油を塗るのは宿屋の悪辣な馬丁の常套手段。無論、馬はそんな干し草は食べず、食欲が減退する。その分、干し草が浮き、馬丁の得になる勘定。しかし、この女の兄貴のは心からの愚かな優しさ。ここでも道化は〝甘い道化〟リアを諷している。

三　今はまだ夜明け前、したがってこれは皮肉。

それなりの理由《わけ》がある。もし万が一、お前が嬉しゅうないなら
ば、
わしはお前の母親の墓と縁を絶つ、
埋っているのは姦婦に相違ないからな。〔ケントに〕おお、自由
になったか！
この件についてはまた改めて。〔ケント退場〕愛するリーガン、
お前の姉は悪者だ、おお、リーガン！　あれは
親不孝の鋭い嘴《くちばし》でついばんだのだ、禿鷲《はげわし》のように、ここを。[一]
〔胸を指さす〕
何と言っていいか分からぬ、お前は信じてくれまい、
あれがどんなに邪悪な心で――ああ、リーガン！

リーガン　なにとぞ御忍耐下さいませ。そうおっしゃるのは
姉上の美点を見誤っておいでになるからではありませぬか、
あの方が御孝養をないがしろにされたというよりは。

リア　何だと？　どういう意味だ？

リーガン　姉上が子としての義務をいささかでも怠ったとは、

一　プロメテウスの劫罰の連想。

わたくしには思えないということでございます。
たまたま御家来衆の乱暴狼藉を抑えられたとしても、
それには理由が、もっとも至極な目的があってのこと、
姉上には非難を受ける筋合いは毛頭ございませぬ。

リア　あんなやつは呪ってやる！

リーガン　まあ、何ということを！　お父様はもうお年です。
自然から恵まれた御寿命もその最果てにさしかかっております。
ならば、御自分よりも御自分のことをよく弁《わきま》えている誰か
分別のある者にすべてをお任せになり、その者の言うままに
随われるのが宜しゅうございます。ですから、お願いです、
姉上のところにお戻り下さいまし、
一言《ひとこと》、すまなかったとおっしゃって。

リア　あれに許しを乞えと言うのか？
考えてもみよ、こんなこと言うのが王家の長たる者にふさわしいことかどうかを。
「愛《いと》しい娘よ、正直言って、わしも年だ。

年寄りは無用の長物。〔跪きながら〕こうして膝をついてお願い
　する、
どうか着る物と寝床と食べ物を恵んで下されよ。[一]」
リーガン　およしになって、もう沢山。そのような見苦しい悪ふ
　ざけは。
姉上のところにお戻り下さいまし。
リア　〔立ち上がって〕いやだ、絶対に。
あれはわしの供の者を半分に減らしおった、
わしを睨《にら》みつけ、蝮《まむし》のような毒舌で
この、この胸を刺したのだ。天が蓄える復讐のすべてを
あの恩知らずの頭の上に降らすがいい！　万物を枯らす毒気よ、
あいつの胎《はら》を侵して、身籠った子を不具にしてしまえ！
コーンウォール　お止《や》め下さい、えい、止めないか！
リア　天翔《あまがけ》る稲妻よ、人を盲にするその炎の矢を
あの侮蔑に満ちた目に射込んでくれ！　強烈な太陽の熱に吸い
　上げられる

一　この皮肉な懇願の仕方に、生存闘争、適者生存というダーウィニズムを先取りした、そのもじりを見る評家もいる。

沼の瘴気《しょうき》よ、あいつの美しい顔を冒《おか》して
醜い痘痕面《あばたづら》にしてしまってくれ！

リーガン　おぞましいことを！　きっと同じ呪詛を
このわたしにも浴びせられましょう、かっとおなりになれば。

リア　いや、リーガン、断じてお前を呪うようなことはしない。
生れついてのその自然な優しい心根が
お前を冷酷にする筈はない。あれの目は残酷だが、
お前のはわしの心を慰める、燃え立たせはしない。
お前には決して出来まい、わしの楽しみに難癖をつけ、供の者
　を減らし、
苛立たしげな言葉を投げ返し、わしの小遣いを削り、
挙句には、閂《かんぬき》をおろしてわしを入れまいとするようなことは。
お前はもっとよく事をわきまえている、
人間自然の務めを、子たる者の絆の義務を、
礼儀を守り恩に報いる道あることを。
王国の半分はお前のもの、それを授けたのはこのわしだ、[一]

一　一幕四場、六三頁注一でも触れたように、リアは計算高い。「人間自然の務め」「絆の義務」をいいながら、彼は〝交換価値〟という経済原理にとらわれている。ついにこの呪縛を解くのは、彼の「狂気の理性」であり、そして「何もないところ」'nothing'から生れた無償の存在、コーディーリアである。

お前はそのことを忘れてはいない。

リーガン　早く御要件を。

リア　わしの家来を曝し台に掛けたのは誰だ？〔奥で華麗なトランペットの吹奏〕

コーンウォール　あの喇叭《らっぱ》は？

リーガン　わかっております、姉上のお出ましの合図。お手紙にもありました、すぐ行くからと。

オズワルド登場。

リーガン　お前の御主人が見えたのであろう？

リア　こいつは仕える主人の気まぐれな引き立てを笠に着て、高慢かぜを吹かせている下司《げす》だ。出て行け、下郎、目ざわりだ！

コーンウォール　とはまた、乱暴な。

リア　誰だ、わしの召使を曝し台に掛けたのは？　リーガン、無

論、
お前の与《あずか》り知らぬ事だろうな。誰だ、やって来るのは？

ゴネリル登場。

リア　おお天よ！
老人を憐れみ、世を統《す》べるその優しさが
人の子の従順を嘉《よみ》し給うなら、天おんみずから老いの身であられるなら、
これを他人事《ひとごと》と思し召し給うな。地上に天の軍勢を送り、この老人に味方し給え！
〔ゴネリルに〕この髭《ひげ》を見て恥ずかしくないか？
おお、リーガン！　お前はそいつの手を握るのか？
ゴネリル　なぜ握ってはなりませぬ？　わたしが何か不都合なことをしたとでも？
不都合といっても、分別をなくした人がそう思い込み、
老いぼれがそう呼ぶだけのこと、必ずしも不都合とは言い切れ

ませぬ。

リア おお、胸よ！ 貴様は頑丈にすぎる、まだ持ちこたえられるのか？ どうしてわしの家来は曝し台に掛けられたのだ？

コーンウォール 私が掛けました、が、あの男の狼藉はもっと手酷《てひど》い仕置きを受けても当然のものでした。

リア あんたが！ あんたがやったのか？

リーガン お願いです、お父様、ありもせぬ力がまだあるかのようにお振舞いになるのはおやめになって。お約束の一月《ひとつき》が過ぎるまで姉上の館にお戻りになって御滞在いただき、お供の半数に暇をお出しになられたら、改めてわたくしのところにお越し下さいまし。今は自家《うち》を離れている身、おもてなしを致そうにも必要な備えもございませぬ。

リア あいつのところに戻れと？ 供の者五十人に暇を出せと？

いやだ、それくらいなら、もうどの屋根の下にも住まぬ、
外気に身を曝してその敵意と戦うほうがましだ。
狼や梟《ふくろう》の仲間となり、どん底の辛苦を
嘗《な》めたがましだ！　あいつのところに戻れだと！
いっそ、あの激しやすいフランス王、
持参金なしで末の娘を娶《めと》ったあの男の玉座の前に跪《ひざまず》いて、
従者よろしく僅かな手当てを懇願したほうがいい、
卑しい命をつなぐために。あいつのところに戻れだと！
勧めるならむしろ、この反吐《へど》を催す下郎の〔オズワルドを指しながら〕
奴隷になれ、馬丁になれと言ってくれ。

ゴネリル　なんなりと御随意に。

リア　頼む、娘よ、わしを気違いにしてくれるな。
もうお前には面倒はかけぬ、さらばじゃ。
二度と会うまい、お互い二度と顔は合わすまい。
とはいえ、お前はわが肉、わが血、わが娘だ、

いや、わしの肉に宿った病毒だ、
それもわがものと呼ばねばならぬ、是非もない。
お前はわしの腐った血が吹き出した腫れ物だ、瘡《かさ》だ、
脹《ふく》れあがった悪性の癰《よう》だ。が、今さらお前を咎めまい。
恥は早晩、おのずからお前を見舞うだろう、わしのほうから呼
　び求めはしない。
雷神にお前を射殺《いころ》してくれと頼みもしない、
至高の審判ジュピターにお前のことを、あれこれ訴えることも
　しない。
出来ることなら心改めるがよい、暇があったらもっとましな人
　間になれ。
わしは辛抱する、リーガンのところに逗留しよう、
わしと百人の騎士ともども。

リーガン　そうお望みどおりには、とても。
まさかお越しになろうとは思いもかけておりませんでしたし、
　然るべくお迎えする用意も

整ってはおりません。どうか姉上のおっしゃることに耳をお貸しになって。
御立腹の御様子を冷静に判断する人なら誰しも、
お年のせいだと考えるに違いありませんもの。そういうわけで
――
とにかく、姉上はすべて御承知の上でなさっておいでなのですから。

リア　それ、本気のことか？

リーガン　本気でございますとも。何と！　お付きが五十人？
それでは不足だとおっしゃる？　それ以上、何の必要があるというのです？
ええ、それだけでも費用がかさみ危険も増すことを思えば、
多すぎましょう。一体、一つ屋敷で二人の主人が命令するとなったら、
大勢の者がどうやって仲よくやってゆけましょう？
とてもむずかしい、いいえ、ほとんど不可能です。

ゴネリル　なぜ、御不満なのでしょう、この人の召使なり
わたしの使っている者が御用を務めては？
リーガン　それでよろしいではありませんか？　万一、召使ども
　に不行届がありましたなら、
わたしたちが厳しく取締ります。もしわたしの方にお出でにな
　るなら、
どうもそんな危ない気配なので前もってお願いしておきます、
お供は二十五人にして下さいまし。それ以上は
部屋の用意もありませんし、お世話も致しかねます。
リア　わしはお前たちに何もかも与えた――
リーガン　それもいい潮時《しおどき》にお与え下さった。
リア　お前たちをわしの後見人とも管財人ともした、
しかし、保留条件としてかくかくの数の従者はつけると、
はっきり断わっておいた筈だ。なのに！　来るなら
二十五人しか連れて来てはならぬと？　リーガン、今、お前は
そう言ったな？

一　一二五頁注一をもう一度見られたし。

リーガン　同じことをもう一度申し上げます、それ以上は御免こうむります。

リア　邪悪な者でも美しく見えるものだな、
一層邪悪な奴が出て来るとな。最悪でないということで
幾分か値打ちが出てくる。〔ゴネリルに〕お前のところに行こう。
お前の五十は二十五の倍だ、
お前の愛情はこいつの倍だ。[一]

ゴネリル　ちょっとお待ち下さいまし。
なんの必要がございましょう、二十五人も、いえ、十人、五人にせよ、
その倍も召使がいて御用を務めるよう命じられている
同じ一つ屋敷で?

リーガン　一人だって、必要あるかしら?

リア　おお、必要がどうのこうのと屁理屈を言うな。どんなに賤しい乞食でも、
たとえどんなに粗末な物であろうと余分な物を持っている。

一　相変らずの経済論理。娘の愛情と贈与する領土の多寡を天秤にかけようとした、幕開き早々のリアの「独り心に秘めてきた」「暗い計画」(一六頁二行)の影は、依然、彼につきまとうのをやめていない。リアはまだ、いささかも変っていない。彼が変るには、「狂気」の深化が必要となるだろう。

自然が必要とする以上の物は許さぬということになれば、
人生は獣同然、みじめなものになる。お前は貴婦人だ、
暖かくありさえすれば贅沢な衣裳だと言えるものなら、
それ、いまお前が着ているその贅沢な衣裳など自然は必要とせ
ぬわ、
そんな物、暖かさの足しにはならぬからな。いや、本当に必要
なものがある――
天よ、われに忍耐を、私が必要としている忍耐を与え給え！一
神々よ、ここに居ります者は御覧の通りの哀れな老人、
年つもり悲しみ満ちて、どの道みじめ無残な者にございます！
この娘どもの心をそそのかし、父親に背かせるのが
たとえ神慮でありましょうとも、この老人を愚弄して
おめおめと屈従せしめ給うことなかれ。高貴な怒りを発せしめ、
世の女どもの武器たる水の滴《しずく》で、この男たる私の頬を汚《けが》し給う
ことなかれ！
泣くものか、自然の情けを知らぬ鬼婆ども、

一 この「忍耐」の主題が「狂気」のそれとともに、第三幕以降、リア第一の主題となる。

二人とも必ず復讐してやるぞ、世界中が――
おれはやってやる、それが何であるにせよ、
まだどうするかは分からぬが、やってやる、
この世が恐れ戦《おのの》くような事を。おれが泣くと思っているな、
いや、泣くものか。
泣く理由なら山ほどある、〔遠くで雷鳴〕
しかし、この胸が粉々にくだけてしまうまでは、泣くものか。
ああ、道化、わしは気が狂いそうだ。〔リア、グロスター、紳士
そして道化退場〕

コーンウォール　中に入ろうか。嵐が来る。一

リーガン　この屋敷は狭くて、とてもあの老人御一行様を
泊めるわけにはいかないわ。

ゴネリル　自業自得よ、温順《おとな》しくしていればいいものを。
自分の愚かさ加減の報いを十分味わわせてあげなくては。

リーガン　当人だけなら、喜んで迎えもしようけれど、
お付きは一人でも御免ね。

一　リアの身の上に対する冷徹・完全な無関心。

ゴネリル　わたしも同じ気持よ。
グロスター伯はどこ?
コーンウォール　老人について行った。あ、戻って来た。

グロスター再び登場。

グロスター　王は大変な御立腹です。
コーンウォール　どちらに行かれた?
グロスター　馬をとお命じでしたが、どちらにお出でになるかは存じ上げません。
コーンウォール　勝手にさせておくのが一番だ。我が儘な人だから。
ゴネリル　伯爵、決してお引き留めなさらぬように。
グロスター　ああ!　夜になる、荒涼とした風が激しく荒れ狂っている。このあたり一帯、どこに行っても身をかばう茂み一つありはしない。
リーガン　ああ、伯爵、心配は御無用。片意地の人にはみずから招いた禍いこそ、良い教師になる筈ですから。[一]戸締りを固くなさって。なにしろお供の者たちは捨て鉢な連中、父に何を吹き込むやら知れたものではない、また父は父で何にでも耳を貸す人ですから、用心するに越したことはありません。[二]

コーンウォール　伯爵、戸締りは固くな。今夜は荒れ模様、リーガンの注意はもっともだ。嵐を避けて、さ、家に入ろう。

〔一同退場〕

一　これ自体、冷酷な言葉であるが、しかしまるでギリシア悲劇の合唱隊(コロス)のように、主人公の人生のその後の成り行きを正確に予告している。

二　「用心するに越したことはない」の原文は'wisdom bids fear'——この「知恵」'wisdom'はある批評家によれば、利己的な「極度に冷たい正気」であり、それは「倫理的狂気」に変じている。とすれば、ここに、狂気を通じてリアが最後に達する「知恵」、「狂気の理性」とは正反対の、いわば極北の「知恵」、「理性の狂気」がある。

第三幕

第一場――ヒースの荒野

雷と稲妻をともなった嵐。ケントと紳士、左右より登場、出会う。

ケント　誰だ、人っ子ひとりいないこの悪天候の中を？

紳士　この天候同様、心乱れた者。

ケント　あなたか、あなたなら見覚えがある。王はどこにおいでか？

紳士　荒れ狂う風雨と闘い、御自身もまた御狂乱の体《てい》で、
風に向って叫んでおいでです、大地を海に吹き落とせ、
さもなくば逆巻く大波で陸を覆いつくせ、
一切合財、世界が変るか無に帰するかするようにと。

そう叫ばれて白髪を掻きむしるのですが、猛り狂う風は盲滅法、
その怒りのままに王の白髪を弄《なぶ》り物にする始末。
王は人間という小宇宙の身でありながら、
大宇宙の吹き荒《すさ》ぶ風雨に負けじと苦闘しておいでです。[一]
幼子《おさなご》に乳を吸い尽されて飢えた熊でさえ巣に籠り、
獅子《しし》も、腹を空っぽにへらした狼さえも、
その毛を濡らすまいとしている、こんな夜、
王はお帽子もかぶらず、[二]どうとでもしろと嵐に向って叫んでお
　　られます。

ケント　でも、誰かお供が？

紳士　道化のほかには誰も。あれは引き裂かれた王の心の痛みを
悪魔祓《ばら》いしようと、懸命に冗談を飛ばしております。[三]

ケント　これであなたの人柄もよく分かった。
その誼《よしみ》で、敢えて一つ大事なことをお頼みしたい。
オルバニーとコーンウォール両公の間に、
まだ互いに巧く隠しおおせているので表に現れていないが、

一　大宇宙と小宇宙＝人間との照応という考えは、西欧の中世・ルネサンスを通じてその世界観の中心的観念であった。

二　シェイクスピアの生きた時代、無帽で戸外に出るのは無防備なことであるばかりでなく、礼儀に反する見苦しいこと、もしくは自尊心の拋棄とされていた。

三　冗談、悪口を並べて、主人の禍いを自分のほうに移転しようとするのは、古来、道化の呪術的職能であった。

不和が生れている。ところで二人の公爵には――
いや、幸運の星に恵まれて王位についたり、
高い位を手に入れたりした連中なら誰にせよ、免れぬことだが
――
見かけは如何にも忠義な家来で、実はフランスの密偵、隠密《おんみつ》が
ひそんでいて、
この国の情勢を逐一報告している。目にしたことなら何でも、
両公の間にくすぶっている憎しみであれ互いの陰謀であれ、
二人が人の好い老王を制御しようと手綱を酷く締めた仕打ちで
あれ、
あるいはそういうことさえ単なる添え物にすぎぬ、もっと深い
大事であれ――
とにかく、確かなことはフランス軍がこの千々《ちぢ》に乱れた王国に
攻め入ってくるということだ、いや、すでに
われわれの油断に乗じて、主要な港のいくつかに
密《ひそ》かに上陸し、今にも公然と戦旗を翻そうとしている。

そこでお頼みするわけだが、どうか私のことを信用して
急ぎドーヴァーに赴き、王のお苦しみの原因が
如何に自然に反する気も狂わんばかりの悲しみであるか、
そのことをつぶさに報告して頂きたい。
そうして頂ければ、あなたに感謝して下さる方《かた》がおいでだ。
かく言う私は氏《うじ》も育ちも恥ずかしからぬ者、
多少とも事情に通じ確かな情報も得ているので、
この役目をあなたにお願いする次第なのだ。
紳士　さらにお話を伺った上で。
ケント　いや、そうしている暇はない。
私が外見よりましな人間である証拠として、この財布をあけ、
中に入っている物を取られるがいい。コーディーリア姫にお会
いになったら――
心配には及ばぬ、きっとお会いできる――その指輪を示されよ。
あなたがまだ御存知ないこの男が何者であるかは
姫がお話し下さるだろう。ええい、なんてひどい嵐だ！

これから私は王を探しに行く。
紳士　どうか握手を。ほかに何か伺うことは？
ケント　一言《ひとこと》、しかしこれは何よりも大事なことだが、
王をお見かけしたら、あなたはそちらを
私はこちらを探す、最初に見つけたほうが、
大声で合図することにしよう。〔別々の方角を指して退場〕

第二場——同じ荒野の別の場所
嵐なお吹き荒ぶ

リアと道化登場。

リア　吹け、風よ、猛り狂え！　お前の頰がはち切れるまで[一]！
天の水門よ、海の水門[二]よ、噴き出せ、溢れろ、
尖塔を浸し、風見の鶏《とり》を溺れさすまで！
お前、雷神の意思を迅速に果たす硫黄の火よ、

一　古い地図には、その四隅に頰をふくらませて吹いている風神が描かれていた。
二　「天の水門」の原語 'cataracts' はラテン語訳聖書ウルガタの創世記第七章一一節に見られる言葉(cataractae)であり、「海の水門」'hurricanoes' は『トロイラスとクレシダ』五幕二場一七一行で「水夫がハリケーンと呼んでいる恐しい噴出」、創世記同所に「大海原の源泉」とあるものに違いない。いずれにせよ、ここにあるのはノアの洪水のイメージである。

樫《かし》の木を引き裂く雷電の先触れよ、
おれの白髪頭を焼き焦《こが》せ！　そしてお前、天地を揺がす雷《いかずち》よ、
孕《はら》み女の腹のような、この丸い地球をぺちゃんこにしてしまえ！
自然の造化の鋳型を砕き、恩知らずの人間を産み出す種子を
一粒残らず、いちどきに零《こぼ》して滅ぼしてしまえ！[一]

道化　おっさん、潤《うるお》いがなくても乾いた家んなかで、宮廷むきのおべんちゃらの聖水をふりまいてるほうがましだよ、家の外でこんな雨水に濡れしょぼたれてるよりは。おっさん、家んなかに入って、娘さんたちに祝福してもらおうよ。こんな夜は利口なやつにも阿呆にも情けはかけない。[二]

リア　思う存分、鳴りどよめけ！　火よ、吐け！　雨よ、噴き出せ！
雨も風も雷も火も、わしの娘ではない。
お前たち自然の要素《もの》を情け知らずと責めはしない。
お前たちに王国を与えはしなかった、お前たちを吾が子と呼び
もしなかった、

一　マクベスの魔女への訴え、「たとえ自然の蓄える種子が一切合財めちゃめちゃにぶちまけられ、破壊そのものさえ胸をむかつかせることになろうと、かまわぬ、おれの訊くことに答えてくれ」(四幕一場五八―六一行)参照。彼はまた、こうも独白している、「いっそ宇宙全体の秩序の枠がばらばらに崩れ、天も地も滅んでしまうがいい」(三幕二場一六行)。

二　「天の父は…雨を正しき者にも正しからぬ者にも降らせ給うなり」(マタイ伝第五章四五節)を踏まえていると思われる。無論、道化はこの聖句が含意している神の無差別・「全き」愛を、自然の無差別、全き無関心へと転倒・異化している。

お前たちに服従の義務はない。だから気がすむまで
恐しいことを何でもするがいい。ここにこうして立っているわ
しは
お前たちの奴隷だ、哀れな、衰え弱った、人に蔑《さげす》まれる老人だ。
いや、やはりおれはお前たちを卑屈な廻し者と呼ぼう、
お前たちはあの邪悪な二人の娘どもと結託して、
ほれ、このように老いさらばえた白髪頭に
天上の大軍を送り寄越しているのだからな。ああ、ひどい、む
ごい！

道化　頭[一]をつっこんでおく家のあるやつは、もともと頭がいいに
きまってる。
　頭をつっこむ家もないのに
　股袋の倅《せがれ》はやも宿さがし、
　おかげで頭も倅もシラミの巣。
　とどのつまり、これが乞食の嫁取り、シラミ取り。
　心臓[二]よりも足ゆび[三]を

一　例によって、道化はリアの科白の言葉尻（「白髪頭」）をとらえて、コーディーリアを捨てゴネリル、リーガンを選んだ愚行を揶揄している。

二　肝心なもの、つまりはコーディーリア。

三　卑しいもの、つまりは「股袋の倅」＝男根、ひいてはそれが産み出したゴネリルとリーガン。

　　後生大事にするやつは、
　魚《うお》の目《め》のいたさに音《ね》をあげて
　　眠るどころか泣き明かす。
どんな美人だって、鏡に向ってあかんべえをしてみせない女なんて、いたためしはないからな。一

　　ケント登場。

リア　いや、わしは忍耐の鑑《かがみ》になってみせる、何も言うまい。二

ケント　そこにいるのは誰だ?

道化　なあに、ここにいるのはお上《かみ》と股袋、利口と阿呆の同行二《どうぎょうに》人《にん》さ。三

ケント　ああ!　ここにおいでしたか?　夜を好む生き物でも、
こんな夜は好みませぬ。怒れる空に恐れをなして、
闇夜をうろつく放浪の野獣でさえ、
巣穴にじっとひそんでおります。物心づいてこの方《かた》、

一　女の表裏、つまりはゴネリルとリーガンのリアに対する甘言と裏切りを暗示。

二　一幕一場、二〇頁三行、コーディーリアの「何も」'nothing' の反響。〝無〟の主題と変奏。

三　股袋とは十五、六世紀の男のぴったりしたズボンの前あきを隠すための袋。おうおうにして男根の存在を誇示するもので、道化のそれは常人のものよりことさら大きかった。先の戯れ唄で、道化は「頭」＝知恵もないのに、「股袋」＝「倅」の衝動のままに早々と結婚し親不孝な娘をもった挙句の果てに、「頭をつっこむ家」もない乞食同然になり果てたリアの阿呆さ加減を痛烈に揶揄していた。したがって「お上と股袋」とは表面的にはリア王と道化を指しているが、「利口と阿

このように凄《すさ》まじい稲妻、このような恐しい雷《いかずち》の轟き、
このように吠え唸り猛る風と雨は、
ついぞ見も聞きもした覚えがありません。人間に生れついた者に
こんな苦痛と恐怖はとても耐えられるものではありませぬ。

リア　この恐しい騒乱を
われらの頭上に惹《ひ》き起している神々ならば、
今こそこの恐怖によって罪人を暴《あば》き給え。震え戦《おのの》け、
秘密の罪を心にかかえながら未だ正義の笞《むち》を受けていない人非人よ。
隠れろ、手を血に染めた者よ、偽りの証《あかし》を立てし者よ、
邪淫に耽りながら有徳を装う者よ。
その身がばらばらに砕けるまで震え上がるがいい、
上辺《うわべ》を巧みに飾りながら人の命を狙った卑劣な奴め。
ひた隠しに隠された罪業よ、その仮面を割って
この恐るべき天の召喚に答え、慈悲を乞うがいい。

呆」同様、実はどっちがどっちか分からない。やがてリアが〝ハンディ・ダンディ〟、どっちの手にあるか当てっこする子供の遊びにたぐえる(四幕六場)一切の価値の転倒、ないし相互交換の主題、あるいは同じ場でエドガーがいう「理性」と「狂気」の異形同根、この悲劇の核心的主題がすでにここに示唆されている。

わしは人から罪を犯されこそすれ、
自分から犯した覚えのない人間だ。[一]

ケント　ああ、なんたる事か！　お帽子も召されずに！[二]
御上《おかみ》、この近くに廃屋《あばらや》がございます。
この嵐なれば、心ある者なら貸してくれましょう。
そこで御休息下さい、その間に私はあの冷たい屋敷——
その石造りの石よりもなお冷たく固いあの屋敷に、
実はたった今も、お行方《ゆくえ》を尋ねて訪れましたが、
頑《かたく》なに入れてはくれなかった——そこに取って返し、
無理を承知でやつらの無礼を正すつもりです。

リア　頭が狂いそうだ。[三]
おい、小僧。どうした小僧？　寒いか？
わしも寒い。[四]〔ケントに〕その藁床《わらどこ》というのはどこにある？
窮乏とは不思議な錬金の魔法だな、
卑しい物を尊い物に変えてくれる。さ、行こう、廃屋に。
哀れな道化よ、わしの心の中には

一　リアの独善性はいまだなお癒えていない。
二　一四〇頁注二参照。
三　リアの狂気はついに間近に迫ってきている。その自覚とともに、ようやく彼は他人の苦しみをも理解しはじめる。
四　ドストエフスキーなら確実に、「共苦」というだろう。リアの優しさ、もののあわれを感得する心の最初の現れがここにある。

まだお前を哀れと思うものが残っている。

道化　頭の足りない者ならば、

　ヘイ、ホー、今日も雨と風、[一]

みんな運だとあきらめろ、

　来る日も来る日も雨だとて。

リア　その通りだ、小僧。〔ケントに〕さ、廃屋《あばらや》に連れて行ってくれ。〔リアとケント退場〕

道化　こいつはもってこいの晩だよ、売女《ばいた》の尻の熱を冷ますには。

出かける前に、ひとつ予言でもしておくか。

　坊主が口先だけで行わず、

　酒造りがせっせと原酒を水で割り、

　貴族が仕立屋に裁断教え、[二]

　異端は焼かれず、焼かれる痛みは女郎買いの因果の報い、[三]

　訴訟の裁きはすべて公正、

　家来に借金なく騎士に貧乏なく、

　悪口雑言舌になく、

一　牧歌喜劇『十二夜』結末、道化フェステがうたう唄の反復句「ヘイ、ホー、風と雨」を思い出そう。しかし今や、道化は反牧歌世界のただなかにいる。

二　主客転倒の事態。貴族はおしゃれに専念している。

三　ここまでの四行は、時代現実の直接的風刺。

人混みに掏摸《すり》混じらず、
高利貸しは野っ原で銭勘定、
女将《おかみ》と女郎が教会建てる、[一]
そんな時がきたならば、
アルビオン[二]の王国は大混乱。
そんな時代がきたならば、だれが生きてて見るにせよ、
みんな足を使って地道に歩いてる。
こんな予言をマーリン[三]にさせよう、おいらはやっこさんより前の時代に生きてるんだからな。

第三場――グロスターの居城の一室

グロスターとエドマンド、灯火《あかり》を手にして登場。

グロスター ああ、ああ! エドマンド、こういう人情の自然にもとる仕打ちは気に入らん。王に御同情申し上げたいと思い、

一 ここまでの六行は、トマス・モア直伝のユートピア的時代風刺。

二 イギリスの古名。

三 マーリンはアーサー王宮廷の予言者。ジェフリ・オヴ・モンマスの『ブリテン王列伝』(一一三五年頃の出版)によれば、リアの生きたのは紀元前八世紀、アーサーは紀元六世紀である。道化は観客に向って直接語りかけるこの科白によって、劇の時代背景、歴史的時間をふいと抜け出て、エリザベス朝の現在に立っている。道化の無時間性ないし超時間性である。

お二人の許可を願い出たところ、事もあろうに自分自身の屋敷を使うことさえ禁じられてしまった。それぱかりか王のお噂をしたり、王のために歎願したり、いかなる形であれ王のお世話をしてはならぬ、言うことをきかなければ、以後、不興が解けることはないとの、きついお達しだ。

エドマンド　なんたる自然に反する暴虐か！

グロスター　いやはや、もう何も言うな。両公爵の間には不和が生れている、いや、事態はもっと差し迫っている。実は今夜、密書を一通受け取ったのだ。口外は危険だ。戸棚にしまって錠をかけておいた。王がいま耐えていらっしゃるお苦しみは、心ゆくまで復讐されることになろう。すでに軍隊の一部はこの国に上陸している。われわれは王に味方しなければならぬ。わしは王をお探しして密《ひそ》かにお助けする。お前は公爵のところに赴き話し相手を勤めて、王に対するわしの好意が気《け》どられぬよう図ってくれ。もしわしのことを訊ねられたら、病気で臥《ふ》せっていることにしてくれ。このためにたとえ命を落とそうと、事実そう脅されているわけだが、長年お仕え申し上げたわが主君、王はなんとしてでもお救いしなければならん。異変がいろいろと起ろうとしている、エドマンド。くれぐれも用心を怠るなよ。

〔退場〕

エドマンド そんな忠義立てはあんたには禁じられていることだ、これからすぐ公爵に知らせよう、あの密書のことも。これはたんまり褒美にありつける手柄になりそうだ、親父が無くすものをこちらに引き寄せてくれる、間違いなく、何もかも。年寄りが倒れれば、若者が立ち上がる。〔退場〕

第四場――荒野、廃屋の前

リア、ケント、道化登場。

ケント ここでございます、さ、どうぞお入り下さい。

野っ原の闇夜にこの嵐では、
とても人間の自然には耐えられるものではありません。〔嵐なおも吹き荒ぶ〕

リア　わしに構うな。

ケント　いや、さ、中に。

リア　わしの胸を引き裂くつもりか？

ケント　引き裂きたいのは、むしろ私のこの胸。さ、中に。

リア　お前には、この荒れ狂う嵐にずぶ濡れになるのが
よほどの大事と思えるらしいな、確かにお前にはそうだろう。
しかし、もっと大きな病いが心に根づいていれば、
小さな病いはさして苦にならぬ。熊に出会えば逃げるだろう、
だが逃げる行く手が猛る荒海ならば、お前は
牙を剝き出す熊に立ち向って行くだろう。
心に苦がなければ、体《からだ》は苦痛に敏感だ。わしの心のこの嵐は
五感を鈍らせ、何も感じさせない、ここに〔頭に触れる〕
脈打ち荒れ狂っているもののほかには――親の恩を忘れる！

それはこの口が、食べ物を運んでくれたこの手を
噛み切るようなものではないか？　存分に懲《こ》らしめてやる、
いや、もう泣くものか。こんな夜に
わしを締め出すのか？　いくらでも降れ、耐えてみせる。
こんな夜に？　おお、リーガン、ゴネリル！
この老いたる優しい父を、惜しみなく一切を与えた父を――
ああ、そう思うと気も狂う、それだけは避けなければ。
もう思うまい。[一]

ケント　さ、どうぞお入り下さい。

リア　わしに構わず、お前こそ入るがよい、休むがいい。
この嵐のおかげで、もっと苦しいことを
考えずにいられるのだ。しかし、わしも入ろう。
〔道化に〕入れ、小僧、先に入れ。宿なしの貧しい者たちよ――
いや、お前が入れ。わしは祈る、それがすんだら眠るから。
〔道化、中に入る〕
裸同然の貧しく惨めな者たちよ、どこにいようと、

一　これは、母の不貞のことを思うまいとしながら思わずにいられないハムレットが反復する一句と同じだ。

激しくたたきつけるこの無情な嵐に耐えながら、
頭を入れる家もなく、空《す》きっ腹をかかえて、
穴だらけの襤褸《ぼろ》は風の通り放題、そんな姿で一体、
どうやってこんな嵐の時を凌《しの》いでゆくのか？
ああ、今までわしはこのことに気づかなかった！　奢《おご》れる者よ、
　これを薬にするがいい、
身を曝して惨めな者が感じていることを感じるがいい、
余計な物を振り落して彼らに与え、
天道いまだ地に堕ちていないことを示すがいい。

エドガー　〔中で〕わあい、溺れる、一尋《ひとひろ》半だよ、一尋半だ[一]！
哀れなトムだよ！〔道化、廃屋から飛び出してくる〕

道化　入っちゃいけない、おっさん。お化けがいるよ。
助けて！　助けてくれ！

ケント　さ、手をつかんでいてやる。誰だ、そこにいるのは？

道化　お化けだ、お化けだよ。名前は哀れなトムだとさ。

ケント　何者だ、藁の中でぶつぶつ言っているのは？

一　一尋は大人が両腕を広げた長さ、水深測定の単位。たぶん廃屋は嵐で水びたしになっている。エドガーは沈没する舟の水夫の叫びを模している。

出て来い。

狂人に扮したエドガー登場。

エドガー　あっちへいけ！　悪魔があとをつけてくる！　サンザシの棘《とげ》のあいだを冷たい風が吹いてくる。ぶるる、大寒小寒《おおさむこさむ》！　冷たい寝床にもぐって暖まれ。

リア　お前も娘どもに何もかもくれてしまったのか？　それでこの様《ざま》なのか？

エドガー　だれかなにかくれないか、哀れなトムにさ？　悪魔にひっぱりまわされたんだよ、火のなか炎のなか、浅瀬に渦巻き、沢に泥沼。やつはおれっちの枕の下に短刀ひそめたり、露台に首つり縄ぶらさげておいたり、スープのわきに猫いらずおいておいたり、はたまた、おれっちを増上慢につけあがらせて、幅四寸たらずの橋を鹿毛《かげ》の馬で闇雲《やみくも》にわたらせる、自分の影法師を裏切り者と思いこませて追っかけさせたんだ。あんたも気がちがっちゃだめだよ！　トムは寒いよ。ああ！　歯の根が合わない、がた、がた、がた。つむじ風にも、星のたたりにも、魔物にも、とりつかれちゃいけないよ！　哀れなトムにお恵みを、悪魔につかれたこのトムに。よし、今度こそつかまえてやる、それ、そら、それ。一〔嵐なおも吹き荒ぶ〕

リア　なんたることだ！　娘たちがこんな目にあわせたのか？　何も取っておけなかったのか？　何もかも全部、くれてやったのか？

道化　いいや、ぼろ毛布はとっておいたよ。さもなきゃ、こっちが恥ずかしくて見ちゃいられない。二

リア　人間の犯す罪をこっぴどく罰しようと空中に漂う疫病の毒よ、すべてお前の娘どもに降りかかれ！

ケント　こいつには娘などおりません。

リア　くたばれ、わしに逆らいおって！三　不孝な娘でもなければ、一体、何が人間をこんな浅ましい姿に変えられようか。〔トムが小枝や棘を腕に刺すのを見て〕棄てられた父親があんなふうに

一　トムがつかまえようとしているのは悪魔ばかりではない、虱もだ。

二　エドガーは「ぼろ毛布」を腰に巻きつけている。

三　一幕一場、コーディーリア追放に逆らい諫言するケントに向って放った激語、「黙れ、ケント！／竜の逆鱗に触れるな、差し出口は許さん」(二二頁一四―一五行)が思い出される。この期に及んでも、まだリアは〝王〟という権威の衣裳を脱ぎ棄ててはいない。

自分の体を痛めつけるのが当世の流行なのか？
もっともな自己処罰だ！　この肉が産ませたのだからな、
あのペリカン娘どもを。一

エドガー　ピリコックはピリコックの丘の上、二
そらやれ、そらやれ、ううし、うし！

道化　こんな寒い晩には、みんな阿呆か気違いになっちまう。

エドガー　悪魔には気をつけろ。親には従い、約束はきちんと守り、むやみに誓わず、主《ぬし》ある女には手を出さず、派手な衣裳にうつつをぬかすことなかれ。三　トムは寒いよ。

リア　今まで何をして暮していた？

エドガー　主人持ちの色事師さ、身も心も得意の絶頂だったっけ。髪をちぢらせ、帽子には女からの愛の形見の手袋をつけ、女主人の淫欲に仕えて暗く危ない密事《みそかごと》をしたものだ。口を開けばめったやたらと誓いを立てて、かたっぱしからお天道《てんと》さまの面前で破って棄てた。寝てはあれこれ色事の算段、さめれば算段どおりに実行したさ。酒は大好き、骰子《さいころ》には目がない、女にかけ

一　古来、ペリカンの雛は親を殺し、その血を吸って育つと言い伝えられていた。

二　ピリコックはペリカンの語呂合わせだが、それ自体は親愛語で、ペニスをも意味する。無論、「ピリコックの丘」とはいわゆる〝ヴィーナスの丘〟である。

三　モーセの十戒のパロディ。

ては後宮三千人のトルコの王様サルタンはだし、心は嘘のかたまり、耳は悪事に聡《さと》く、手はすぐ刀の柄《つか》にかかる。豚のように怠惰で、狐のように狡猾で、狼のように貪欲で、狂犬のように気ちがいで、獅子のように残忍で。[一] いいかい、靴のきしみ[二]や衣《きぬ》ずれの音なんかに気をとられ、女なんかに哀れな心を売り渡しちゃいけないよ。女郎屋には足を踏み入れず、女の下着の前の切れ込み[三]には手をつっこまず、金貸しの帳簿には筆をつけず、そうすりゃ悪魔は寄りつかない。相も変らず、サンザシの棘のあいだを冷たい風が吹いてくる、ひゅうひゅう、びゅうびゅう、ヘイノ、ノニー。フランスの皇太子さま[四]のお通りだ、さあ、さあ！　さっと通してやんな。（嵐なおも吹き荒ぶ）

リア　お前は墓の中にいるほうがましだ、そんな裸をこんな激しい空の攻撃に曝しているよりは。人間はたったこれだけのものなのか。こいつをよく見てみろ。[五] お前は蚕《かいこ》に絹を、牛に革を、羊に毛を、猫に麝香《じゃこう》を借りていない。はっ！　ここにいるわしら三人はみんな混ぜ物、作り物だ。お前だけが本物だ、物自体

一　七つの大罪はしばしばこれらの動物によって象徴された。

二　きしむ靴は当時の流行だった。

三　性器の近くに位置している。『恋の骨折り損』三幕一場一七九行で、恋の神キューピッドは「畏れ多き下着の切れ込みの君主、股袋の王」と呼ばれている。

四　悪魔に見たてられている。百年戦争（一三三七—一四五三年）以来、フランスはイギリスの宿敵であった。かのジャンヌ・ダルク（一四一二—三一）は、フランス皇太子（のちのシャルル七世）を助けよとの神託を受けたのだった。

五　以下、モンテーニュ『随想録』第二巻第一二章「レイモン・スボン弁護」の反響がある。

だ。一 文明のびらびら飾りを剝ぎ取ってしまえば、人間とはお前と同様、そんな哀れ、裸の、二本脚の獣にすぎぬ。脱げ、脱いでしまえ、こんな借り物なんぞ！ おい、このボタンをはずしてくれ。二〔着ている物を剝ぎ取ろうとしてもがく〕

道化 まあ、おっさん、落ち着きなよ。泳ぐにはまずい晩だぜ。荒野《あらの》が原にちょっとばかりの火があったとて、助平じじいの胸の埋《うず》み火みたいなもんさ。そこだけぽっと火花が一つ飛ぶだけで、あとは体じゅう冷えきっている。ほら、見ろよ！ 火がこっちに歩いてくる。三

グロスター、松明《たいまつ》を手にして登場。

エドガー あれは悪魔のフリバティジベットだ。やつは入相《いりあい》の鐘が鳴るころから出あるいて、一番鶏《いちばんどり》が鳴くまでうろついている。人を白内障《そこひ》にしたり、藪《やぶ》にらみにしたり、三つ口にしたり、実りかけた麦を黴《かび》させたり、土のなかの哀れな虫けらをいじめたりするんだ。

一 'the thing itself'——ようやくリアは彼が今までその中に住みついていた文明の世界、すなわち先験的に価値序列化された秩序としての「自然」を脱し、もう一つの「自然」、「物自体」としての剝き出しの自然に直面している。

二 息絶える直前(五幕三場、二八九頁六行)、リアはこれと全く同じ科白を口にする。

三 無論、道化の頭に「助平じじい」グロスターのことはないが、観客の心はいち早く彼の登場を予感したはずである。それとも道化はここでも変りなく千里眼であるのだろうか。

魔除けの聖者が野原を三べん見まわって、
出会ったるは夢魔とその九匹の子どもたち。
降りろ、と聖者は一喝《いっかつ》、
もう悪さはするな、一
行け、魔女め、消えて失せろ！

ケント　如何《いかが》なさいました？

リア　あれは何者だ？

ケント　誰だ、そこにいるのは？　何を探している？

グロスター　お前たちこそ何者だ？　名前は？

エドガー　哀れなトムでさあ。泳いでるカエル、ヒキガエル、オタマジャクシ、ヤモリにイモリを食ってるよ。でも悪魔が暴れ出して、こっちの気も荒くなると、サラダのかわりに牛の糞も食うし、腐ったネズミや溝《どぶ》に捨てられた犬の死骸だって呑みこむし、青みどろが浮かぶ溜り水さえ平気で飲んじまう。村から村へと鞭で追い立てられ、二 足枷《あしかせ》をはめられたり、牢屋にぶちこまれたり、さんざんだ。これでも昔は上衣《うわぎ》三着、三 肌着六枚のお

一　夢魔は馬に乗ってやってきて、睡眠中の人の胸に乗っかり淫夢を見させ犯す。J・H・フューズリが描いた有名な『夢魔』（一七八二年）の絵がある。

二　浮浪者はそうして自分の村に戻される。

三　二幕二場、九七頁七行参照。

仕着せ暮らし、
　馬にまたがり腰には剣の御身分だった、
今じゃトム様、この七年という長《なが》の年月、
ハツカネズミにドブネズミ、ちっこい獲物しか食えない
　身の上。
おれっちのあとについてくるやつに気をつけな。だまれ、スマルキン！　だまれ、悪魔！
グロスター　なんたる事か！　こんなお供しかお連れでないとは！
エドガー　おれっちに仕える地獄の君主はれっきとした紳士だよ、[一]その名はモードー、またはマーフー。
グロスター　陛下、血肉を分けた者までが生みの親を憎む、そんな末の世に成り果てました。[二]
エドガー　哀れなトムは寒いよ。
グロスター　さ、御一緒に。お仕えする者としてもう耐え難くなりました、

一　グロスターの悲嘆を自分に向けられたものと思いなして。
二　これを聞いて、エドガーが身震いするのも不思議はない。

お子様方の酷い命令にいちいち従うのは。
わが城門を固く閉ざし、御上《おかみ》をこの夜の猛威のなすがままに
任せよとの厳命ではございましたが、
敢えてそれに背き、是が非でもお探しして、
火も食事も用意してあるところに御案内しようと忍んで参りました。

リア　いや、その前に、この哲学者[一]と話がしたい、
雷の原因は何か[二]？

ケント　それよりこの方のお申し出をお受けなされて、家にお入り下されよ。

リア　一言《ひとこと》、このテーバイ[三]の賢人と話したいのだ、
あなたの専門の研究は何だ？

エドガー　悪魔を如何にして避けるか、虱《しらみ》を如何にして殺すか。

リア　ならば一言、内密に訊きたいことが[四]ある。

ケント　〔グロスターに〕もう一度お勧め下さいまし、
気が変になりかけていらっしゃる。

一　自然哲学者、つまり科学者の意でもある。往時、王たちは道化とともに哲学者をも身近に召し抱えていた。アレクサンドロス大王がアリストテレスを教師として雇っていたように。王と哲学者は教理問答の形で論じ合った。

二　眼前の自然現象として。さらには今までリアが信じてきた「自然」の支配者、彼がことあるたびにそれに懸けて誓言してきた雷神ジュピターの正義が、果たして存在するか否かの問題として。

三　古代ギリシアの都市国家。

四　「如何にして娘どもを殺したか」、詩人E・ブランデンの見事な推理である。

グロスター 〔ケントに〕お前にそれが責められるか？〔嵐なおも吹き荒ぶ〕

娘たちがお命を狙っているのだ。ああ、ケントは立派だった、こうなるとはっきり言ったのだ、それで気の毒にも追放されたのだった！

今、お前は言ったな、王は気が触れたと。いいか、わし自身も気が狂いそうなのだ。わしにも倅が一人おった、今は勘当してしまったが。わしの命を狙ったからだ、最近、つい最近のことだ。わしはあれを愛していたのだよ、あれほど息子を愛した父親は他にいやしない。正直いって、その悲しみのあまり、わしは狂ってしまったのだ。何という夜だ、これは！

御上《おかみ》、お願いでございます――

リア これはしたり！ 気づかずにいて失礼したな〔リアをエドガーから引き離そうとするグロスターに向って〕。

哲学者先生、お供させていただこう。

エドガー　トムは寒いよ。

グロスター　おい、入れ、小屋に。暖まるがいい。

リア　さ、みんなで入ろう。

ケント　いえ、御上はこちらへ。一

リア　いや、彼と一緒だ、

わしはもっとこの哲学者と一緒にいたい。

ケント　〔グロスターに〕仕方ありません、御機嫌をとって、この男も御一緒させましょう。

グロスター　きみが奴を先導するように。二

ケント　おい、来い、一緒に行くんだ。

リア　さあ、行こう、アテネの賢人。

グロスター　静かに、声を出すな、しーっ。三

エドガー　御曹子《おんぞうし》ローラン暗き塔に着きしかば、

彼の合言葉は常に変らず、「ファイ、フォ、ファム、

ブリトン人の血が匂う。四」

一　グロスターの居城に接する農家の方に。

二　「哲学者」エドガーを先導すれば、必ずやリアも後についてくるから。

三　グロスターの居城に近づいている気配。

四　補注一参照。

第五場――グロスターの居城の一室

コーンウォールとエドマンド登場。

コーンウォール　この屋敷を去る前に復讐しないでは措《お》かぬ。

エドマンド　どれほど世間に非難されることやら、このように子としての自然の情に背いて忠義を尽すことが。それを思うと、いささか恐しくもなります。

コーンウォール　今になってみてわかる、お前の兄が父親の命を狙ったのは必ずしも彼の性質が悪《わる》だったからとは言えないことが。そもそも父親自身に咎むべき悪いところがあって、それで殺意が生れたのだ。

エドマンド　なんという因果であることか、正しいことをしながら悔やまねばならぬとは！　これが父の話していた密書です、これで父がフランスに味方する廻し者であったことは明白でしょう。ああ、悲しい！　こんな裏切りがなかったなら、それを見破ったのがこの私でなかったなら！

コーンウォール　一緒に行こう、妻のところへ。

エドマンド　ここに書いてあることが確かなら、由々しい大事に対処なさらなければなりません。

コーンウォール　真偽のほどは兎に角、これでお前は晴れてグロスター伯爵になったわけだ。父親の居場所を突き止めよ、ただちに捕えられるように。

エドマンド　〔傍白〕親父が王を助けているところを見つければ、嫌疑はますます濃厚になる。〔コーンウォールに〕今後とも一意専心、忠義の道に励む覚悟にございます、たとえ忠と孝の葛藤にこの身が裂かれようとも。

コーンウォール　あくまでもお前を信用しよう。実の父親以上の愛情を見せてやる。〔二人退場〕

第六場――グロスターの居城に近接する農家の一室

グロスターとケント登場。

グロスター　これでも外よりはましだ、有難いと思ってくれ。御《お》上《かみ》をお慰めするため、足らぬところをなんとか出来るかぎり補って進ぜようと思う。すぐ戻ってくる。

ケント　お怒りのあまり、分別の力はすべて失われてしまいました。あなたの御親切に神々のお報いがありますように！〔グロスター退場〕

リア、エドガー、道化登場。

エドガー　悪魔のフラテレットーがおれっちを呼んでいる、やつがいうには、皇帝ネロは地獄の湖で釣をしているってさ[一]。おい、脳たりん、お祈りをして悪魔には気をつけるんだよ。

道化　ねぇ、おっさん、教えてくれよ、気違いは紳士《ジエントルマン＝》かね、

一　ローマが炎上しているさなかヴァイオリンを弾いていた暴君ネロは地獄に堕ちても永久にヴァイオリンを弾きつづけているというのがよく知られた伝説であるが、地獄の湖で釣をしているネロという話の出所は、チョーサーの『カンタベリ物語』中の「修道士の話」にある。ネロは「おのれが孕まれし処を見んとて」、実母アグリッピーナの「下腹を切り裂いた」(四八五―六行)。「地獄の湖で釣をする」という一句には卑猥な両義性がある。すなわち「地獄の湖」とは女陰の沼を暗指し、そこで「釣る」とは肉交を含意する。ネロは近親相姦愛のゆきつくところで母を殺したわけだが、そういうネロの話をほのめかすエドガー自身、父親殺しの嫌疑で追われている。

郷士《ヨーマン》かね？

リア　王だ、王だ！

道化　ちがうな、息子が紳士になってる郷士だよ。なぜって自分より先に息子が紳士になるのをおめおめと見てるのは、気違い郷士にきまってるからさ。[一]

リア　千匹の悪魔が真っ赤に焼けた鉄串をしゅしゅと鳴らして振りかざし、やつらの上に襲いかかって——

エドガー　悪魔がおれっちの背中に噛みついてる。[二]

道化　飼いならされた狼、無病息災の馬、[三]青二才の恋、女郎の誓紙、そんなもの信じるやつは気違いにきまってる。

リア　絶対にそうしてくれるぞ、すぐさまやつらを裁いてやる。〔エドガーに〕さ、ここにお坐り下さい、博識この上なき裁判長殿。〔道化に〕さ、賢いあなたは、こちらに。さて、お前たち牝狐ども！

エドガー　ほら、悪魔が立って、にらんでる！　裁判を見物して

二　紳士は騎士や郷士より上位で貴族には含まれないが、家紋を付ける特権を許された。郷士は小地主、家紋は許されない。

一　シェイクスピアは父のために家紋着用の権利を金で手に入れたといわれる。

二　この悪魔は蚤か虱かだ。

三　馬喰が馬を売りつけるときの決まり文句。「馬くらい病気にかかりやすい動物はいない」とは、十八世紀最大の批評家ジョンソン博士の卓説である。

欲しいのかい、奥さん？
　川を渡ってお出でよ、ベッシー──一

道化　〔歌う〕　舟は洩ります、
　　口には出せぬ、
　越すに越されぬ逢瀬《おうせ》の川よ

エドガー　悪魔がナイチンゲールの声に化けて、哀れなトムにつきまとってる。二ホップダンスの悪魔めはトムのお腹《なか》で生の白身《しろみ》の鰊《にしん》が二匹ほしいと騒いでる。ごろごろいうな、この黒悪魔。お前なんかに食わせる物などあるもんか。

ケント　いかがなさいました？　そのように呆然と立ちすくまれて。
横になって床《とこ》でお休みになられては？

リア　いや、それよりやつらが裁かれるところが見たい。証人を呼べ。
〔腰に毛布を巻いたエドガーに〕これは法服をまとった裁判長殿、御着席を。

一　ベッシーは月の障りである。
二　この悪魔は、エドガーの唄を横あいから引き取って猥歌に変えた道化を指している。

〔道化に〕あなた、陪席判事はそのお隣りに、
〔ケントに〕こちらは治安判事殿、あなたもどうぞお掛け下さい。

エドガー　裁きは公正に致すとしよう。
　眠っているのか醒めているのか、呑ん気な羊飼い？
　お前の羊が麦畑を荒してる。
きゃしゃなその笛、一吹きすれば、
　羊は憂き目を見ずにすむものを。[一]
にゃあおお、悪魔が灰色猫に化けている。

リア　最初にあの女を引き出せ、ゴネリルをだ。お歴々の前で、ここに誓って申し上げる、こいつはおのれの父たる哀れな王を足蹴りにした女だ。

道化　ここに来なさい。名はゴネリルと申すか？

リア　違うとは言わせない。

道化　これは失礼、出来のいい腰掛けだとばかり思ったもので。[二]

リア　もう一人、ここにいる。この引きつり歪んだ顔を見れば、心がどんな材料で出来ているかは明らかだ。逃がすな！

一　ジョンソン博士は注記している、「牧歌か何かの断片と思われる。羊飼いが笛を吹けと所望され、吹けば、たとえ羊たちが麦畑に入り込んでも、つまり彼の怠慢で羊たちが他人の土地を侵害しても、彼らを檻に閉じ込めるのは許してやろうと強制されているのである」。ペンギン版の注釈がいうように、この断片は童謡「リトル・ボーイ・ブルー」に酷似している。

二　人に気づかなかったときの侮蔑的な挨拶の常套句だが、ゴネリルに擬された腰掛けが所詮、腰掛けにすぎないという事実を、道化は錯乱したリアと違って決して忘れていない。

武器、武器を、斬り捨てろ、射ち殺せ！　この法廷は腐っている！

裁判長、不正だぞ、なぜあいつを逃がしたのだ？

エドガー　あんた、気がちがっちゃだめだよ！

ケント　ああ、情けない！　御忍耐はどうなさいました、

まだ無くしてはおらぬとあれほど度々、御自慢なさっていたのに？

エドガー　〔傍白〕同情のあまり、涙が込み上げてくる、

これでは気違いの振りもばれてしまう。

リア　小犬どもまでがどいつもこいつも、

見ろ、トレイ、ブランチ、スウィートハートまでもが[一]、わしに

吠えかかってくる。

エドガー　トムがこの角《つの》[二]を投げて、悪魔ばらいしてくれる、こら

野良犬どもめ！

鼻面《はなづら》が黒かろうが白かろうが、

咬《か》めば毒ある牙だろうが、

一　リアの飼い犬に相違ない。

二　次頁注一参照。

番犬、猟犬、雑種の猛犬、
大型、小型、牝と牡、
尻尾の切れたの、長いやつ、
なんでもござれ、トムならきゃんきゃん泣かせてみせる、
おれっちがこうして角を投げつければ、
犬どもみんな、半扉《ハッチ》とび越え一目散に逃げていく。
大寒小《おおさむこ》寒《さむ》、がた、がた、がた。さあ、さあ！　さっと、行進だ、
夜祭、縁日、市場の町へ。哀れなトムだよ、お前の托鉢はから
からだ。[一]

リア　では、リーガンを解剖して、心臓のまわりに何が出来ているか調べてもらおう。こういう冷たくて固い心臓を造る原因が、なにか自然そのものの中にあるのだろうか？[二]　〔エドガーに〕おい、お前さんをわしの家来百人衆のうちに加えてやる、[三]　ただしその形《なり》は気に入らん。ペルシア風だとお前さんは言うだろうが、やはり変えたがよい。

ケント　さ、ここに横になられて、しばらくお休み下さい。

一　気違い乞食は大きな牛の角を首にぶらさげ、それで酒を乞うて歩いた。一句の裏の意味は、悲しみのあまり、もうこれ以上、気違いトムの役はつとまらない、頓知はからからに干あがっている。現に以後、エドガーはこの場でトム役としては一言も発しない。

二　解説、三二八頁を参照されたし。

三　リアの脳裡には依然、剝奪された騎士百人の怨念が凝っている。「正気」の現実主義者コーンウォールに取り立てられグロスター伯爵となった妾腹の弟エドマンドと、「狂気」の王の妄想の騎士に取り立てられた嫡子の兄との劇的対照の妙に注意しよう。

リア　物音を立てるな、立ててはならぬ。帳《とばり》を引け、一 そう、それでよい。夕食は朝になったら食べるとしよう。

道化　じゃあ、おいらはお昼どきに寝るとしよう。二

グロスター再び登場。

グロスター　きみ、ちょっとここへ。国王陛下はどこにおいでか？

ケント　ここに、でもお起しなさらぬように。すっかり正気を失われてしまいました。

グロスター　頼む、王をお抱《かか》えして早くここを出るのだ、お命を狙う陰謀の噂を耳にしたばかりだ。
担架の用意がしてある、それにお乗せして
急ぐのだ、ドーヴァーを目指して。そこに行けば、
歓迎と保護が待っている。さ、御主君を抱えあげて。
半時でも遅れようものなら、王のお命も、
きみの命も、王をお守りしようとしている人びとすべての命が

一　かつての豪奢な天蓋式寝台に横たわっているつもりになっている。

二　夕食をたべる暇もなかったからというリアのごく当り前の言葉を例によってまぜっかえしたものであるが、この一句を最後に、道化は舞台から忽然と姿を消す。彼のゆくえは？　解説、三四一―二頁参照。

確実に失われることになる。さ、早く、抱え上げて、早く。
わしの後について来い、必要な物が整えてある所まで
ただちに案内しよう。

ケント　疲れ果てて、ぐっすり眠っておいでだ。
こうしてお休みになっていれば、ずたずたになった神経も鎮《しず》まるかもしれない、
しかし、事情がそれを許さなければ、
御回復はむずかしかろう。〔道化に〕おい、手を貸せ、御主君をお運びするんだ、
ぐずぐずするな。

グロスター　さあ、さあ、逃げるんだ。〔ケント、グロスター、道化が王を運び去る〕

エドガー　高い身分の人もわれわれと同じ苦悩に耐えている、それを見れば、
自分の惨めさもわれ一人の敵とは思えなくなる。
気楽な暮し、幸せな人生の情景をあとにして、

悶々と一人悩み苦しむ者こそ、一番あわれだ。
だが悲しみにも友があり、耐え忍ぶにも仲間がいるとなれば、
心の苦しみも大分、楽になるものだ。
現におれの苦痛も、今はなんと軽く、耐えられそうに思えることか、
おれを屈《かが》ませている重荷が王をも打ち拉《ひし》いでいるのだから。
王は子ゆえに、おれは親ゆえに、苦しんでいる！ さ、トム、逃げるんだ！
高位の者たちの不和の動向に気をつけろ、そして時がきたら名乗って出ろ、
お前に汚名を着せた嘘の化けの皮が剝がれ、
お前の正しさが証《あか》されて勘当が解かれ、父上と和解できる時がきたなら。
今夜はこの上、何が起ろうと、王が御無事に逃れられますように！
隠れろ、隠れるんだ。〔退場〕

第七場――グロスターの居城の一室

コーンウォール、リーガン、ゴネリル、エドマンド、召使たちを伴って登場。

コーンウォール　〔ゴネリルに〕急ぎ御帰館の上、御主人にこの書面をお見せ下さい。フランス軍が上陸したのです。〔召使に〕裏切り者のグロスターを探し出せ。〔召使数名出て行く〕

リーガン　見つけ次第、絞首刑に。

ゴネリル　目を抉《えぐ》り出してやりましょう。

コーンウォール　あの男の処罰は私の怒りのままに任せて頂く。エドマンド、姉上のお供を頼む。われわれを裏切ったお前の父親に復讐するのだ、お前は居合わせぬほうがよい。向うに着いたら、公爵に大至急開戦の用意をと御注進してくれ。こちらも同様、用意万端怠りないとな。今後は互いに急使を遣わして連

絡を密にしよう。では、御機嫌よろしゅう、姉上。御機嫌よう、
わが友グロスター伯爵。

オズワルド登場。

コーンウォール どうした！ 王はどこだ？
オズワルド グロスター伯爵がここよりお移しになりました。
お付きの騎士三十五、六名が
懸命に王をお探ししておりましたが、城門でめぐり合い、
伯爵家の郎等《ろうとう》数名と一緒に
王のお供をしてドーヴァーに向いました。そこに行けば、
完全装備の味方の大軍が待っていると豪語しておりました。
コーンウォール 奥方の馬の用意をしろ。
ゴネリル さようなら、お二人とも御機嫌よろしゅう。
コーンウォール エドマンド、さらばだ。〔ゴネリル、エドマンド、
オズワルド退場〕
裏切り者のグロスターを探しに行け、

盗賊なみに羽交《はが》い締《じ》めに縛りあげ、わしの前に引っ立てて来い。一

〔召使数人退場〕

裁きの形式を踏まずに死刑の宣告を下すわけにはもとよりゆかぬが、

わしの権力をわしの怒りに従わせるだけだ、

それなら世間は非難できても邪魔だてはできぬ。

誰だ、あの裏切り者か？

召使たちがグロスターを引っ立てて再び登場。

リーガン　恩知らずの狐め！　あの男です。

コーンウォール　そのかさかさに萎《しな》びた腕をきつく縛りあげろ。

グロスター　何をなされます？　とくとお考え下さい、お二方は私の客人であることを。持《も》て成《な》しの主人に非道の振舞いは御遠慮いたたい。

コーンウォール　縛れと言うに。〔召使たちグロスターを縛る〕

リーガン　きつく、もっときつく。汚らわしい裏切り者！

一　以下すべて、君主が自分を指して用いる、いわゆる 'Royal "we"' が使われている。

グロスター　無情なお方だ、私はそのような裏切り者などではない。

コーンウォール　この椅子に縛りつけろ。悪党め、思い知らせてやる――〔リーガン、グロスターの髭《ひげ》をむしる〕

グロスター　慈悲深き神々に誓って言う、なんたる見さげ果てた仕業か、

人の髭をむしるとは。[一]

リーガン　こんな白髪《しらが》になって、こんな裏切りを！

グロスター　残忍な奥方だ、

この顎《あご》からむしり取った髭に命が籠って、

あなたを呪わずにはいないだろう。私はこの家《や》の主《あるじ》だ、

持て成しの主人の顔に盗賊の荒あらしい手で、

このような乱暴を働くとはもってのほか。さ、どうなさるお積りか？

コーンウォール　では訊くが、最近、フランスからどんな手紙が来た？

一　髭をむしるのは相手に対するこの上ない侮辱である。

リーガン　正直に答えたほうが身のためですよ、真相はわかっているのだから。
コーンウォール　それから、最近この国に上陸した謀反人どもと組んで、一体、何をたくらんでいるのだ？
リーガン　一体、誰の手にあの気が触れた王を預けたのか、白状なさい。
グロスター　私が受け取ったのは推測に基づいて書かれた手紙にすぎず、どちらにも与《くみ》しない中立の者から来たのであって、敵方からのではありませぬ。
コーンウォール　なかなか狡《ずる》い言い逃れだ。
リーガン　嘘に決まっている。
コーンウォール　王をどこにやった？
グロスター　ドーヴァーに。
リーガン　なぜドーヴァーに？　背けば命はないと厳しく申し渡

してお いたのに——
コーンウォール なぜドーヴァーに? 先ずそのわけを聞こう。
グロスター 杭に縛りつけられた熊も同然だ、次から次へと襲いかかる犬責めに耐えねばならぬ。[一]
リーガン なぜドーヴァーに?
グロスター なぜって、見るに忍びなかったからだ、お前のその残酷な爪が哀れ老いたる王の両の眼《まなこ》を抉《えぐ》り出すのを、お前のあの獰猛《どうもう》な姉が猪の牙で聖油を注がれた玉体を刺し貫くのを。王がお帽子も召されずに地獄の闇夜に耐え忍ばれた大嵐に呼応して、海もまた、天まで高まり星の光を消し去ってしまうかと思われた、なのに、ああ哀れ、老いたる王は天に加勢して御自《おんみずか》らの涙の雨を降らせ給うたのだ。たとえ狼であろうと、あの恐しい嵐の夜、戸口で吠えれば、「門番、開けておやり」と言うのが情けというものではないか。どんなに残忍な獣《けだもの》でも、ときには憐れみを知っているというの

一 犬をけしかけ、繋がれた熊をいじめるのは、昔、もっとも人気のある遊びだった。英国では一八三五年の禁令でやっと止まった。

に。ま、見ていよう、
こんな娘たちには舞い降りる鷲のように迅速に天罰が下される
のを。

コーンウォール　見せてやるものか。おい、椅子をしっかり押え
ていろ。
貴様の目玉をこの足で踏みにじってやる。

グロスター　老年にいたるまで生き長らえたいと思う者がいるな
ら、
助けてくれ！　おお、酷い！　おお、神々よ！

リーガン　片目だけでは片手落ち、ついでにそっちの目も。

コーンウォール　天罰が見たいなら――

召使その一　どうかお留《とど》まりを。
幼少の砌《みぎり》よりずっとお仕えして参りましたが、
今こうしてお留め申し上げていることほどに
忠義な御奉公を致したことはありません。

リーガン　何を言う、この犬めが！

召使その一　その顎《あご》に髭が生えていたら、私がこの喧嘩を買って出て、引きむしって進ぜるところですが。

リーガン　それはどういうこと？

コーンウォール　この下郎！〔剣を抜く〕

召使その一　よし、やむをえぬ、かかってこい、怒りの刃《やいば》がどんなものか見せてやる。〔剣を抜く〕

リーガン　〔別の召使に〕剣をお貸し。百姓の分際で生意気な！〔剣を取って駈け寄り、背後から刺す〕

召使その一　あ、やられた！　殿、片目だけでも御覧になれましょう、相手に与えた手傷のほどは。おお！〔死ぬ〕

コーンウォール　ならば、もう何も見えぬようにしてやる。どうだ、飛び出せ目玉、汚らわしい、ゼリーの塊！　さあ、お前の光は今どこにある？

グロスター　すべては闇、心慰むものは何もない。倅のエドマンドはどこにいる？

エドマンド、子としての自然の情のありたけを火と燃やして、この悪逆非道の所業の仇をとってくれ。

リーガン　出てお行き、裏切り者の悪党！　お前を憎んでいる人に助けを求めても仕方ない。お前の反逆を知らせてくれたのも、彼なんだからね、あの人は善良で、お前なんかに同情しはしないさ。

グロスター　ああ、わしとしたことが何たる愚行を！　では、エドガーは欺かれたのか。優しき神々よ、愚かなこの私を赦《ゆる》し、あの子に幸せを恵み給え！

リーガン　この男を城門の外に突き出しておやり、鼻を使えばドーヴァーに行き着けるだろうからね。〔召使の一人、グロスターを連れ去る〕どうなさいました、お顔の色が？

コーンウォール　手傷を負った。一緒に来てくれ。あの目なしの悪党を追い出し、この下郎は肥溜《こえだ》めに放り込んでおけ。リーガン、血が止まらぬ。
まずい時[一]に傷を負ってしまった。腕を貸してくれ。〔リーガンに支えられて退場〕

召使その二　あんな男が無事息災でいられるなら、
おれはもうやけのやんぱちだ、どんな悪事でもやってやる。

召使その三　あんな女が長生きして、
人並みに往生できるものなら、
女はみんな化け物になる。

召使その二　老伯爵のあとを追い、例のベドラムの気違い乞食を見つけて、どこへなりとお望みの所へ手引きさせよう。やつは瘋癲《ふうてん》の浮浪者だ、どこへ行こうと何をしようと怪しまれる気づかいはないからな。

召使その三　そうしてくれ。おれは麻の布切れと卵の白身《しろみ》を取ってくる、

一　コーディーリアとの決戦が迫っている存亡の時だから。

あの血だらけのお顔に塗ってさしあげるのだ。あとは神だのみしかない！〔左右別々に退場〕

第四幕

第一場——ヒースの荒野

エドガー登場。

エドガー　しかし、こうして乞食でいるほうがましだ、馬鹿にされてもその理由《わけ》がはっきりしているからな、
いつも馬鹿にされていながら諂《へつら》われて、それに気づかずにいるよりは。
運命の女神に見はなされ、どん底に落ちれば、
浮び上がる望みこそあれ、もう怖いものなしだ。
なげかわしい有為転変は高処《たかみ》からの転落だ、
落ちるところまで落ちれば、笑いが甦る。ならば歓迎しよう、
姿なき風よ、この裸の姿でお前を抱こう。

お前に吹き飛ばされてどん底に落ちた惨めな奴だ、借りは返した、もうお前がどんなに吹こうと怖くはない。や、誰か来る。

グロスター、一人の老人に手を引かれて登場。

エドガー あ、父上ではないか？ 目が道化服のように赤と白だんだらになって。一 ああ、なんたることか、人の世は！ お前の不思議な転変が憎ければこそ、人は早く年老いて世を去りたいと願うのだ。

老人 ああ、おいたわしい、殿様！ 手前は殿様にお仕えして、いや、御先代様からお仕えして、もう八十年になります。

グロスター 行け、もうわしに構うな。頼む、戻ってくれ。折角の親切も、わしには何の役にも立たぬ、親切があだとなって、禍いがお前に及ぶやもしれぬ。

一 無論、赤は血、白は卵の白身である。前幕結末の「召使その三」の科白参照。

老人　でも、道がおわかりになりません。
グロスター　わしに行く道などありはせぬ、だから目など要らない。
目が見えていたときには、躓《つまず》いたものだ。今はよく物が見える、[一]
物を持っていれば安心して油断するが、無一物になれば
かえってそれが財産になる。ああ！　可愛い倅エドガー、
お前は欺かれた父の怒りの餌食《えじき》だった、
命ながらえお前に触れて見ることさえできたなら、
わしは両の眼《まなこ》を取り戻した、と言おう。
老人　おい！　そこにいるのは誰じゃ？
エドガー　〔傍白〕ああ、神々よ！　一体、誰が「今こそどん底だ」
などと言えましょうか？
現に今のおれは今までよりも一段と下に落ちている。
老人　哀れな気違いトムか。
エドガー　〔傍白〕いや、もっと落ちるかもしれない。「これがどん
底だ」などと

一　「盲目」と「明察」、これは「狂気」と「理性」というリアの逆説主題と対応する。この逆説をとおして、本筋の主人公と副筋の主人公は劇的対位法を構成している。

言っていられる間は、どん底にはなっていないのだ。

老人　おい、どこにいくんだね？

グロスター　乞食か？

老人　はい、乞食で、おまけに気違いです。

グロスター　多少は正気が残っていよう、さもなければ物乞いも
できまい。
昨夜の嵐の中でも同じような奴に出会ったが、
それを見て人間なんて虫けらみたいなものだなと思った。
そのとき、なぜか息子のことがふと心に浮んだが、まだわしの
心は
息子を許してはいなかった。その後《ご》、いろいろと事情を聞き知
ったのだが。
腕白小僧の手にかかった蜻蛉《とんぼ》と同じだ、神々の手にかかったわ
れわれ人間は。
神々は手なぐさみにわれわれを殺して楽しむ。

エドガー　〔傍白〕これはまた、どうしたこと[一]か？

一　自分が許されていることを指すのか、それともかつての父には見られなかった厭世観を指すのか。

人の悲しみを知りながら阿呆の振りをしなければならないとは、
　辛い生業《なりわい》だ、
われながら腹が立つ、人をも怒らせる。〔グロスターに〕こんに
　ちは、旦那《だんな》さん!
グロスター　あの裸の奴か?
老人　はい、左様で。
グロスター　では、お前は戻ってくれ。もしわしのために、
ここから一、二マイル先、ドーヴァー街道で追いつきたいと思
　うなら、
昔からの誼《よしみ》だ、いったん戻ってくれ。
そして、この裸の男に何か着る物をもって来てやって欲しい、
わしはこいつに案内を頼むつもりだ。
老人　とんでもございません!　こいつは気違いです。
グロスター　末世にふさわしいではないか、狂人が盲人を手引き
　するのは。[一]
命じたとおりにせよ、いやなら勝手にしろ。

一　ペーター・ブリューゲルの怪奇な風刺画の世界に通じる。

ともあれ、先ずは戻ってくれ。

老人 手前の一張羅《いっちょうら》をやつのために持って参りましょう、それがどうなろうと、かまやしません。〔退場〕

グロスター おい、裸ん坊――

エドガー 哀れなトムは寒いよ。〔傍白〕もうこれ以上お芝居はできない。

グロスター こっちにお出で。

エドガー 〔傍白〕だが、芝居をつづけなければ。ああ、おいたわしい、目から血が。

グロスター ドーヴァーへ行く道を知っているか？

エドガー 知ってるよ、木戸に大木戸、馬道、小道。哀れなトムは悪魔におどされて気がちがったんだよ。あんたは良家の御子息さまだ、悪魔にとりつかれないよう気をつけな！　一度に五匹も、悪魔のやつが哀れなトムにとりついたこともある。オビディカットは淫欲の悪魔、ホバディダンスはだんまり啞の王さま、マーフーは盗みの、モードーは人殺しの、フリバティジベ

一　そのためにどんな禍いが降りかかろうと、とも解せる。

ットは仏頂面《ぶっちょうづら》と苦虫面の悪魔、この五匹がさ。おしまいのは近ごろじゃ、御殿女中や腰元なんかについてるらしい。だから、あんたも気をつけたがいいよ、旦那さん！

グロスター　さ、この財布を取っておけ。お前は天の懲罰を素直に受けて、
耐えている。わしが惨めになれば、それだけお前は幸せになる。
天の配剤よ、つねにかくあらせ給え[一]！
ありあまる物を持ち、欲望をほしいままに満たし、
天意を勝手に私意の奴隷となして、感じないがゆえに
見ようとしない奴らにこそ、速やかに天の力を感じさせてやるがいいのだ[二]。
そうすれば、分配が余剰を無くし、
人はめいめい満ち足りることになろう[三]。お前はドーヴァーを知っているか？

エドガー　知ってるとも、旦那さん。

グロスター　そこには断崖がある、その高くそびえ突き出た端《はな》か

一　運命の車輪が廻れば上にいる者は下降し、下にいる者はそれだけ上昇する。

二　グロスターは目が見えないがゆえに深く感じ、深く感じるがゆえに物が、人の不幸がそれだけ明らかに見える。

三　これはつとにマルクスを予想している。

らは、
絶壁に堰《せき》とめられた海がおどろおどろしく逆巻いているのが見える。
その断崖の縁までわしを連れて行ってくれ、
そしたら、お前が耐えている惨めさの埋め合せをしてやろう、
身のまわりにまだ多少金目《かねめ》のものは持っているからな。
そこから先はもう案内は要らぬ。

エドガー　腕を貸しな。
哀れなトムが案内してやる。〔二人退場〕

第二場――オルバニー公爵の館の前

ゴネリルとエドマンド登場。

ゴネリル　着きました、伯爵、わが家にようこそ。でも、おかしいですわね、

あの温順《おとな》しい主人が途中まで出迎えにも来なかったのは。

オズワルド登場。

ゴネリル　あ、お前、御主人様はどこ？

オズワルド　奥においでございますが、あれほどお変りなされた方もございません。上陸した敵軍のことをお話ししても、ただ頬笑まれるだけ、奥方様がお帰り遊ばすと申し上げても、「なおさらまずい」と一言、御返事があったばかりでございます。グロスター殿の裏切り、その御子息の御忠勤ぶりについて御報告いたしますと、手前を馬鹿呼ばわりなされ、お前の言っていることは何もかもあべこべだと仰せられました。何よりもお嫌いなはずのものが、今ではお気に召し、お好きなはずのものが今ではお気に入らぬ御様子でございます。

ゴネリル　〔エドマンドに〕では、あなたはここでお戻りになって。

あの人の心は牝牛のように怖じ気づいていて、
大胆になにかする勇気がまるでないのよ。どんな侮辱を受けて
も、
それに仕返しする男気《おとこぎ》というものがない。道すがら話し合った
わたしたちの願いも、
きっと叶えられるわ。さ、お戻りになって、エドマンド、義弟《おとうと》
のところへ。
急いで軍隊を召集させ、あなたが指揮をお執りになって。
わたしは家に帰り夫と武器の取り替えっこをしなければ。糸巻
棒[一]を
あの人の手に渡します。この信用のおける召使はわたしたちの
連絡係にしましょう。
いずれそのうち、あなたが御自分のために大胆にやってのける
覚悟がおありなら、
あなたの女主人、いいえ愛人の命令をお聞きになるはず。[二]これ
を、何もおっしゃらないで〔恋の形見の品を手渡しながら〕。

一　女の換喩。

二　夫オルバニー殺害の命令。四幕六場、二三九—四〇頁の手紙参照。

少しおかがみになって。[一] この接吻が口をきけるものなら、
あなたの心は天にも昇ることでしょう。[二]
この謎おわかりになってね、[三] ではしばらくお別れね。

エドマンド　死すとも、[四] この身はあなたの物。

ゴネリル　ああ、愛《いと》しいグロスター！〔エドマンド退場〕
ああ、同じ男でありながら、なんという違いだろう！
あなたになら、女は身も心もすべて捧げられるのに。
阿呆がわたしの肉体《からだ》を横取りしている。

オズワルド　奥方様、御主人様がお見えになりました。〔退場〕

オルバニー登場。

ゴネリル　出迎えにもおいでにならないなんて、私は口笛を吹いて呼ぶ値打ちもない犬同然になり下がったのかしら。

オルバニー　おお、ゴネリルか！
きみには突風がその顔に吹きつける塵《ちり》ほどの値打ちも
ありはしない。心配なのは、きみのその気性だ。

一　恋の形見、おそらくは首飾りを背の高いエドマンドの首にかけるためか、それとも接吻するためか。いずれでもあるだろう。

二　「心」の原語は‘spirits’——これは精液ないし男根の意味を暗示する。「昇る」の原語は‘stretch’——これは延ばす、拡げる、大きくするの謂であるが、これにも無論、性的含意がある。「天にも昇る」気持になるのはエドマンド一人にかぎらない、当のゴネリルとて同じだ。

三　「この謎おわかりになってね」の原語は‘conceive’——これは懐胎するの意味でもある。

四　「死す」‘die’とは性的快楽の絶頂の謂でもある。

おのれの命の根源をないがしろにするような、そんな自然《たち》の人
間が、
分を心得て納まっていられるはずもない。
命の養分を与えてくれた親木から、
みずからを引き裂き切り離すような女は必ずや枯れしぼみ、
ついには焚木《たきぎ》になって燃やされるのが落ちだ。

ゴネリル もう沢山、そんなお説教は馬鹿げているわ。

オルバニー 知恵も徳も下劣な人間には下劣としか聞えぬらしい。
汚れた心が好むのは汚れた物だけだ。一体、きみたちがしたこ
とは何だった？
虎だ、人の娘がすることではなかった、きみたちがしたことは。
父親を、情け深い御老人を、
鼻輪をはめられ引き廻される荒熊でさえ畏れかしこみ、その手
を舐《な》めるような
お人を、なんたる野蛮か、なんたる堕罪か！　きみたちは気違
いにしたのだ。

よくまあ義弟《おとうと》も、きみたちのなすがままに任せて平気でいられたものだな？
老王の恩恵を受け君主になれた男だというのに！
もし天がありありと目にも見える神霊の一群を速やかに地上に遣わし、[一]
この野獣のごとき非道の罪人どもを懲らしめ給わぬならば、
きっと来る、
深海の怪物どものように、
人間が人間を餌食にして貪り食らい合う時が。

ゴネリル　意気地なし！　なんて生白《なまじろ》い肝っ玉の人なんだろう。
あなたは頬はぶたれるため、頭はなぐられるためにだけついている人だわ。[二]
額に目はついていても、名誉と屈辱の見さかいもつかない、
悪党が悪事を犯すより先に罰せられるのを見て哀れだなどと同情する、
そんなことをするのは阿呆だけだということがわかっていらっ

一　ヨハネ黙示録が語る「最後の審判」に先立って降下する天使の群れが想像されていよう。

二　マタイ伝第五章三九節「人もし汝の右の頬をうたば、左をも向けよ」参照。

　しゃらない。
どこにあるの、あなたの陣太鼓は？
フランス王は太鼓一つ鳴らぬこの静かな土地に軍旗を翻《ひるがえ》し、
兜《かぶと》の羽根飾りも凜々しくあなたの国をおびやかしているという
　のに、
あなたときたら説教好きの阿呆よろしく、ただじっと手をこま
　ねいて、
「ああ！　なぜこんな非道《ひど》いことをするんだ？」と、嘆いてい
　るだけ。

オルバニー　自分の顔を見てみろ、悪魔め！[一]
悪魔の醜い素顔も、女の面をつけたときほどに
恐しくはない。

ゴネリル　ああ、見え坊の阿呆のたわごと！

オルバニー　女に化け本性を隠した悪魔め、恥を知れ！
そんなに姿かたちを歪めて、なおさらに正体を曝すな。
この手を煮えたぎる血気にまかせてよいものなら、

一　多分、オルバニーはゴネリルの所持する手鏡を取りあげ、彼女に向ける。〝虚栄夫人〟の肖像のすぐ背後には悪魔が描かれ、鏡面には夫人の顔ならぬ悪魔の顔が映っている、そういうルネサンス期通有の図像が下敷にある。

お前のその肉、その骨を引き裂き砕いてしまうところだ。
しかし、いかに悪魔であろうと、女の形《なり》をしていては
さすがに手も出せぬ。

ゴネリル　おやまあ、大層、男らしいこと——にゃおお[一]!

使者登場。

オルバニー　何の知らせだ?

使者　ああ!　大変でございます、コーンウォール公がお亡くな
りになりました、
御自分の召使の手にかかって。グロスター伯の
もう一方の目を抉《えぐ》り取ろうとなされたときに。

オルバニー　グロスターの目を!

使者　子飼いの召使が見るに見かねて心たかぶり、
お仕打ちに手むかい、剣を抜いて
御主君に斬りかかりました。公爵はこれに激怒され、
相手に飛びかかり、他の者の助太刀を得て奴めを打ち果たされ

一　猫の鳴き声の真似であるが、軽蔑を表わす間投詞。

ました。
されど、御自身も深傷《ふかで》を負われ、それがもとで
後を追うようにお命を落とされました。

オルバニー　これでわかった、正義の審判が天にあることが。
われわれ下界の者の罪はかくも迅速に
天の復讐を受けるのだ！　それにしても、無残なのはグロスター！
もう一方の目も失ったのか？

使者　両眼、もろともに、でございます。
奥方様、この手紙に至急御返事をとのこと、
お妹君よりのものにございます。〔一通の手紙を差し出す〕

ゴネリル　〔傍白〕見ようによっては、これはもっけの幸い、[一]
でも、今や妹は寡婦《やもめ》、そしてその傍らにはわたしのグロスターがいる、
となれば、わたしの恋が夢に描いた空中楼閣も瓦解して、
あとには忌まわしい人生しか残らないという心配もある。しか

一　コーンウォールの死によって、王国の支配を一手に牛耳れる可能性が生れたから。

し別の見方をすれば、
この知らせもまんざら苦《にが》いものではない。一〔使者に〕読んでから
返事をしましょう。〔退場〕

オルバニー　息子はどこにいたのだ、父親が目を抉《えぐ》り取られたときに？

使者　奥方様のお供でこちらに。

オルバニー　来てはおらぬ。

使者　存じております、お帰りの道すがら、お会い致しました。

オルバニー　彼はこの残虐な仕打ちを知っているのか？

使者　はい、知っておられます。お父上を密告し、
故意にその場をはずして、公爵御夫妻のお仕置きが
思う存分に果たされるよう仕向けたのは、あの方でございます。

オルバニー　グロスターよ、私が生きているかぎり、
お前が王に示してくれた愛情に報い、
お前のその目の仇は必ず取ってやるからな。

一　リーガンを亡きものにすれば、王国独裁と恋人を両手に花と獲得できるから。すでに夫オルバニー殺害の意志は固まっている（一九八頁九行参照）。エドマンドとの結婚も夢ではない。

さ、屋敷へ、なお知っていることを聞かせて欲しい。〔二人退場〕

第三場――ドーヴァー近くのフランス軍陣営

ケントと紳士[一]が登場。

ケント フランス王がなぜこうも突然御帰国なさったのか、理由は御存知ないか?

紳士 本国で何かしのこされた問題がおありの御様子、それを御出陣後に思い出され、ことは国家の安否にかかわる大事らしく、やむなく直々《じきじき》の御帰国とは相成ったもののようでございます。

ケント あとの指揮はどなたにお任せになったのだろうか?

紳士 フランス国元帥ラ・ファール殿に。

ケント 例の手紙をお読みになって、王妃にはさぞやお嘆きの御様子であったろうな?

紳士 左様でございます。私から手紙をお受取りになると、その

一 三幕一場でケントがコーディーリアのもとに遣わした人物(一四二頁一―四行参照)。

場でお読みになりましたが、
時折り大粒の涙がはらはらとお美しい頬を伝わり流れました。
でも、さすがは王妃、深い悲しみの激情を見事に抑えられ、
さながら謀反人のごとく王妃に代って自ら王たらんとする
悲しみに耐えておいでの御様子でありました。

ケント　おお、では、あの手紙でお心を動かされたのだ！

紳士　といっても、お取り乱しにはならず、克己心と悲嘆とが
妃のお顔をこの上なくお美しくしようと互いに競い合っている
かと見えました。
御覧になられたことがおありでしょう、日の光と雨が同時に射《さ》
したり降ったりするのを。
妃の頬笑みと涙はそれに似て、いっそう美しい風情でした。豊
かな唇に戯れる
お幸せそうなかすかな頬笑みは、両の眼《まなこ》に訪れている客が何か
も御存知ない様子、
客はやがてそこを辞去しましたが、まるで真珠がダイアモンド

から滴り落ちる気色《けしき》でありました。

要するに、悲嘆もまた、世にも珍しい宝になれるということです、

誰にでもあのように似合うのであれば。

ケント 何かお言葉はなかったか?

紳士 ええ、ございました。一、二度苦しげに「お父さま」と、お胸を押さえつけられたかのように喘《あえ》ぎながら仰せられました。それから咽《むせ》び泣きになって申されるには、「姉上たち!　姉上たち!　女性の恥です!　姉上たち!　ケント!　お父さま!　姉上たち!　何ということを、嵐の中!　真夜中に!　もはやこの世に憐れみはないのか!」　そうおっしゃって、神々しいおん目《まなこ》から聖水を振り払われ、嘆きのお叫びもそれで湿って、その場をお立ちになりました、お独りで悲しみを鎮めようと。

ケント 星だ、

天の星の力だ、人間の性格を決定するのは。
さもなくば、どうして同じ父と母からこうも違った子供が
生れようか。その後、妃と言葉を交わさなかったか？

紳士　一言《ひとこと》も。

ケント　今の話はフランス王御帰国以前のことだったのか？

紳士　いや、その後のことで。

ケント　実は、哀れお苦しみのリア王は、今この町にいらせられる。
ときに正気が戻られると、われわれがなぜここに来ているのか、
そのわけを思い出されるのだが、どうしても
姫君にはお会いなさろうとはしないのだ。

紳士　それはまた、なぜでございます？

ケント　如何《いかん》ともしがたい恥ずかしさに取り憑かれておいでなのだ。
父としての祝福を無体《むたい》に剝ぎ取り、異国に追いやって
危険にさらし、あまつさえ姫の大事な当然の権利を

犬畜生同然の冷酷な姉どもに与えてしまわれた、そういう御自身の無情の数々が毒蛇のように御心を嚙み、恥ずかしさに御身も熱く焼けただれて、とてもコーディーリア様と顔を合わせるお気持にはなれないのだ。

紳士 ああ、なんとお気の毒な！

ケント オルバニー、コーンウォール両軍の動向について何かお聞きになったことはないか？

紳士 聞きました、両軍とも出陣したとのことです。

ケント さて、われらが主君リア王のもとに御案内しよう、側近《そば》くお仕え下されい。私は深い仔細があって、もうしばらく身分を隠していなければならぬ。いずれ名乗る時も来ようが、その時、こうして私と近付きになったことを後悔なさることはありますまい。さ、どうぞ御一緒に。〔二人退場〕

第四場――前場と同じ

軍鼓、軍旗と共にコーディーリア、侍医、兵士の一隊登場。

コーディーリア　ああ！　父上にちがいない。たった今、お見かけした者の話では、
荒海のように猛り狂い、大声で歌をうたっておいでだったとか。
頭には伸び放題の華鬘草《けまんそう》、田の畔《あぜ》にしげる名もない草、
矢車草、毒人参、刺草《いらくさ》、種つけ花、毒麦、
そのほかわたくしたちを養う大切な穀物畑を荒らす
役立たずのさまざまな雑草を冠《かんむり》になさっているとのこと。
すぐ百人隊[一]を遣わし、茫々《ぼうぼう》と生い繁る野原[二]を隈《くま》なくお探しして、
わたくしの目の前にお連れ申し上げるように。〔士官一人退場〕
人間の知恵で、

一　リアが失ったあの百人の騎士とは直接なんの関係もないのは明らかだとしても、いやでも彼らのことを思い出さずにいられない。コーディーリアは確実に思い出しているはずである。

二　前幕はまるで真冬を思わせるような冷酷な嵐の場面であったが、今は夏の真っ盛りの時のようである。リアが野の花々で身を異様に飾って登場するのも、間もなくである。ペンギン版の優れた注釈者G・K・ハ

あの失われた御正気を回復する術《すべ》はないものか？　その術を知っている者には、わたくしの財産すべてを与えよう。

侍医　術《すべ》はございます。人間の命を養い育む自然の乳母は安らかな眠りでございますが、それこそ国王陛下に欠けていらっしゃるもの。幸いそれを促すのに効き目ある薬草なら沢山ございまして、その力をもってすれば、苦悩ゆえにまんじりともしない目でも、難なく閉じることが出来ましょう。

コーディーリア　ありとあらゆる有難い秘薬よ、
大地にひそむ未知の力ある薬草よ、
わたくしのこの涙の雨に潤《うるお》って芽吹いておくれ！
あの善良なお方の悩みを癒す助けになっておくれ！
早くお探しして、さ、早く。御狂乱のあまり、
生きる方途を失ったお命が絶えない先に。

ンターは「茫々と生い繁る野原」に作者の「象徴的意図」を見て、こう言っている。「〝自然〟の混沌へのリアの逃避〔＝狂気――引用者〕の絶頂は、植物的生長の自然の激発、狂乱によって支えられている」。とすれば、ここにも前幕に見られた大宇宙＝自然と小宇宙＝人間とのあの壮大・凄絶な照応がある。

使者登場。

使者　御注進、御注進にございます。
ブリテンの軍勢がこちらに攻め寄せて参ります。

コーディーリア　先刻承知のことです。それを予測して
迎え撃つ準備は整っている。ああ、お懐かしいお父さま！
お父さまのために、こうして出陣して参りました。
ならばこそ、フランス王も泣いて懇願する私を
不憫と憐れんで下さったのです。
思い上がった野心ゆえに軍《いくさ》を起すのではありませぬ、
ただ愛ゆえに、尊い愛ゆえに、お年を召した父上の権利を回復
するために。
すぐにもお声が聞きたい、お顔が見たい！　〔一同退場〕

第五場――グロスターの居城の一室

リーガンとオズワルド登場。

リーガン でも、兄上の軍勢は出陣しているのだろうね？

オズワルド はい、確かに。

リーガン 直々《じきじき》の御出陣かい？

オズワルド それが、大騒ぎの末にやっと。お姉上様のほうがずっと立派な武人でいらっしゃる。

リーガン エドマンド卿はお館《やかた》に着いても、お前の御主人様とは一言《ひとこと》も交わさなかったとか？

オズワルド はい、一言も。

リーガン 卿宛《あて》の姉上の手紙というのは、どんな用向きなのかしらね？

オズワルド 手前はまったく存じ上げません。

リーガン 実は、卿は大事な所用があって急にお発《た》ちになった。

グロスターを目を抉《えぐ》り取っただけで生かしておいたのは、返すがえすも愚かな手抜かりだった。行く先ざきで人びとの心を動かし、私たちの敵にまわしているとやら。思うに、エドマンドが出かけたのは惨めな父が哀れでたまらず、ひと思いに光を失ったあの闇の命に決着をつけてしまおうがため。それにまた、敵の兵力を探るためでもあるだろうね。

オズワルド　それではお後《あと》を追って、この手紙をお届けしなければなりません。

リーガン　私たちも明日《あす》は出陣する。今夜はここにとどまるがよい、途中が危険だから。

オズワルド　そうもしておられません、この件については奥方様の厳しいお申し付けがございますので。

リーガン　なぜ姉上はエドマンドに手紙などお書きになるのだろ

う？

用があるなら、お前の口からじかに伝えればそれで済むものを？

どうやら、何かある——それが何かはわからないけれど。

お礼はたんまりするから、その手紙の封を切らせておくれ。

オズワルド それればかりは、どうも——

リーガン 知ってますよ、お前の所の奥方が御主人を好いていないことは。

この目に狂いはない。先頃ここにお出でになった際も、エドマンド卿に妙な流し目を使ったり、意味ありげな様子を見せていたもの。

知ってますよ、お前が姉上と懇《ねんご》ろだっていうことも。一
オズワルド まさか、この私が！

リーガン 何もかも知った上で言っているのだよ。お前はそうに決まっている、
ちゃんとわかっている。だから私のこれから言うことを、肝に

一 二幕二場、一〇一頁四行参照。

銘じておくがいい。
私の主人は亡くなった。エドマンドとはもう話がついている、
あの人はお前の所の奥方より、この私と一緒になるほうが、
万事都合がいいのだよ。これだけ言えば、あとは察しがつくだろう。
あの人に逢《あ》ったら、これを渡して頂戴。

―愛の形見か手紙か。

お前の女主人に今の私の話を聞かせてあげたら、
言っておやり、分別をお取り戻しなさいましと。
では、お行き、道中無事に。
もしあの盲目の裏切り者の消息を耳にするようなことがあったら、
いいかい、その首を刎《は》ねた者には立身出世が約束されていることを忘れるでない。

オズワルド　是非とも出会いたいものです。出会えれば、
私がどちらの味方か、はっきりとお見せすることになりましょう。

リーガン　行っておいで、道中無事に。[一]〔二人退場〕

第六場――ドーヴァー近くの片田舎

グロスター、百姓姿のエドガーに手を引かれて登場。

グロスター　例の断崖の上にはいつ着くのだろう？

エドガー　今、登っているところだ、それ、このとおり骨が折れる。

グロスター　地面は平らなようだが。

エドガー　すごい登りだ。

ほら！　潮騒《しおさい》が聞えるだろ？

グロスター　いや、聞えぬ、全然。

エドガー　なんだって。それじゃ目の痛みのせいで、

きっとほかの感覚まで駄目になったんだな。

グロスター　そうかも知れない、実際。

一　この一句は「途中が危険だから」(二一五頁九行)を含めれば、この場で三度、執拗に繰り返されている。オズワルドが道中無事に済むはずもない。読者・観客の心に劇的予感が高まらずにはいない。

なんだかお前の声まで変ってしまったような気がする。それに
　話すことまで、
言葉遣いといい、内容といい、前よりましになったようだ。一
エドガー　それはとんだ間違いだ。何も変ってはいない、
着ている物のほかは。
グロスター　なんだか、口のきき方がよくなったように思えるが。
エドガー　さあ、着いた、ここだよ。じっとしてらっしゃい。
恐しくて目がくらみそうだ、遥かな下を覗《のぞ》くと！
崖の中ほどあたりの空中を飛んでいる烏も紅嘴烏《べにはしがらす》も
せいぜい甲虫《かぶとむし》くらいにしか見えない。中途の岩壁にしがみつい
　て
茴香《ういきょう》二を採っている男がいる、命知らずの商売もあったもんだ！
全身が頭ほどの大きさにしか見えない。
浜を歩いている漁師は、まるで二十日鼠《はつかねずみ》だ。
その向うの沖合いに錨《いかり》をおろしている大船は小さく縮まって、
艀《はしけ》のよう。その艀がまた浮標《うき》のような小ささで、ほとんど目に

一　原文では、今やエドガーは無韻詩型で話している。
二　ピクルスなどの香味料に用いられる植物。

入らない。
無数の小石に意味もなく襲いかかっては砕ける大波の音も、
この高みにまではとどかない。いや、もう見るのはよそう、
頭がくらくらする、目がまわる、
真っ逆さまに落ちてしまいそうだ。

グロスター　お前の立っているところに連れて行ってくれ。

エドガー　手を貸しな。さあ、崖っ縁まであと一足《ひとあし》だ。
お月さまの下の世界のもの[一]は何でもあげる、と言われても、
真っ直ぐ上に跳び上がるのさえ、御免だな。

グロスター　手を離せ。
さ、もう一つ財布をやる、中に宝石が一つ入っている。
貧乏人には貰い甲斐《がい》があるものだろう。妖精や神々の力にすがって、
これを元手《もとで》に富み栄えるように[二]！　もっと離れてくれ、
さようならを言って立ち去るお前の足音を聞かせて欲しい。

エドガー　では、さようなら。

一　つまりは、此の世のもの。

二　妖精が守っている秘密の宝は、それを発見した者の手に入ると奇跡のように増えるという迷信があった。

グロスター　わしも心からさようならを言おう。
エドガー　〔傍白〕父上の絶望をかように弄《もてあそ》ぶのも、
それを直して差し上げたいからだ。
グロスター　〔跪いて〕おお、偉大なる神々よ！
私は今、この世との縁《えにし》を断ち、神々の御前で
心静かにこの身の業苦を振り払おうとしております。
たとえその苦しみになおも耐える力が残っていて、
神々の抗《あらが》いがたい御意思に背かずにすむといたしましても、[一]
どうせ悪臭を放ってくすぶる蠟燭の芯《しん》同然の忌まわしいこの自
然の余命、
いくばくもなく燃え尽きずにおりません。[二]ああ、もしエドガー
が生きているなら、
なにとぞお見守り下されんことを！〔エドガーに〕さあ、いよ
いよお別れだ。
エドガー　言い付けどおり離れたよ、さようなら。〔グロスター、
前に身を投げ、倒れる〕

一　自殺を禁じる。

二　マクベス大詰の独白中の有名な一句、「消えろ、消えろ、残り短い蠟燭よ！」(五幕五場二三行)を、いやでも思い出す。

〔傍白〕しかし、思い込みだけで命の宝が奪われないとも限らぬ、
最初から命そのものが盗み取られることに同意しているのなら。
ここが父上の思い込まれたとおりの場所であったら、 ― すなわち、絶壁の下。
今ごろはもう思い込みも何も消えて無くなっていることだろう。
〔声色を変えて〕生きているのか、死んでいるのか？　おい、ど
　うなさった！　聞えるか！　返事しろ！
〔傍白〕このまま本当に亡くなってしまわれるのか。いや、気が
　つかれた。
〔グロスターに〕あなたは一体、どういう人なんです？

グロスター　行け、死なせてくれ。

エドガー　蜘蛛《くも》の糸か羽毛か空気かならいざ知らず、
あんな何十尋《ひろ》もある高い所から真っ逆さまに落ちたのでは、
卵みたいに砕けて微塵《みじん》に飛び散るはず、なのに、あんたは息を
　している、
五体は満足、血も出ていない、口はきけるし元気だ。
帆柱十本つなぎ合せたって届かない高みから、

あんたは真っ直ぐに落ちてきたんですよ。
生きているのが奇跡だ。もう一度、何か言ってみてくれないか
ね？

グロスター　それにしても、一体、わしは落ちたのか、落ちなか
ったのか？

エドガー　落ちましたとも。この白亜《はくあ》の絶壁の、あの恐しい天辺《てっぺん》
から。[一]
見あげてごらんなさいな、かん高い声でさえずる雲雀《ひばり》もあまり
遥かなもので、
姿も見えねば声も聞えない。ひと目でいいから見てごらんなさ
いな。

グロスター　ああ、情けない！　わしには目が無いのだ。
惨めな人間は自分の惨めさを死によって断ち切る恩典さえも、
奪われているのか？　昔はまだ幾分かの慰めがあった、
惨めな者が自殺によって暴君の怒りをいなし、
その傲《おご》りたかぶった意思の裏をかくことが出来たのだから。[二]

一　ドーヴァーの絶壁は白亜質。英国の古名アルビオンの原義「白い国」も、これに由来する。

二　自殺を肯定した古代ローマのストア派の哲学者、たとえば暴君ネロに抗して自決したセネカが思い出されている。

エドガー　腕をかかえてやる。さ、立って、そう。どうかね？　脚は大丈夫？　立てますね。

グロスター　立てる、立てる、残念ながら。

エドガー　これはなんとも不思議だ。さっき崖の天辺であんたと別れたのは、あれは何者かね？

グロスター　哀れ不幸な乞食だった。

エドガー　ここから見あげていると、やっこさんの目玉はまるで二つの満月のようだった。鼻が千個もあり、角《つの》は荒波のように渦巻きよじれ、うねっていた。あれは悪魔か何かだった、本当にあんたは運のいい親父《おやじ》さんだ一よ。何もかもお見とおしで、人間のできないことをして見せて下さる神さまは有難いもんだね。あんたが助かったのも神さまがたのお陰だと思わなくちゃ。

一　原語は'father'――エドガーは内心に「父」を意味しながら、その気持を抑えて「老人」の意味で使っている。正体を明かす機はまだ熟していない。やがて彼はいうだろう、「万事、機が熟するのを待つのが肝心だ」(五幕二場、二五九頁七行)。

グロスター　そうだ、思い出した。[一] これからは、
苦しみ自体が「もう沢山だ、沢山だ」と叫んで死に絶えるまで、
耐えて見せよう。今、お話しになったもののことを
わしは人間とばかり思い込んでおった。そう言えば、何度も何度も
「悪魔め、悪魔め」と言っていたな。わしをあそこに案内したのも、そいつだった。

エドガー　くよくよせず辛抱強くかまえていることです。おや、誰かここに来る。

リア、野の花々で身を異様に飾って登場。

エドガー　正気の人間なら、こんな風な形《なり》をするはずはない。

リア　いや、わしが金《かね》を鋳造したからとて逮捕[二]されるいわれはないわ。わしは国王だぞ。

エドガー　ああ、見るも無残なお姿、胸が張り裂けそうだ![三]

リア　その点、生れついての王はどだい、捏《でっ》ちあげの奴より上だ。[四]

一　ベドラム乞食トムのことか、忍耐の美徳のことか。

二　原語は'touch'で、「逮捕する」の意と、金の純度を「試金石(touchstone)でためす」の意が含まれている。貨幣を鋳造するのは王の特権であってみれば、逮捕されるいわれはない。またリアは正真正銘の王であってみれば、その純度を試金石でためされるいわれもない。

三　'side-piercing sight'——大方の注釈者は脇腹を刺し貫かれた十字架上のキリスト像を思っている。愚かしい想像である。

四　「生れついての王」の原語は'nature'——「捏ちあげの奴」のそれは'art'である。「自然」と「人工・人為」の対立ないし優劣は、シェイクスピアの時代がことのほか好んだ論題だった。「人工」がこしらえた「捏

それ、新兵の手付け金だ。[一] なんだ、あいつの弓の使いようは、あれじゃまるで案山子《かかし》だな。三尺の矢いっぱいに引き絞ってみせろ。おい、見ろ! 鼠がいるぞ。しっ、静かに! この焙《あぶ》ったチーズ一切れで、なんなく捕れる。そら、籠手《こて》を投げるぞ。[二] 相手が巨人だろうと、物見せてくれよう。錆止《さびど》めを塗った矛槍《ほこやり》を繰り出せ。おお! よく飛んだ、鷹のようだ。[三] 当った、的に当った、ひゅうと! 合言葉は。

エドガー マヨナラの花。[四]

リア 通れ。

グロスター あの声には聞き憶えがある。

リア あっ! ゴネリルだな、白い髭など生やしおって!〔グロスターを変装したゴネリルと取り違えて〕あいつらは犬のように媚びへつらい、わしの髭には黒いのが生える前から英知の印《しるし》の白髪があったなどとぬかしおった。わしの言うことには何にでも「はい」、「いいえ」と、調子を合せていた! 「はい」も「いいえ」も、神を畏《おそ》れる誠《まこと》の心から出たものではなかった。かつて

ちあげの王」とは、金貨に刻印された王の肖像を示唆する。

一 原語は'press-money'——「捏ちあげの王」、王の肖像を刻印(press)した金貨、それで募集した新兵の給金を払う。以下、新兵の訓練の連想がつづく。「狂気」のなかにも連想の論理、「理性」が存在する。

二 挑戦のしるし。

三 獲物を誤つことなく仕とめる鷹のイメージ。鷹狩りは王侯貴族の好んだ大の娯楽だった。

四 脳病の薬とされた。

雨にしょぼ濡れ、風に歯の根が合わずがたがたと震え、静まれと命じても一向に雷が鳴りやまなかった時、わしは初めてやつらの正体がわかったのだ[一]、嗅ぎ当てたのだ。畜生、やつらの言うことは出《で》鱈目《たらめ》だ。わしは全能だなどとほざいた、嘘だ、悪寒にさえかなわないではないか。

グロスター　あの声の特徴はよく憶えている。
陛下ではございませぬか？

リア　そうだ、頭の天辺《てっぺん》から足の爪先まで紛《まぎ》れもなき国王だ、
わしが睨《にら》めば、見ろ、あのとおり臣下は震えあがる〔跪いているグロスターを指して〕。

あの男の一命は赦して遣わす。その方《ほう》の罪は何だ？

姦淫か？

死刑にはしない。姦淫で死刑？　馬鹿な！

そんなことは鷦鷯《みそさざい》もやっている、小さな金蠅《きんばえ》も、
わしの目の前でつるんでいる。

思う存分やるがいい、グロスターの妾腹の倅のほうが、

一　「静まれと命じても雷が鳴りやまなかった」とは、雷神ジュピターの地上における等価存在であるはずの"王"の権威など絵空事にすぎないということだ。大宇宙と小宇宙(人間界)の照応、「本質類比」(解説、三二六頁参照)による「存在の偉大なる連鎖」という世界像など、一片の虚構にすぎないということである。この認識こそ、「物自体」の認識にほかならず、そしてゴネリルの「正体」もまた、「物自体」には違いないのだ。今やリアはこれまで自分が信じ依拠していた「自然」の崩壊に立ち合い、その崩壊が強いた狂気の深淵で、もう一つの「自然」の認識に是非もなく直面している。

正当な寝所で出来たわしの娘どもより、
父親に孝行だったではないか。やれ、やれ、淫欲のままに、相
　手かまわず！
兵隊が不足しているからな。[一] 見ろ、向うで作り笑いしている御
　婦人を、
あの顔を見ていると股ぐらまで雪のように白いと思えてくる、
お淑《しと》やかに貞女を気取り、快楽という言葉を聞いただけで
おぞましげに頭《かぶり》を振るが、いや、どうしてどうして、
鼬《いたち》[二]や飼い葉をたらふく食った精力旺盛な馬だって、
あれほど奔放、底抜けの欲情を見せはしない。
腰から下は半人半馬の怪物ケンタウロスよろしく馬だ、[三]
女なのは腰から上だけだ。
腰帯までは神々の御領地、
下はこれすべて悪魔の縄張り。そこは地獄だ、[四] 闇だ、
硫黄が燃える奈落だ――燃える、焼けただれる、
悪臭、腐爛。ええい、たまらぬ、げえ！　げえ！

一　産めよ殖やせよ、余剰人口は軍隊を増強する。
二　娼婦の隠語でもある。
三　古来、馬は盲動する性欲の象徴である。
四　「地獄」'hell' は女陰の謂でもあり、両者は二重映像と化している。「燃える」'burning'、「焼けただれる」'scalding' は、いずれも梅毒による苦痛をも暗示している。「腐爛」'consumption' も梅毒による肉体の腐敗・崩壊を示唆する。この悲劇全体に圧倒的にみなぎっている性ないし性病の隠喩、その偏執的狂気は、ひとりシェイクスピアだけのものではない、同時代の劇作家、詩人すべてが程度の差こそあれ共有するものであった。補注二参照。

麝香《じゃこう》を少しくれ、薬屋、
わしの荒れ狂う想像力を鎮《しず》め浄めるために。
さ、薬代だ、取れ。[一]

グロスター　ああ！　そのお手に口づけをお許し下さい。

リア　拭いてからにしよう、末期《まつご》の人間の臭《にお》いがするからな。

グロスター　ああ、自然の造化の傑作もついに廃墟と化したか！
こうして
この偉大な世界もやがて無に帰することになるのか。私がおわかりになりますか？

リア　その目ならよく憶えている。流し目を使ってわしを誘うつもりか？
いや、いくらでも悪さをするがいい、目なしのキューピッドめ。[二]
わしは恋などするものか。この果し状をとくと読め、書き振りにも気をつけろ。

グロスター　その文字すべてが太陽であっても、私には読めませぬ。

一　今や薬屋に化せられたグロスターに、身を飾っている花を摘み取り与える。

二　盲目の恋の神。リアの狂気は、グロスターが盲目の恋の産物エドマンドゆえに目を失ったことを期せずして洞察しているのか。

エドガー　〔傍白〕これが人伝《ひとづて》に聞いたことなら、とても信じられないだろうが、
事実なのだ。これを目《ま》のあたりにしては、心臓も破れる。

リア　読め。

グロスター　何と！　この空っぽの目で？

リア　お、ほう！　そういう意味か？　目なし頭に文《もん》なし財布というわけか？　目は重症で財布は軽少、でも世の中のありようくらいは見えるだろう。

グロスター　感じで切実に見えます。

リア　何だと！　お前、気違いか？　人間、世の中のありようくらい、目がなくとも見える。耳で見ろ、あそこにいる裁判官があそこにいる卑しい泥棒をののしっている、あれを見るんだ。耳で聞け。二人が所を替えれば、もう、どっちの手にあるか当っこする子供の遊びも同じだ、どっちが裁判官で、どっちが泥棒か、お前にわかるか？　百姓の犬が乞食に吠えかかるのを見たことがあるだろう？

―〃ハンディ・ダンディ〃。

グロスター　はい、ございます。
リア　それで、そいつは犬から逃げ出しただろう？
それこそ権力というものの歴然たる姿だ。
犬だって職権を笠に着て吠えれば、人間さまを追い払える。
やい、教区の小役人め、その血塗られた手を引っ込めろ！
なぜ、その淫売を笞打《むちう》つのだ？　お前こそ、おのれの背中を裸
にしろ。
そんな酷い仕打方で笞打つのも、女の体をそんなふうにして
楽しみたい淫らな欲があるからだ。高利貸が詐欺師を縛り首に
する。[一]
襤褸《ぼろ》を着ていれば、破れ目からささいな悪事でも露見する。
法服や毛皮の長衣[二]なら何でも隠せる。罪に金の鎧《よろい》を着せれば、
どんなに丈夫な法の裁きの槍先も折れて、無傷でいられる。
鎧が襤褸なら、小人《こびと》の藁しべ一本で刺し貫ける。
この世に罪人などおらぬ、一人も、いいか、一人もだ。わしが
請け合う。

一　高利貸や資本家が金の力で治安判事になり、詐欺やその他の軽犯罪に極刑を科する、いつに変らぬ人間の時代風潮である。
二　判事ないし高利貸の象徴。

さあ、この恩赦状を受け取るがいい、わしには告発人の口を封じる権力があるのだ。ガラスの眼玉でも買うがよい、
そして卑劣な策士よろしく、見えもしないのに
見えている振りをするがいい。さ、さ、さ、さ、
靴を脱がせてくれ、もっと強く、もっと強く引っ張れ、そう、
　それでよし。[一]

エドガー 〔傍白〕ああ、意味と無意味が入り混じっている！
狂気にも理性があるのだ。

リア わしの不幸を泣いてくれるなら、この目をやろう。
お前のことはよく知っている、お前の名前はグロスター。
忍耐するんだ。われわれはみんな泣きながらこの世に生れて来た、
初めて空気に触れると、みんな泣きわめくではないか。
ひとつお前に説教して聞かせよう、ようく聞け。

グロスター ああ、ああ、悲しい！

一　狩りから帰って来た気持になっている。狂気と日常意識の交錯ないし共存。

リア　生れ落ちると、われわれは泣き叫ぶ、
阿呆ばかりのこの大舞台に引き出されたのが悲しくて。これは
　出来のいい帽子[一]だ！
そうだ、これは名案だぞ、帽子の羅紗《フェルト》で
騎馬の一隊に靴を履かせるというのは。早速、試してみよう、
そうしてあの婿どもに忍び寄ったら、
もう容赦はしない、斬って斬って斬りまくる[二]のだ！

　紳士、数人の侍者を伴って登場。

紳士　おお！　ここにおいでだ、さ、お押えして。
御寵愛の姫君の御命令により——
リア　救援隊ではないのか[三]？　何をする！　生捕りか？
わしは運命の女神に可愛がられてきた生れついての自然の阿呆
　道化だ。丁重に扱え。
身代金《みのしろきん》は出す。医者を呼んでくれ、
脳の髄までやられてしまったからな。

一　「帽子」と訳した原語は'block'——文字通りは帽子の型、あるいは馬に乗る踏み台の意である。前者の意味にとれば、説教師のしきたりどおりに、説教する前に脱いだ野花の冠を指すことになる。無論、狂気のリアには普通の帽子と変りはない。後者の意味にとれば、石か木の切り株かを指し、次行の騎馬につながる。そして帽子の羅紗で馬の蹄を包むのは、まさしく敵を奇襲する「名案」にはちがいない。「狂気の理性」。
二　かつてイギリスの軍隊が突撃の際に挙げた叫喚。
三　「斬って斬って斬りまくる」突撃は失敗に帰したらしい。

紳士　何なりと御意のままに。

リア　付添いはいないのか？　わし一人か？
これではいっぱしの男も泣き男になるしかないな、
目を如露《じょうろ》に使って庭に水をやり、そうだ、
秋のからから天気の埃《ほこり》を静めるしか。どうせ死ぬなら、豪勢に
死にたい、
美しく着飾った花婿のように。[一] なあに、わしは陽気にやるん
だ！
さあ、さあ、わしは国王だ、皆の者、それを存じておるか？

紳士　陛下こそ真《まこと》の国王でいらせられます、われら一同ひたすら
仰せに従う者にございます。

リア　では、まだ捨てたものではなさそうだ。さあ、取れるもの
なら取ってみよ、[二] 追っかけっこだ。さ、さ、さ、さ。[三]（走り去る。
侍者たち後を追う）

紳士　最低の卑しい身分の者にあってさえ、これは見るも無残な
光景、

一　現に、身をいっぱいに花で飾っている。

二　リアの身柄をか、それとも想像上の身代金をか。いずれにしても、彼は「陽気」だ、W・B・イェイツが歌っているように――「ハムレットもリアも陽気だ」（「青金石」）。

三　猟犬への掛け声。

まして国王の御位《みくらい》にあるお方が、ああ、もう言葉もない！　だ
が、一人の姫君がおられる、
あの二人[一]が堕落させた人情の自然を
人間すべての呪いから贖《あがな》い出して下さるお方が。

エドガー　もし、失礼ですが！

紳士　おや、これは。何か用でも？

エドガー　何かお聞きじゃありませんか、戦争がはじまりそうだ
との噂ですが？

紳士　確かだ、誰でも知っている。音を聞きわけられる者なら、
誰でも聞いて知っている。

エドガー　でも、後生ですからお聞かせ下さいませんか、
あちらの軍勢はどれほど近くまで来ているんでしょうか？

紳士　近くまで迫っている、しかも破竹の勢いで。この分だと、
いつ主力の姿が見えても不思議ではない。

エドガー　ありがとうございました、それだけ伺えば十分です。

紳士　われらが王妃は格別の仔細あって当地におとどまりになっ

一　名著『シェイクスピアの自然の教義』の著者J・F・ダンビーは、「あの二人」'twain' をアダムとイヴと解している。この解釈にしたがえば、「一人の姫君」コーディーリアは「人間すべての呪い」、すなわち原罪を贖う、もう一人の〝キリスト〟ということになる。そういう趣きもないではないが、しかし彼女をやたらとキリスト教殉教の聖女に見立てて祭りあげるのは、いかがなものか。そういう聖女コーディーリアを二十世紀屈指の詩人・批評家W・H・オーデンは、「劇人物として退屈」と言い切っている（『染め物屋の手』）。シェイクスピアは多分敬虔なキリスト信者であったにちがいないが、その信仰は教会向きでも教訓どおりに忠実なものでもなか

ているが、
王妃の軍勢は進撃している。
エドガー　どうもありがとうございました。〔紳士退場〕
グロスター　つねに慈悲深き神々よ、この息の根を止めさせ給え、
身内に宿る悪霊に誘われて、二度とふたたび、
お召しを待たずに死のうなどと願わぬように！
エドガー　結構なお祈りだったよ、親父《おやじ》さん。
グロスター　そういうあなたは、一体、どういう方《かた》なんだ？
エドガー　なに、つまらぬ人間さ。ただ運命の女神の笞《むち》に打たれ
打たれて
飼い馴らされ、それで悲しみを知り感じる術《すべ》を身につけて、
人さまにも憐れみを抱けるようになっただけの話だよ。
さ、手を引いてどこかの宿に連れていってあげよう。
グロスター　心からお礼を言う。
天の恵みと祝福があなたの上に下されますように、
いやが上にも、もっと、もっと！

ったことは確かだ。彼の〝自然〟はもっと物深い。「あの二人」はやはりゴネリルとリーガンを指すと取るのが、自然だ。

オズワルド登場。

オズワルド　懸賞つきのお尋ね者だ！　なんて間《ま》がいいんだろう！
お前のその目なし頭こそ、そもそもおれの出世のために造られたものなんだ。この老いぼれの運なしめ、謀反人め、手っとり早く懺悔をすませろ。剣は抜いたぞ、命はもらう、観念しろ。

グロスター　さ、どうぞ、存分にその親切な手に力を籠めてやってもらおうか。〔エドガーが割って入る〕

オズワルド　なんだ、この生意気な土百姓め、お触れの出ている謀反人をかばう気か？　引っ込んでいろ、そいつの貧乏神がお前にも取っつくぞ。
さ、そいつの腕をはなすんだ。

エドガー　はなすもんけぇ、そんくらいのこって。一

オズワルド　はなせ、下郎、さもないと命はないぞ。

一　以下、デヴォンシャあたりの方言が使われているらしい。

エドガー　旦那さんよ、あんたさあ、とっととといきなさったがええ、下《しも》じものものをとおすがよかっぺ。そんなおどしでおっちぬようなら、おらあ半月もめえにくたばっちまってる。だめちゅうに、このじいさまのそばによっちゃなんねぇ。どいてけろというだに。どかねぇちゅうなら、あんたさんのど頭とおいらの棍棒とどっちが硬いかためすべえ。おらあ嘘はいわねぇ。

オズワルド　うせろ、はきだめ野郎！

エドガー　歯をへし折ってくれべえ。さあ、かかってくるだ、おめえなんかの突きなんぞ屁でもねえ。〔二人打ち合い、エドガー、オズワルドを打ち倒す〕

オズワルド　畜生、殺《や》ったな。下郎、この財布を取れ。後生を大事と思うなら、おれの亡骸《なきがら》を葬ってくれ。それから懐にしまってある手紙をグロスター伯エドマンド様に届けてくれ。ブリテン軍の陣営に行けばお居場所はわかる。ああ、早すぎた最期だ！　死なねばならぬのか！〔息絶える〕

エドガー　貴様のことはよく知っている、使い便利な悪党だった。
女主人の悪が望むままに、
その非道に忠義を尽した奴だった。
グロスター　どうした！　死んだのか？
エドガー　お坐りなさいな、親父さん、休んでいらっしゃい――
〔傍白〕懐を探してみよう、こいつが言っていた手紙というのは、
ことによるとこちらの役に立つかもしれぬ。死んだな。ただ残念なのは、
おれではなしに死刑執行人の手にかからなかったことだけだ。
ままよ、
読ましてもらおう。許してくれ封蠟よ、見逃してくれ、礼儀作法よ。
敵の腹を知るには、その胸を切り開いて見なくては。
それにくらべたら、封を切るくらいは許されよう。〔手紙を読む〕
「たがいに交《か》わした誓いを忘れないようにしましょうね。あの

人を亡き者にする機会なら、いくらでもあるわ。あなたにその気がおありになりさえすれば、わたしたちの願いを叶えるための時と所は、こちらで十分に用意しますから。もし、うちの人が戦《いくさ》に勝ってもどってくるようなことになったら、せっかくの勝利もなんにもならない、万事休すよ。そうなれば、わたしは囚《とら》われの身、あの人の褥《しとね》はわたしの牢獄。あの厭《いや》らしい温《ぬく》もりからわたしを救い出して頂戴、そしてお骨折りの御褒美として、あなたが代って褥の主人になって下さいましな。

あなたの妻、そう呼ばせて——

愛をこめて、かしこ

ゴネリル」

ああ、女の欲望とはなんと果てしのないものか！
あの高潔な夫君の命を狙う陰謀をたくらみ、
あまつさえおれの弟に乗り換えようとは！
貴様はこの砂の中に埋めてやろう、凶悪な色気狂いどもを
取り持った外道《げどう》の恋の飛脚め。いずれ時が熟したら、

この淫ら邪悪な手紙をお見せして、命を狙われている公爵の目を
驚かせて進ぜよう。確かに公のためになる、
貴様の所業と死にざまをお知らせ出来るなら。
グロスター　王は狂ってしまわれた、なのに浅ましいかな、この
わしの正気はなんと頑《かたく》なか。
わしはこうして立って、おのが無量の悲しみをひしひしと感じている！
気が違ったほうがましだ。そうなれば、悲しみを思わずにすむ。
禍いも狂った幻想にたぶらかされて、
何もかも一切、忘れ去ることが出来るだろうに。〔遠くで軍鼓の響き〕
エドガー　さ、手を貸して。
遠くで、太鼓の音がするようだ。
さあ、親父《おやじ》さん、知り合いのところに泊めてやるよ。〔二人退場〕

第七場――フランス軍陣営内の天幕

コーディーリア、ケント、侍医、紳士登場。

コーディーリア　おお、ケント！　どのように生き、そして努めたら、あなたの忠義に報いることが出来るのでしょう？　わたくしのはかない一生すべてをかけても、また、どんな手立てによっても、とうてい叶えることは出来ないでしょう。

ケント　そのようなお言葉を戴けただけで、身どもには過分な御褒美でございます。御報告申し上げたことはすべて嘘いつわりのない事実、一言の誇張も半句の省略もないありのままの真実にございます。

コーディーリア　着替えをなさるように。

一　夭逝の予感か。悲劇的アイロニーにはちがいない。

その衣服はこれまでの苦難を思い出させる形見、
どうか脱ぎ棄てて下さい。

ケント　もうしばらくの御猶予を。
いま身許が割れては、折角の計画の障《さわ》りになります。
時が熟して、これぞ絶好の機と私が合点するまで、
なにとぞ私のことは御存知ない振りをなさって戴ければ有難き
幸せに存じます。

コーディーリア　では、そのように致しましょう。〔侍医に〕王の
お加減は？

侍医　まだお寝《やす》みでございます。

コーディーリア　ああ、慈悲深き神々よ、
虐《しいた》げられた王の御心のこの深傷《ふかで》を癒したまえ！
ああ、子ゆえに変り果てた[一]この父の
調子が狂い、音色《ねいろ》も乱れた心の弦を引き締め整えたまえ！

侍医　宜しければ、
お起し致しましょうか？　もう十分お寝みになりました。

一　原文は'child-changed'「子供に返った」とも解せる。が、ケンブリッジ版の注釈がいうように、リアは気が狂ってはいても、子供じみてはいない。

コーディーリア　そちの判断に任せます、思うがままに
計らうがよい。お召替え[一]はお済みか？

リア、椅子に眠ったまま、召使たちに運ばれて登場。

紳士　はい、お済みになりました。ぐっすりお寝みの間に、
新しいお召物にお替え致しました。

侍医　お起し申し上げる際、お側《そば》近くにおいでになっていらせら
れますよう。
正気の御回復は確実と信じております。

コーディーリア　そうしましょう。〔音楽〕

侍医　どうぞお側に。音楽をもっと大きく！

コーディーリア　ああ、お懐かしいお父さま！
御回復の霊薬がわたくしの唇に宿り、この口づけで
二人の姉が尊い御心に与えた非道の深傷《ふかで》が
癒されますように！

ケント　なんとお優しい、類《たぐい》なき姫君か！

一　王たる者の衣裳。

コーディーリア　たとえあの人たちのお父さまでなかったとして
も、
この雪のように白い御髪《おぐし》を見れば、哀れを催したことだろうに。
これが荒れ狂う嵐にさらされてよいお顔か？
轟々《ごうごう》と鳴りどよめき、恐しい稲妻を放つ雷に立ち向って？
凄《すさ》まじく閃めく電光の十字砲火のただなかに立って？
夜《よ》の目《め》も寝ずに——哀れ決死の歩哨《ペルデュ》[一]のように！——
このように薄い兜[二]ばかりで？
敵方の犬であろうと、たとえわたくしに嚙みついたことがあっ
たとしても、
あのような晩には炉辺《ろばた》に呼んでやるものを。哀れなお父さま、
お父さまは御満足でした？　豚や寄る辺《よるべ》ない浮浪者と一緒に
廃屋《あばらや》で、
擦り切れた黴臭《かびくさ》い藁にくるまり夜をお明しになって。
ああ、ああ、悲しい！　お命と御正気がもろともに失われなか
ったのが

一　原語は*'perdu'*——もとフランス語、原義は「失われた者」の謂。この原義も含まれているように思える。アーデン版は強調の斜体字綴りにしている。私もこれに同調する。フランス王妃コーディーリアは思わずフランス語を使ったのだ。
二　無帽、老人の薄い髪。

不思議です。あっ、お目覚めになった、何か言葉をお掛けして。

侍医　どうぞお妃《きさき》様から。それが一番よろしゅうございます。

コーディーリア　いかがでございます？　陛下、御気分はいかがでございます？

リア　酷い仕打ちだ、わしを墓から引きずり出すとは。
お前は天国に祝福された霊魂だ、しかし、
わしは炎の車輪に縛りつけられ[一]、零《こぼ》す涙は
溶けた灼熱の鉛となって肌を焦している。

コーディーリア　わたくしが誰か、おわかりになりますか？

リア　あんたは精霊だ、よくわかっている。どこで[二]亡くなったのかな？

コーディーリア　まだ、まだ、とても御正気には。

侍医　まだはっきりお目覚めになってはおられぬ御様子、暫くそっとしてお置きになったほうが。

リア　わしは今までどこにいたのだ？　今はどこにいる？　美しい日の光が射して[三]？

一　地獄の苛責の一つ。リアは地獄に堕ちていると思い込んでいる、悔恨と罪の意識にさいなまれて。

二　二折判・四折判初版に依る。四折判第二版では「いつ」になっている。「どこ」と「いつ」、どちらがよりナンセンスであるかないか、諸家の間で議論はうるさいが、いずれもリアが狂気の人であることを失念している。肝心なのは、今リアは「天国に祝福された霊魂」「精霊」(＝コーディーリアの幻)と同じ場所にいるということだ。天国と地獄の共在ないし混交。

三　地獄に光が射すはずはない。

いや、いや、たぶらかされているだけだ。[一]　人がこんな目にあわ
されているのを見たら、
哀れさのあまり、こちらも死にたくなろうに。何と言ったらよ
いかわからぬ、
これが自分の手だと断言することも出来ない。どれ、試して見
るか、
こうして針で突つけば痛い。ああ、確《しか》と知りたい、
今の自分がどうなっているのか！[二]

コーディーリア　ああ！　わたくしを御覧になって、
そのお手をかざして祝福をお与え下さいまし。〔跪く〕
いいえ、お膝をおつきになってはなりませぬ。〔リアも一緒に跪
こうとする〕

リア　たのむから、からかわんでくれ。
わしはまことに愚かな老いぼれ、
八十を越えた、一時間たりとも鯖《さば》を読んではいない。[三]
そして、ありていに言えば、

一　'abused'――眼前にいる「コーディーリアは幻覚にちがいないと、リアは思っている」と、アーデン版のK・ミュアは注している。ジョンソン博士は「不確実性の不思議な霧の中にいる」と解している。ともあれ、狂気の底からリアの現実意識がわずかながら甦ろうとしている。

二　一幕四場で、リアは「わしが誰であるか、それが知りたいのだ」と繰り返していた(六九頁一三行)。アイデンティティの不安が狂気を生み、そして狂気はなおもアイデンティティの所在を求めてもがいている。

三　このナンセンスは他人の改竄とみる評家もいるが、リアは狂っていることを忘れてはならない。のみならず、もともと彼は算術に細かい。たとえば二幕四場、

どうやら気もたしかではないらしい。
なんだか、あんたには見おぼえがあるような気がする、この人
にも。
だが、はっきりしない、ここがどこやらまったくわからぬ始末
なのだからな。
どんなに頭をしぼってみても、この衣裳には憶えがないし、
昨夜《ゆうべ》どこに泊ったかも定かでないのだ。
笑わないでくれ、これだけはたしかだと思うのだが、この御婦人は
わしの娘のコーディーリアだと思えるのだが。

コーディーリア そう、そうです、そのとおりでございます。

リア 涙を流しているのか？ たしかに、涙だ。どうか、泣かないでくれ。
毒を飲めとお前が言うなら、飲みもしよう。
お前がわしを恨みに思っているのはわかっている。お前の姉たちは、

一三三頁五―六行参照。

一 変装しているケントその人。

二 コーディーリアが着替えさせた王の衣裳(二四四頁三―四行)。

これだけは忘れもしない、わしを酷い目にあわせおった。
お前にはわしを恨む謂《いわ》れがある、やつらにはない。

コーディーリア　謂れなど何も、何も、ございませぬ。

リア　わしはフランスに来ているのか？

ケント　御自身の王国においでございます。

リア　だますでない。

侍医　御安心下さりませ、お妃様《きさき》。激しい御狂乱も、
御覧のとおり、もはや鎮まっておいでです。なれど、失われた
　時を
強《し》いてお思い出させになるのは危険でございます。
奥にお引き取り遊ばすようお勧め下さい。一段と落ち着きなさ
　れるまで、
そっとしておあげになるのが至当かと存じます。

コーディーリア　陛下、奥にお入りになられますか？

リア　我慢してくれ。
どうか、忘れて許して欲しい。わしは年寄りの阿呆だからな。

〔リア、コーディーリア、侍医、召使たち退場〕

紳士 コーンウォール公が殺されたというのは本当でしょうか？

ケント それは間違いない。

紳士 では、公の軍隊を指揮しているのは誰なんでしょう？

ケント 噂によれば、グロスターの妾腹の倅だとのこと。

紳士 また人の噂だと、追放された嫡子のエドガー殿はケント伯と共に、今ドイツにいると言います。

ケント 噂というものは当てにはならぬ。油断している場合ではない、ブリテン軍はどんどん迫って来ている。

紳士 血なまぐさい決戦になりそうですな。では、御無事で、これにて失礼いたします。〔退場〕

ケント おれの人生の意味も目的も、今日《きょう》の一戦で、吉と出るか凶と出るか、いずれにせよ完全に決着がつこう。

〔退場〕

一 無論、リアを王に復権させることである。

第五幕

第一場――ドーヴァー近くのブリテン軍陣営

軍鼓、軍旗と共に、エドマンド、リーガン、将兵その他登場。

エドマンド　公爵に伺ってこい、戦う意志がまだおありになるか、それともその後、なんらかの事情でお気が変ったかどうか。あの方《かた》の心は絶えず揺れ動き、自分を責めてばかりおられる、しっかりした御決心のほどを承《うけたまわ》ってこい。〔命令を受けた士官退場〕

リーガン　姉上のあのお使い――オズワルド。――はきっと殺されたにちがいないわ。

エドマンド　その懸念はあります。

リーガン　ところで、ねえ、伯爵、もうお察しのことと思うけれど、わたしはあなたのためによかれといろいろ考えているのよ。

聞かせて下さらない？　本当のところを、たとえわたしには聞きづらいことであっても。

姉上がお好きなのでしょ？

エドマンド　天地神明に恥じない意味では。

リーガン　でも、義兄《あに》のほかは誰にも許されない禁断の場所に、お入りになったことはなくって？

エドマンド　そのような想像は御面目を汚すものです。

リーガン　そうかしら、怪しいものね。あなたは姉上と馴れ合い睦《むつ》み合って、

もう、文字通り、あの人のものになっているのではないかしら。

エドマンド　とんでもない、私の名誉に懸けて誓います。

リーガン　事と次第によっては、姉上であろうと容赦はしません。

ねえ、お願い、

姉とは変に親しくなさらないで。

エドマンド　御心配無用。
噂をすれば影、姉上と御夫君公爵殿がお見えになりました！

　軍鼓、軍旗と共に、オルバニー、ゴネリル、兵士たち登場。

ゴネリル　〔傍白〕いっそ戦《いくさ》に負けたほうがいい、
妹に負けてあの人と私との仲が裂かれるくらいなら。

オルバニー　心やさしい妹よ、お会いできて嬉しい。
ときに伯爵、聞くところによると、王[一]は末の姫君のもとに赴かれたという、
わが国のきびしい政治《まつりごと》に不平を鳴らす連中も
一緒とか。わたしは良心に恥じない場合でなければ、
勇気が湧かない人間だが、このたびの事は黙していられない。
フランスの狙いはわが国の侵略であって、
王および随伴の一党を助けることにあるわけではないのだから。
　と言っても、

一　リアを依然として「王」と呼ぶのは、この場に登場する人物中、オルバニーただ一人である。

王一党の反抗には正当かつ重大な理由があるのではないか、とも思えるのだが。

エドマンド　高潔なお言葉と存じます。

リーガン　今さらなぜ、そんなことを持ち出しなさるのかしら？

ゴネリル　一致団結して敵に当りましょう、
そんな内輪の個人的揉《も》め事なんぞ
ここでとやかく言ってみても仕方ありません。

オルバニー　では、手だれの軍師たちと相談して、
戦いの手筈を決めることにしよう。

エドマンド　後ほどただちに御本陣に馳《は》せ参じます。

リーガン　姉上、一緒においでになりません？

ゴネリル　いいえ、私は……

リーガン　一緒のほうが何かと便利ですわ、ね、参りましょうよ。

ゴネリル　〔傍白〕おほほ！　謎はわかっている。〔リーガンに〕では、
行くことにするわ。

一　無論、皮肉である。

二　ゴネリルをエドマンドと共に後に残して行くのを恐れるリーガンの魂胆。

一同退場しかけたところへ変装したエドガーが登場。

エドガー　卑賤の身にございますが、お許しを賜われば、一言申し上げたい事がございます。

オルバニー　後から行く。〔オルバニーとエドガーを残して一同退場〕さ、申すがよい。

エドガー　合戦の前に、この手紙を御開封下さいまし。勝利をお納めの節には喇叭《らっぱ》を鳴らして、この手紙持参の者をお呼び出し下さい。惨めな形《なり》をしておりますが、そのときには剣を以て、そこに認《したた》められている事の真実を証《あか》し立てて御覧に入れます。万が一、御敗北という仕儀に至れば、この世との煩わしい縁《えにし》も終りを告げ、陰謀もおのずから止みましょう。では、御武運の長久をお祈りして！

オルバニー　待て、読み終るまで。

エドガー　憚《はばか》りながら、それは叶わぬこと。一 時機が到来いたしましたら、伝令を通じてお呼び下さい、必ず御前に参上つかまつります。

オルバニー　そうか、では元気で、さらばだ。手紙は読んでおく。〔エドガー退場〕

エドマンド再び登場。

エドマンド　敵が現れました、ただちに軍勢の備えを固められますよう。〔一枚の紙片を見せて〕これは入念な偵察によって得た敵軍の兵力と軍備の推定ですが、一刻も早く対処する必要に迫られております。

オルバニー　いよいよ来たか、よし、迎え撃とう。〔退場〕

エドマンド　あの姉と妹、双方に愛を誓ってやった、

一　大詰を急いではならない、それは作者が先ずもって自らに課した劇作術上の要請である。

二人は互いに疑心暗鬼、まるで蛇蝎《だかつ》のように
恐れ憎み合っている。どっちを取るかな？
両手に花か？　どっちか一人か？　それとも二人とも手ばなす
　か？
どっちを取っても楽しみにはならん、両方とも生きている限り
　は。
後家を取れば、姉のゴネリルは怒り狂って気が触れるに決まっ
　ている。
かといって、姉を取って立身出世の上がりの王手を狙っても、
亭主が生きているのでは所詮、勝負にならない。一
となれば、戦《いくさ》の間は奴の力を利用し、戦が終ったら、
亭主を厄介払いしたがってうずうずしている女に
さっさと邪魔者を片づける手立てを編み出させればいい。
あの男はリアとコーディーリアに情けをかけるつもりらしいが、
戦が済んで二人がこちらの手に落ちていたら、
奴の思惑どおりに赦すなんてことは断じてさせはしない。

一　エドマンドの野心は増長して、今や統一ブリテンの王位を狙っている。

おれにとっての大事はわが身を守ることだ、正か邪か理屈をこねることじゃない。[一]〔退場〕

第二場――両陣営間の戦場

奥で戦闘準備の喇叭《らっぱ》の響き。軍鼓、軍旗と共にリア、コーディーリア及びその軍勢が登場、そのまま舞台を横切って退場。

エドガーとグロスター登場。

エドガー　さ、親父《おやじ》さん、この木の陰を宿に借りて、正義が勝つように祈っていなさるがいい。戻ってこられるようだったら、きっと吉報を持ってくるからね。

グロスター　神々の御加護がありますように！〔エドガー退場〕

一　リアとコーディーリアを生かしておけば、野心達成の障害になるのは知れている。

突撃喇叭の音、やがて退却を告げる喇叭。エドガー再び登場。

エドガー　逃げるんだ、親父さん！　手を引いてやる、逃げるんだ！

リア王軍の敗北だ、王と姫君は虜《とりこ》になった。

さあ、早く、手を、行こう。

グロスター　いや、もうどこにも行きたくない、ここで野たれ死にするのもよかろう。

エドガー　なんだって！　また変なこと考えているのか？　人間、

辛抱が大切だよ、

この世を去る時も、この世に出てくる時と同じさ、

万事、機が熟するのを待つのが肝心だ、一　さ、行こう。

グロスター　なるほど、それも道理だ。〔二人退場〕

一　「天（あめ）が下の万（よろず）の事には期あり……生るるに時あり死ぬるに時あり……神の為したまうところは皆その時に適（かな）いて美麗（うるわ）しかり」、伝道の書第三章一―一一節。モンテーニュ『随想録』第一巻第二〇章「哲学とは如何に死ぬかを学ぶことだ」には、同じ思想が綿々と語られている。いや、つとにハムレットもほぼ同じ事を語っていた、「万事、覚悟が肝心」'Readiness is all' と（五幕二場）。

第三場――ドーヴァー近くのブリテン軍陣営

軍鼓、軍旗と共に、征服者エドマンド、捕虜のリア、コーディーリアが登場、その他、士官兵卒大勢。

エドマンド　士官数名、その二人を引っ立てて行け、厳重に見張っていろ、
いずれ処分が決定され次第、
上層部よりのお達しがあるはずだ。

コーディーリア　最善をと願いながら
最悪の事態を招いたのは、なにもわたくしたちが初めてという
わけではありませぬ。
でも、お苦しみに耐えておいでの陛下、お父さまのことを思うと、心も萎《な》えます。一
わたくし一人のことでしたら、移り気な運命の女神のしかめた
顔をにらみ返してやれますものを。

一　原語は'cast down'で、文字通りにとれば「投げ落とされている」の意になる。そして次行の「移り気な運命の女神」との連関で解釈すれば、この悲劇で何度か言及されている「運命の女神の車」(一一〇頁第一行、二七六頁第九行)という有為転変の伝統的隠喩が、ここにもひそめられていることになる。すなわち、王妃の高い身分から捕虜という哀れな身の上に成り下がっている(「投げ落とされている」)という意味にもとれる。無論、そう読み解く場合には、「お父さまのことを思うと」('for thee')は「お父さまのために」、あるいは「お父さま故に」と解さなければならない。

あの二人の娘、あの姉たちにお会いになりませぬか？

リア　いや、いや、いやだ！　さあ、牢屋に行こう。
お前と二人だけで、籠の中の鳥のように歌をうたおう。
わしの祝福が欲しいというなら、わしはお前のまえに膝をつい
て
許しを乞おう。そんなふうにして生き、祈り、歌い、たわいな
い昔話などして、
金ぴかに着飾った蝶々ども一を笑い、哀れな囚人どもが
宮廷の噂をするのを聞いては、こちらもそれに加わり、
誰が負けたの、勝ったの、誰が寵を得たの、失ったのと話に花
を咲かせ、
挙句には神々の密使でもあるかのように、したり顔で
世の中の有為転変の不思議を説き明かしてやろう。
そうして、壁に取り囲まれた牢屋の中で生き永らえながら、
月の満ち欠けで満ち引きする潮同然の
大物たちの徒党派閥の栄枯盛衰を眺めて暮そう。

一　蝶のように派手な衣裳をまとって、わが世の春を謳っている廷臣たち。

エドマンド　こいつらを引っ立てい。

リア　このような世捨ての犠牲《いけにえ》にならゝ[一]、コーディーリア、神々も
　それを嘉《よみ》して
御自《おんみずか》ら香を焚いて下さるだろう。夢ではないのか、わしは本当
　にお前を抱いているのか？
二人を引き離そうとする奴は天上から松明《たいまつ》を盗んできて、
狐のようにわしたちをここから燻《いぶ》り出すしかないぞ。[二]涙をお拭
　き。
やつらに[三]泣かされてたまるか、それより先に
悪鬼がやつらを貪り食らってくれよう、肉も皮も何もかも。
やつらのほうが先に死ぬに決まっている、それを見とどけよう。
　では、行くとするか。〔リアとコーディーリア、番兵に守られて
　退場〕

エドマンド　隊長、ここへ。いいか、よく聴け。
これは命令書だ。〔紙片を渡す〕
二人の後を追って牢屋に行け。

一　これは古典的名著『シェイクスピア悲劇』の著者A・C・ブラドレーの解釈に依ったが、「犠牲」はコーディーリアがリアに尽した犠牲の行為を指すともとれる。さらには、コーディーリア自身を指すとも解される。とすれば、それはアーデン版の編者ケネス・ミュアが示唆するように、やがて起る彼女の無残な虐殺を暗く予兆している。

二　補注三参照。

三　ゴネリルとリーガン。

お前は一階級昇進させることに決めてある。
そこに書いてある通りにやるなら、出世は間違いなしだ。
肝に銘じておけ、人間すべからく時流に乗って栄えるものだと
　いうことをな。
情けは剣をとる者には似合わぬ。
お前に命じた大役は問答無用のことだ、やるか、
それとも別の方法で栄えるか、二つに一つだ。

隊長　やってのけます。

エドマンド　では、取りかかれ。うまく為遂《しと》げたら、男冥利《みょうり》に尽
　きると思え。
いいか――すぐにだぞ。そこに指示してある通りに
事を運ぶのだ。

隊長　手前は馬のように荷車をひいたり干からびた燕麦《からすむぎ》を食べる
　のはご免です[一]。
人間のする仕事なら、なんなりとやってのけます。〔退場〕

一　戦後、貧乏な農民にもどるのは嫌だ。

華やかなトランペットの吹奏。オルバニー、ゴネリル、リーガン、将兵たち登場。

オルバニー 伯爵、今日は見事に武勇の血統を証《あか》し立てられたな。それに運命の女神のお導きも君に幸いした。その上、本日の合戦の当面の相手を生捕りにもされた。そこでお頼みするのだが、お二人の身柄をわたしに引き渡して貰いたい、お二人が当然受けるべき報いとわれわれの安全とを勘案して、公平に事を決するよう取り計らいたいから。

エドマンド その点すでに、哀れ老いたる王はどこかに監禁し奉り、見張りを厳重にするのが適切と考えました。御老齢にはおのずから魅するものがあり、その御位《みくらい》にはさらに一層の魅力があって、民草の心を味方に引きつけ、ついには徴集した折角の兵士どもの矛先《ほこさき》をもわれわれ指揮する者に転じさせるかと懸念されたからであります。
王と共にフランス王妃も監禁いたさせました、
理由は全く同じでございます。お二人とも
明日にせよ、その後にせよ、御詮議の場が決まり次第、
ただちにお連れ申し上げる手筈になっております。しかしながら、
ただ今は皆、汗と血にまみれており、友は友を失った直後のとき、
かかる熱い興奮のさなかにあっては、如何に正しい大義名分も、
戦いの苛酷さを身にしみて知っている者にとっては、呪うべきものでありましょう。
したがって、コーディーリア様と御父君の事は、
後日、適切な機会を得て詮議するのがよろしいかと存じます。[一]
オルバニー　失礼だが、ちょっと一言《ひとこと》、

一　このまことしやかな言辞は、リア父娘殺害のための時間かせぎである。

この戦《いくさ》にあって君はわたしの部下の一人にすぎず、
同輩[一]ではないことを忘れないように。

リーガン　いいえ、それこそ私[二]がこの方に差し上げたいと願う資格です。
そこまでおっしゃる前に、この私の気持をお訊ねになってもよかったのでは。
伯爵はわが軍を率い、私の地位と私本人の代理を務められたのです。
これほど直接密接な私との間柄からして、
立派に義兄《あに》上の御同輩と申せましょう。

ゴネリル　なにも、そのように熱くならなくても。
伯爵はお一人でも立派に卓越なさっていらっしゃるお方、
今さらあなたのお墨付きなど要らないわ。

リーガン　私が授けた権利があればこそ、
王侯貴族とも対等になれるのです。

オルバニー　いっそ伯爵があなたの夫になれば、完璧だな。

一　原語は'brother'で、「兄弟」の意も含まれている。つづくリーガンの科白も無論、その意を汲んで展開する。

二　原語は'we'——君主や王妃が自分を指して用いる第一人称の形。リーガンは自分がオルバニーと同格であり、ひいては愛人のエドマンドも同格であることを暗に主張している。

リーガン　道化のひやかしが予言者の言葉になる[一]のは、よくあること。

ゴネリル　あら、まあ！

そんなことを言わせるなんて、あなたの目は見当はずれの藪にらみね。[二]

リーガン　気分が悪くさえなかったら、[三]

思い切り怒りの言葉を投げ返すところだけれど。

将軍、[四]私の軍隊も捕虜も財産も、あなたに差し上げます、

すべてお好きなようになさっていいわ、この私のことも。城[五]は明け渡しました。

世間を証人として、今、ここで、あなたを、

わが夫、わが主《あるじ》といたします。

ゴネリル　それ本気なの、その人と一緒になるって？[六]

オルバニー　お前がとやかく言える筋合いではない。

エドマンド　あなたが言える筋合いでもございますまい。

オルバニー　いや、脇腹《わきばら》殿、わたしには言えるのだ。

一　「冗談から駒が出る」は英国の古い諺でもあるが、リーガンはこの諺を踏まえていっている。それよりも何よりも、すでに私たちはわが道化の「冗談」から〝駒〟が出るのを何度も目撃している。

二　諺にいう、「恋の鞘当て焼餅やけば、いい目も藪にらみになる」。

三　ゴネリルに盛られた毒がまわりはじめている。

四　エドマンド。

五　身も心も。「城」は女の常套的比喩である。

六　原語は'enjoy him'――性的に楽しむの意が含まれる。

リーガン　〔エドマンドに〕陣太鼓を打ち鳴らさせ、私の称号があなたのものであることをお証《あか》しになって頂戴。

オルバニー　待て、わけがある。[一] エドマンド、大逆罪で
お前を逮捕する。また、同じ罪で、
この上辺《うわべ》を金ぴかに飾った毒蛇も〔ゴネリルを指さして〕。
妹のあなたの要求については、妻の利害を代表して、それを禁じる。
夫のある身でいながら、この殿様気取りの男と結婚の約束が出来ているからだ。
それで夫たるわたしはあなたの結婚予告に異議を申し立てる。
どうしても結婚したいというなら、このわたしを口説いたらいい、
わが奥方の相手はもう決まっているのだからな。[二]

ゴネリル　なんという茶番！

オルバニー　武具の支度は出来ているな、グロスター。喇叭《らっぱ》を吹き鳴らせ。

一　今や勝負の決着をつける札（カード）はすべて、オルバニーの手中にある。

二　たっぷり皮肉をこめて。

それに応《こた》えて、お前に決闘を挑み、その凶悪、
紛れもない大逆の罪の数々を証し立てる者が現れぬならば、
わたしが相手だ〔籠手《こて》を投げる〕。この刃《やいば》でその胸を切り裂き、
お前があらゆる点で、今わたしが弾劾したとおりの人間である
　ことを証明しよう、
朝食《あさめし》前の易々《いい》たる事だ。[一]

リーガン　苦しい！　ああ、吐きそう！

ゴネリル　〔傍白〕そうこなくては、折角の薬も当てにならない。

エドマンド　よし、これが返事だ〔籠手を投げる〕。どこのどいつか
　は知らないが、
おれを謀反人呼ばわりする奴は、悪党同然の嘘つきだ。
喇叭を吹いて呼び出せ、近づいてくる奴は、
そいつだろうと、貴様だろうと、相手は誰でもかまわぬ、
断固としておれの真実と名誉を証し立てて見せる。

オルバニー　おい、伝令！
〔エドマンドに〕人手を借りずにお前一人の力に頼れ。お前の部

一　原文は'Ere I taste bread'——坪内逍遥は「聖餐を味うに先き立ち」と訳している。これに倣う訳者もいるようだが、これはおかしい。シェイクスピアはおうおうにして時代錯誤を平気で犯すが、この悲劇の世界がキリスト教以前の異教の世界であることだけは、断じて忘れるはずもない。

　下の兵士はすべて、
わたしの名のもとに徴集したもの、よってわたしの名ですでに
　解散させたからな。
リーガン　苦しさはひどくなるばかり。
オルバニー　加減が悪そうだ、わたしの天幕に連れて行くがよい。
〔リーガン、付き添われて退場〕
　伝令登場。
オルバニー　ここへ来い、伝令——喇叭《らっぱ》を吹かせて——
これを読み上げるのだ。
士官　喇叭手、吹け！〔喇叭の響き〕
伝令〔読む〕「我が軍にその名を連《つら》ねる貴族ないし高位の者で、
グロスター伯を自称するエドマンド[一]に対し、彼が数々の裏切りを重ねし罪人たるを証し立てんとする者あらば、三度目の喇叭の音《ね》を合図に名乗り出るべし。エドマンドは断固、挑戦に応じる者なり。」

一　オルバニーはコーンウォールによって与えられたグロスター伯爵というエドマンドの称号を認めていない。

吹け！〔第一の喇叭〕
もう一度！〔第二の喇叭〕
もう一度！〔第三の喇叭〕

それに応えて奥で喇叭の音《ね》がする。
喇叭手を先にして、鎧兜に身を固めたエドガー登場。[一]

オルバニー　その男に訊け、何の目的あって現れたのか、喇叭の呼び出しに応じて。
伝令　貴殿は何者でござるか？　お名前は？　御身分は？　また何故《なにゆえ》に、ただ今の呼び出しにお応えになられたか？
エドガー　名は失ってしまったと、心得られよ。裏切り者の牙に噛みちぎられ、毛虫に蝕まれてしまったのだ。されど、生れは貴族、これより対決せんと推参した当の相手と同格の者。
オルバニー　その相手とは？

一　兜の面で顔は見えない。

エドガー　どこにおります、グロスター伯エドマンドに代って弁ずる者は[一]？

エドマンド　ここにいる、グロスター伯その人だ。それと知って、何と言う[二]？

エドガー　剣を抜け、
おれの言葉が貴族たる者の心を傷つけるというなら、
その腕で身の潔白を証《あか》すがいい。さあ、おれも抜く。
見ろ、これはおれの名誉、騎士としてのおれの誓い、
騎士としてのおれの身分を守る特権だ。いいか、断言する、
お前の力、地位、若さ、栄達にもかかわらず、
またお前の勝ち誇った剣、手にしたばかりのま新しい好運、
お前の剛胆、勇気にもかかわらず、お前は裏切り者だ。
神々を、お前の兄を、お前の父を欺き、
ここにおいでの誉れも高き公爵のお命まで狙ったお前は、
頭の天辺《てっぺん》から足の裏、足下の塵《ちり》にいたるまで、
斑点だらけの毒ある穢《けが》らわしい蝦蟆《がま》にもひとしい裏切り者だ。

一　騎士道では、自分の正義を証し立てる決闘に代理人を立てることが許される。V・G・カーナン『ヨーロッパ史に見られる決闘――名誉と貴族制の支配』にいう、「女性、聖職者、老人の場合には、代理の闘士が許されていた」(オックスフォード、一九八九年、三四頁)。つまり、エドガーはエドマンドを女か老人なみに見くだしているのである。

二　エドマンドもエドガー同様、兜の面で顔は見えない。

「違う」と言うなら、この剣、この腕、おれの最高の勇気を揮《ふる》って、
お前の胸を切り裂き、真実を証してやる。
そして、その胸に言ってやる、
お前は嘘つきだと。

エドマンド　分別にしたがえば、名乗りを求めるのが当然だが、一
見受けるところ、なかなか姿は立派で勇ましい、
それに言葉つきも、どこか育ちの良さを匂わせるものがある。
騎士道の掟によって、この挑戦を今は避けても、
別段、いささかも不都合でないのは承知だが、そんなことは恥ずべき逃げ口上だ。
相手になってやる、反逆の汚名は貴様のしゃっ面に投げ返し、
地獄のように忌まわしいその嘘の塊《かたまり》で貴様の胸を打ち砕いてやる。
だが、いくら言葉を投げ返しても、貴様を掠《かす》めるだけで擦り傷
一つ与えないのは知れている、

一　騎士は自分より身分の下の者の挑戦を受ける義理はない。

ならば、おれのこの剣で一刀の下に汚名は返上してやる、
お前の切り裂かれたその胸に、汚名は永久にとどまるのだ。[一] 喇叭を吹け。〔決闘開始の喇叭。二人戦う。エドマンド倒れる〕

オルバニー 待て！ 生かしておけ！[二] 〔止《とど》めを刺そうとするエドガーに〕

ゴネリル これは陰謀です、グロスター。
武道の掟にしたがって、名乗りもしない者を相手に
応じる義務もなかったのに。あなたは負けたんじゃないわ、
騙《だま》されたんだ、欺かれたんだ。

オルバニー 口を出すな、女、
さもないと、この手紙[三]で口を塞ぐぞ。〔エドガーに〕ちょっと待て。
〔ゴネリルに〕如何なる罪名を以てしても及ばぬ悪人、おのれの
悪業を読むがいい。
おっと、破いてはならぬ、どうやらその手紙、覚えがあると見えるな。

一　勝てば官軍、汚名は決闘の敗者に着せられる。これまた騎士道の掟だ。

二　エドマンドの自白を引き出すためと、ジョンソン博士は解している。ピーター・ブルックの演出では、兄弟は全く同じ鎧姿で、どちらがどっちか分からないように仕組んであったという。この解釈によれば、オルバニーの「待て！ 生かしておけ！」も当然、ちがった意味を帯びる。

三　オズワルドの死体の懐からエドガーが手に入れた手紙（四幕六場、二三九—四〇頁）。

ゴネリル　覚えがあったら、どうだというの？　法律は私のもの、あなたのものではない。[一]　一体、誰が私を糾弾できるというのです？

オルバニー　化け物めが！　おお、何たることだ！　この手紙に確《しか》と覚えがあるな？

ゴネリル　覚えがあることなら、わざわざ訊くまでもないでしょう。〔退場〕

オルバニー　後を追え、捨て鉢になっている、何をするかわからぬ、落ち着かせるのだ。〔士官一人、退場〕

エドマンド　告発なさった事、確かに犯しました、いや、もっともっと多くの罪も。やがて時が明かしてくれよう、すべては過ぎた事だ、おれもまた過ぎ去ろうとしている。[二]　それにしても、一体、何者なのだ、おれをこのような運命に遭《あ》わせたのは？　貴様が貴族なら、許してやる。

エドガー　許すのはお互いさまだ。[三]

一　主権の正統は王の長女たる自分にあり、オルバニーは単なる配偶者にすぎない。

二　一幕二場冒頭で、一切の先験的価値秩序を否定し赤裸々な「自然」に訴えたあの精悍な魅力あふれる反逆児、「新＝人間(ニューマン)」の面影は、たしかに今や「過ぎ去ろうとしている」。

三　エドマンドに致命傷を与えた代償として、彼の裏切りの罪を許す。

血筋なら、エドマンド、私はお前に劣らぬ。
勝《まさ》っているとすれば、それだけお前が私に犯した罪は重い。
私の名はエドガー、お前の父の嫡子だ。
神々は正しい、快楽の罪を道具に使って、
われわれ人間を罰し給う。
お前を儲《もう》けた暗い邪悪な場所が
父上の両の眼《まなこ》を失わせたのだ。[一]

エドマンド　まさしく、その言葉どおりだ。運命の女神の車は一巡《ひとまわり》して、おれは元《もと》の木阿弥《もくあみ》、また、どん底にいる。[二]

オルバニー　立居振舞いから察して、
君が歴《れっき》とした貴族だとは思っていた。さあ、抱かせて欲しい。
仮りにも君と君のお父上を憎んだことがあったとしたら、
この胸は慚愧《ざんき》の念に耐えかねて裂けてしまおう。

エドガー　お心はよく存じ上げております。

オルバニー　どこに身を隠しておいでだった？

一　エドガーはなんとピュリタンであることか！　彼＝気違いトムがグロスターに素姓を明かすのをあれほど長く遅延した謎も、これで判明しよう。ちなみに、「暗い邪悪な場所」とは不倫のベッドを指すばかりではない、期せずして女陰を暗指している。

二　ナサニエル・ホーソンなら、エドマンドを「宇宙の無宿者(アウトカースト)」(『ウェイクフィールド』)と呼ぶだろう。

父上の苦難がどうしておわかりになった？
エドガー　その苦難のお世話をしておりましたから。手短にお話し致しましょう、
話し終えたら、ああ、いっそこの胸は張り裂けてしまえばいい！
見つけ次第殺せという残酷なお触れが身に迫り、
逃げ惑ううちに――ああ、生きるとは何という未練か、
たとえ人生とは刻々と死の苦しみを味わいながら死んでゆくことであっても、
ひと思いに死ぬよりはまだましなのだから！――こうなったら、
襤褸《ぼろ》をまとって気違い乞食に化け、
犬にすら蔑《さげす》まれる姿に身を窶《やつ》す気になりました、
そうして、そんな形《なり》で父に巡り合ったのですが、眼窩《がんか》は血にまみれ、その尊い宝石は
二つながらに失われたばかりの時でした、それからは父の案内役となり、

父の手を引き、父のために物乞いをし、父を絶望の淵から救い
出しました、
その間、ついぞ――ああ、なんたる失策か！――名乗りをあげ
ることなく、
素姓を明かしたのはつい半時《はんとき》前、鎧兜を身につけた時でした、
こうして果し合いに勝つとは希《ねが》いながら、確信はもてず、
ついに父の祝福を求め、初めて一部始終、
私の遍歴の旅を物語って聴かせました、が、父の罅《ひび》われた心は
悲しいかな、葛藤によく耐える力はすでにありませんでした！
両極端の激情、喜びと悲しみの間に引き裂かれ、
ついには微笑みを浮べながら事切れました。

エドマンド　今のお話を伺って感動しました、
おそらく、私にも何か善い事が出来そうです、[一] 先をお続け下さい、
もっとお話しになりたい事がありそうにお見受けするから。

オルバニー　もっと話せば、もっと悲しくなる、やめておいて欲

一　もはやあのエドマンドはいない、エドマンドはエドマンドであることをやめている。「彼が遅まきながら善に向うとき彼の魅力が失せるのは、シェイクスピア的表現の逆説である」(ハロルド・ブルーム『シェイクスピア――人間個性の創造』フォース・エステイト、一九九九年、五〇五頁)。

しい。
これまでの話だけで、もうすでに
涙で溶けてしまいそうだ。

エドガー　悲しみを好まぬ人には、
これがぎりぎりの限界と思えましょうが、
もう一つだけ。それを詳しくお話しすれば、
悲しみはいや増し、忍耐の極限を越えることになりましょう。
さて、私が大声をあげて泣き叫んでいるところへ、一人の人が
やって来ました、
それは私が悲惨のどん底にいたとき会ったことのある人物で、
私の忌まわしい姿に怖じ気をふるい近寄ろうともしませんでし
たが、
その時は、悲しみにかくも痛ましく耐えているのが誰であるか
に気づくと、
その逞《たくま》しい腕で私の首をきつく抱きしめ、天をもつんざく
慟哭《どうこく》の声を張りあげ、父の亡骸《なきがら》の上に身を投げかけて

語り出したのは、リア王と自分にまつわる哀れきわまる物語、
いまだかつて何人《なんぴと》も耳にしたことがないものでした。話してい
るうちに
彼の悲しみは高まり、玉の緒も絶えなんばかりかと思われまし
た、
その時、二度目の喇叭が鳴り渡り、
やむなく、私は気を失った人をその場に残して、
ここに馳せ参じた次第であります。

オルバニー　それで、誰だったのか、その人というのは？

エドガー　ケント伯です、追放されたあのケント伯です、
あれから伯は身を窶《やつ》して、憎んで当然の王のみ跡を慕い、
奴隷もいやがるほどの御奉公にひたすら献身されたのでした。

一人の紳士、血まみれの匕首《あいくち》を手にして登場。

紳士　大変！　大変です！

エドガー　大変って何が？

オルバニー　言え、早く。

エドガー　その血まみれの匕首は、どうしたことか？

紳士　まだ熱い、湯気が立っております、
お胸から抜き取って来たばかり――ああ、お亡くなりになりました！

オルバニー　誰が死んだのだ？　言え、早く。

紳士　奥方が、御前《ごぜん》の奥方様が。お妹様は
奥方の手によって毒殺、奥方様みずからの御告白でございます。[一]

エドマンド　おれはあの二人と約束[二]を交わしていた、
こうして今、三人一緒に結婚するわけだ。[三]

エドガー　ケント伯がお出でに。

ケント登場。

オルバニー　二人の体を運び入れよ、生死にかかわらず。〔紳士退場〕
天の裁きだ、この裁きに心は戦慄《おのの》いても、憐れみに揺れはしな

一　ゴネリルとリーガンもまた、エドマンドへの欲情という「自然」によって、あたかも共食いするかのように滅びた。四幕二場のオルバニーの予言は的中したのである、「きっと来る、深海の怪物どものように、人間が人間を餌食にして貪り食らい合う時が」(二〇一頁五―七行)。

二　原語は'contract'――表面上の意味は婚約にちがいないが、'con'とはフランスの卑猥語で女性性器を指す。'tract'のラテン語源は引っ張る、結び合わせる、伸ばす、触れる、もて扱う、などなどの意である。つまり、交わしたのは単なる「約束」ではない、肉体的契りである。

三　死と結婚の同時性ないし死による三人同時の合体、ここには性と死の異形同根

い。
〔ケントに〕おお、やっとお会いできたか！
この際、挨拶は抜きにさせて頂く、
失礼のほどは重々承知ながら。

ケント　私が参上いたしましたのは、
わが国王、わが主君に永《なが》のお暇《いとま》を申し上げるため。
ここにおいでではありませぬか？

オルバニー　しまった、大事なことを忘れていた！一
言え、エドマンド、王はどこにおいでか？　そしてコーディー
リアは？
御覧になったか、ケント伯、この有様を？〔ゴネリルとリーガン
の遺体が運び込まれる〕

ケント　なんと痛ましい！　これはまた何故？

エドマンド　何はともあれ、エドマンドは愛されたのだ、
おれのために、一方が他方を毒殺し、
その上みずからを屠《ほふ》り去ったのだから。二

（ホモロジー）に対する暗く、かつ不逞な笑いがある。四幕二場で、エドマンドはゴネリルにいっていた、「死すとも、この身はあなたの物」（一九九頁四行）。

一　いかにエドマンドの糾弾、ゴネリルとリーガンの矢継ぎばやの死に忙殺されていたとしても、リアとコーディーリアのことを忘れていたとは、あまりにも迂闊にすぎよう。もともとオルバニーには、ゴネリルが鋭く指摘していたように、俊敏な判断力と迅速な行動力に欠けるところがある。それは当人も自覚し、統治者としての自信喪失につながる。大詰で、彼が王権を拋棄する所以である。

二　「宇宙の無宿者」に唯一許された自己正当化ないし自己憐憫。

オルバニー　そう、その通りだ。二人の顔を覆《おお》うてやれ。
エドマンド　息が切れる。何か善い事がしたい、
生れついての自然の悪人だろうと。直ぐ送れ、
使いを、急げ、城へ、私の名で、
リアとコーディーリアの命を奪えと命じてある。
早くしないと、間に合わぬ。
オルバニー　走れ、走れ！　走るんだ！
エドガー　誰のところに？〔エドマンドに〕誰がその役目だ？
執行猶予を命じるお前の印《しるし》を届けねば。
エドマンド　よく気がつかれた、この剣を持って行って、
隊長に渡せば。
エドガー　急げ、命がけで。〔士官退場〕
エドマンド　その男にはあなたの奥方と私とが命令を出したので
す、
獄中でコーディーリア姫を絞め殺し、
絶望のあまりみずからお果てになったと、

こじつけるようにと。

オルバニー　神々よ、姫の命を守り給え！

この男はしばらくあちらに連れてゆけ。〔エドマンド運び去られる〕

　リア、死せるコーディーリアを両腕に抱いて再び登場[一]、

　士官一人それにつづく。

リア　泣け、泣け、泣け！　ああ、お前たちは石像か。

わしにお前たちの舌と目があったら、それを使って

空の青天井も裂けんばかりに泣き叫んでくれようものを。

娘《これ》は永久に逝《い》ってしまった。わしにも死んでいるか生きている

　かの区別はつく、

まるで土塊《つちくれ》のように死んでいる。鏡を貸せ、

息でこの水晶の鏡の表が曇るか汚れるかすれば、

それなら、娘《これ》は生きている。

ケント　これが約束の終末なのか？[二]

一　「悲しみの聖母（マーテル・ドロローサ）」ならぬ「悲しみの聖父（パーテル・ドロロースス）」の図像、逆〝ピエタ〟である。

二　ヨハネ黙示録が記す最後の審判、世界の終末。

エドガー　それとも、その恐しい日の似姿か？

オルバニー　天も落ち、一切が滅びればいい。

リア　この羽毛《はね》は動く、生きているのだ！　もし本当なら、今まで味わって来たわしの悲しみのすべては、一気に償われるのだ。

ケント　〔跪きながら〕ああ、わが君！

リア　後生だ、近寄らんでくれ。

エドガー　ケント伯でございます、親しいお味方の。

リア　疫病に取り憑《つ》かれてしまえ、お前たちはみんな人殺しだ、裏切り者だ！　わしは娘《これ》を救えたかもしれぬのに、もはや永遠に逝ってしまった！　コーディーリア、コーディーリア！　いましばらく待ってくれ。あっ！　お前、いま何と言った？　これの声はいつもおだやかで、やさしく、しとやかだった、いかにも女らしい美しい声だった。

お前の首を絞めた奴は、このわしが殺してやったぞ。

士官　お言葉のとおりでございます、皆様、国王おんみずからの御手で。

リア　おい、わしの言ったとおりだろうが？
昔のわしだったら、切れ味鋭い反《そ》り身の太刀《たち》を振るって
やつらをきりきり舞いさせてやったろうが、もう年だ、
このとおり苦労が積もって腕も鈍《なま》ってしまった。お前さんは誰かね？
目もうとくなってしまった、いや、なに、すぐにわかる。

ケント　運命の女神が愛し、そして憎んだと自慢する二人の人間がいるとすれば、
そのうちの一人が今、ここにおります。

リア　目がかすんでよく見えぬ、お前はケントではないか？

ケント　仰せのとおりでございます、
陛下の下僕《しもべ》のケントにございます。同じ下僕のカイアス[一]は今、
どこにおりましょうか？

一　変装時のケントの仮名。

リア　あれはいい奴だった、請け合ってもいい。
あいつの太刀《たち》さばきは確かで、素早い。だが、あれも死んで、
腐ってしまった。
ケント　いいえ、死んではおりません、私がその男にほかならず
――
リア　いや、そのことはまたすぐ後《あと》で。一
ケント　御境遇の転変、衰運のそもそもの初めより、
悲しい御放浪のあとに従いお供して参った――
リア　よく来てくれた。
ケント　まさに、その者に相違ございません。もうすべては喜び
のない、暗い、死のような世界になってしまいました。
上のお二人の姫君はわれとわが身を滅ぼし、
絶望の果ての御最期でした。
リア　そうだ、わしもそう思う。
オルバニー　おっしゃっている事が御自分でもお分かりになって
いない、

一　リアの念頭を占めているのはコーディーリアのことだけである。

これでは、われわれの名前を申し上げても無駄であろう。

エドガー　まことに益なき事。

一士官登場。

士官　エドマンド殿がお亡くなりになりました。

オルバニー　そんなことは、もうどうでもいい。
貴族および高位の友人諸君に、私の決意をお伝えしておく。[一]
この偉大な廃墟の人をお慰めするためなら、どんなことでもしよう。
この私は退位する、
老王のお命がつづく限り、
私の絶対の権力はお返し申し上げる。
〔エドガーとケントに〕お二人には失われた諸権利を回復し、
合せて、このたびの功労にふさわしい、
いや、それ以上の勲位と特権とをお授けしよう。
なお、味方の将兵には、それぞれの手柄にのっとり褒賞を与え、

一　リアの王土分割の「決意」'intent' 表明とともにこの悲劇は始まったが、今オルバニーの「決意」'intent' 表明とともに終りにさしかかっている。まことに「運命の女神の車は一巡」したのである。

刃向った者にはそれぞれ相応の苦杯を嘗《な》めさせてやる。あっ、
見よ、あれを！[一]

リア　そして哀れなやつ[二]は絞め殺されてしまった！　もう、もう、
命はない！
犬が、馬が、鼠が生きているというのに、
なぜ、お前には息がないのだ？　お前はもう戻って来ない、
絶対に、絶対に、絶対に、もう絶対に！
頼む[三]、このボタンをはずしてくれ。ありがとう[四]。
これがあんたに見えるか？　娘《これ》の顔を見ろ、見ろ、この唇を、
ほら、ほら！〔息絶える〕[五]

エドガー　気を失われた！　陛下、陛下！

ケント　裂けろ、胸よ。頼むから、裂けてくれ！

エドガー　お気を確かに、陛下。

ケント　御霊《みたま》を煩わせてはならぬ、ああ！　安らかに逝《ゆ》かせて差
し上げるのだ。
この冷酷な現世の拷問台にこれ以上長く

一　リアはコーディーリアの亡骸をふたたび腕に抱きあげ、あやすように揺すっているのか、それとも横たわる彼女の遺体のかたわらに跪いているのか。ともあれ、幕開きの舞台の人物配置と全く同じように、今、リアは三人の娘に囲まれている。ただ彼女たちはもはや永遠に沈黙する死体だ。リアの死も目前に迫っている。

二　補注四参照。

三　たぶんケントに。

四　補注五参照。

五　リアはコーディーリアがまだ生きていると信じながら息絶えたようである。ブラドレーはいう、「リアの最後の口調、仕草、表情において、耐えがたい喜びを表現しようとしない役者はテクストに忠実でない。このことはほとんど疑問の

お体を縛りつけておこうとするなら、陛下はきっとお憎みにな
る。

エドガー　ああ、ついに逝《い》ってしまわれた。

ケント　不思議なのはむしろ、かくも長く耐え抜かれたことだ、
ただただ意志の力でお命を持ちこたえられたのだ。

オルバニー　お二人《ふたり》の亡骸《なきがら》をお運びするように。[一] 差し当ってわれ
われがすべき務めは、
国を挙げて喪に服することだ。〔ケントとエドガーに〕心の友とし
てお二人にお願いする、
この王国を統治し、この深傷《ふかで》を負って血にまみれた国の命を支
えて欲しい。

ケント　私は旅立たねばなりません、すぐにも。
御主君がお呼びです、否とは申せません。

エドガー　われわれはこの時代の重い悲しみを背負って、
言うべき事をではなく、切実に感じている事をそのままに述べ
ねばなりませぬ。[二]

余地がないように思える」（『シェイクスピア悲劇』、強調原文のまま）。だが解説、三四二―三頁を参照されたし。

一　「お二人の亡骸」と訳した原語は、端的に 'them' である。この 'them' の中には、ゴネリルとリーガンの亡骸も入っているのかもしれない。しかし、いずれにせよ、亡骸が運び去られるというト書は二折判初版にも四折判初版にも、現代の諸版にも、ない。リア王一家四人の死体は最後まで舞台に横たわっているはずだ。彼らが運び出されるのが確認できるのは、二折判初版最後のト書、「葬送行進曲と共に一同退場」によってのみのことである。

二　補注六参照。

最も老いたるお方が最もよく耐え抜かれた、われわれ若い者は
あれほど多くの事を目にすることも、あれほど長く生きること
もありますまい。〔葬送行進曲と共に一同退場〕

補　注

一（二六五頁）　ローランはシャルルマーニュ大帝の甥、ロンスヴォーでの異教徒サラセンとの合戦で壮烈な死を遂げた英雄で、中世最大の武勲詩『ローランの歌』の主人公。この〝御曹子《チャイルド》ローラン(Roland)〟を英国古謡「チャイルド・ローランド(Rowland)」の主人公ととる解釈もあるが、つとにK・L・キトレッジが指摘しているように、この古謡(?)は「明らかに〔シェイクスピア〕より後代の人の手に成るもの」と考えられる。エドガーのナンセンス詩の後半は、わが国では「ジャックと豆の木」の名で知られる英国民話「巨人殺しのジャック」の巨人の言葉である。それをシェイクスピアは敢えて〝御曹子ローラン〟にみずからを擬するエドガーの「合言葉」にしているのだ。武勲詩と民話ないし童話の断片の混交、ナンセンスたるゆえんだが、「暗き塔」がグロスターの居城、つまりはエドガーが本来受け継ぐはずだった故郷の家を暗示していることは確かである。それはどこかで「豆の木」の物語素とも重なっていよう。そこには〝巨人〟が住みついている――王の命をねらうゴネリル、リーガン、コーンウォール、それからエドガー自身の命をねらうエドマンドが。エドガーの「合言葉」と訳した原語は'his word'――これが直前のグロスターの警告、「静かに、声を出すな、しーっ」'No words, no words : hush'に呼応し逆らっていることに間違いはない。気違いトムの胸奥にも今や騎士本来の気慨が鬱勃《うっぼっ》ときざしているようすだ。〝御曹子〟エドガーは巨人族を打ち倒せるか、それとも壮絶な戦死を遂げるか、あるいは生きのび得るか。一見、無意味な戯《ざ》れ唄の底にも、この悲劇の不気味な主題低音が鳴っている。

二（二一八頁）　ちなみに性病はもともと新世界アメリカの風土病であって、それをヨーロッパに持ち帰ったのはコロンブス一行だったという。それは先ずナポリ病と呼ばれ、ついでパリ病といわれて、ルネサンスの伝播とともに北漸し、やがてエリザベス時代の英国で猖獗《しょうけつ》を極めた。鼻の欠けた高位聖職者さえいたという。新世界発見という地理的事件は、まさしく西欧近代の開始を告知する精神的事件であったが、それはまた近代がみずからを蚕食する病の発端でもあった。まことに性病は近代そのものの〝隠喩〟と化したのだ。精神は性への嘔吐によって病み歪む。もはやチョーサーのおおらかな性、自然は不可能だった。なるほどシェイクスピアの生きたエリザベス時代は英国のルネサンスにはちがいなかった、が、それは同時に終末のデカダンスの時代でもあったのである。シェイクスピアは十六世紀世紀末の大天才だった。エイズが私たちの時代の病の隠喩となるときがくるであろうか。くるとしたら、そのとき第二のシェイクスピアは出現するであろうか。

三(二六二頁)　狐は巣穴から火と煙で燻《いぶ》り出されて殺される。が、リアとコーディーリアを「ここから」、つまり世捨てと諦観の拠点、あるいは和解と合体の愛の巣穴、すなわち至福の「牢屋」から燻り出すためには、この世の火では足りぬ、「天上から」の松明《たいまつ》が要る。二人はこの世では絶対に「引き離」されない。ペンギン版のG・K・ハンターは言う、「おそらく、リアの念頭には〝最後の審判〟の終末の大火災がある」。ヨハネ黙示録に言う、「天より火くだりて彼等を焼き尽し」云々(第二〇章九節)。また言う、「生命《いのち》の書《ふみ》なり、死人は此等の書に記されたる所の、その行為《おこない》に随いて審《さば》かれたり……すべて生命の書に記されぬ者は、みな火の池に投げ入れられたり」(同一二―一四章)。あの世にあっても、リアとコーディーリアは引き離されずにいるであろうか。コーディーリアはいざ知らず、リアは「生命の書」に記されているであろうか。彼にその確信、安心があるとは思えない。

四(二八九頁)　「やつ」の原語は‘fool’で、これを文字通り三幕六場、嵐のさなか、唐突にその消息を絶った道化と取る評家もいる。しかし‘fool’は親愛語、とくに子に対する親の親愛語でもある。劇の文脈からしても、これがコーディーリアを指すことに疑問の余地はなさそうである。大方の注釈者がこの‘fool’をコーディーリアと解しているのは当然至極と思える。が、にもかかわらず、この言葉の本義が阿呆・道化であることにちがいはない。だが、それにしても阿呆・道化＝コーディーリアという意味等式はグロテスクな無《ノン》＝意味《センス》でしかあるまい。一体、この「哀れなやつ」はあの道化なのか、それとも今、無残に殺されたコーディーリアなのか。複雑精緻な意味等式を立てることによってテクストの言語の織地《テクスチャー》を鮮やかに解きほぐす無類の達人ウィリアム・エンプソンも、この意味等式の不可能を認め、結局のところ、狂ったリアは娘と道化の区別ももはや出来なくなっているという、ブラドレーの意見に与している。ブラドレーは「ひどく年老いた人が自分の二人の子供を混同するように」と注釈を加えているのだが、エンプソンは「そんなふうな穏やかな言い方をしてはならない」と断じて、こうつづける――「今やリアはつい先ほど受けた衝撃の結果、彼の狂気の嵐の場面に似た状態に投げ返されている、そして彼の脳裡では、道化はその状態と一体になっているのだ。最近、リアの唯一の身寄りだった者が絞め殺された、そしてあの時、唯一人、彼の身近にいたのは道化だった」(『複雑語の構造』所収「『リア王』の道化」)。流石である。確かにリアの狂った頭のなかで、コーディーリアと道化は二重映像《ダブルイメージ》と化している。

五(二八九頁)　このボタンをコーディーリアの喉もとのボタンと解する注釈者もいるが、そうは読めない。これはやはり息がつまり喘いでいるリアのものでなければならない。そう解した上で、彼が絞殺されたコーディーリアの哀れを思うと想像するのは読者の自由である。三幕四場、嵐の場面で裸同然の「物自体」、トムを見たときも、リアは「このボタンをはずしてくれ」といっていた(一六〇頁三―四行)。両者を比較して、ケンブリッジ版の編者ダシーは書いている。「『このボタンをはずしてくれ』と叫んだとき、リアは真実とは何か、その知識を得たのだったが、そのとき彼は狂乱し、さらには大仰に芝居がかっていた。だが、『頼む、このボタンをはずしてくれ。ありがとう』というとき、同じ真実の知識をもちながらも、彼は静かで控えめである。こうしてシェイクスピアは、リアが十全な知恵を学びとり、狂気の中でではなく狂気を通じて、十全な霊的再生に達していることを、精妙に示唆しているのである」(序文三八頁、強調原文のまま)。しかし、リアが「十全な霊的再生に達している」かどうかは、無論、誰にも確言できはしないのである。

六(二九〇頁)　切りの口上は生き残った者のうちで最高位の人物がおこなうのが、舞台の仕来たりである。それかあらぬか『リア王』最初の版本、四折判初版では、この科白はエドガーではなくオルバニーのものになっている。しかし、その内容からして、これは二折判初版にあるとおり、オルバニーよりも「若い」エドガーの科白でなければならない。第一、そうでなければ、エドガーは後を頼むというオルバニーの要請についに答えずじまいになってしまう。この科白自体は実に力弱い曖昧模糊としたものだ。どうやらエドガーはオルバニーの要請に応じて王位につくものと察せられる。新ケンブリッジ版の編注者は「われわれ」の一語に、君主が公式の場で自分を指して用いる、いわゆる'Royal "we"'を読みとっている。が、この'we'はそういうものかもしれないし、そういうものでないかもしれない、要するに曖昧なのだ。エドガー自身、決意は揺れている。「言うべき事」とは王位継承者が世間に向って公式に言わねばならぬことを意味しているに相違ない。だが、彼にはそれを公然・決然と言う自信も精神の強靭《スタミナ》さも、もはやないようである。彼に言えることは「感じている事」でしかない、すでに政治の次元からは遠く隔たっている。全体を一身で代表させる'Royal "we"'(「われわれ」)は、いち早く極めて個人的な「感情」、疲労感に打ちひしがれた〝私〟の内面へと地滑りのように崩れ去るほかないようである。

解説

『リア王』のテクストについて

　はじめに断わっておかなければならないが、翻訳に当って底本にはもっとも標準的と衆目が認めるケネス・ミュア編のアーデン版(一九五七年)を使い、合わせてジョージ・I・ダシーとジョン・D・ウィルソン編のケンブリッジ版(一九六二年)、ジェイ・L・ハリオ編の新ケンブリッジ版(一九九七年)、G・K・ハンター編の新ペンギン版(一九九六年)、ホラス・H・ファーネス編の集注《ヴァリオラム》版(一九六三年)、さらには最初のシェイクスピア全集、二折判初版(一六二三年)のファクシミリ、一九九四年にハリオ編で新ケンブリッジ版全集の一巻として出版された四折判初版(一六〇八年)を参照した。

　ミュア編のアーデン版を底本にしたといっても、必ずしも厳密にそれに従ったわけではない。たとえば第一幕第四場、初登場早々、道化がいう科白、「正直者は犬ころ同然、鞭をくらって追い出され小屋にひっこむのが定め。口先達者なやんごとなき〝牝犬さま〟は炉辺でぬくぬく……」中の「やんごとなき〝牝犬さま〟」と訳したところは、アーデン版では'the Lady's Brach'である。これを忠実に訳せば「女主人の(飼っている)牝の猟犬」となる。どうやら大の犬嫌いだったらしいシェイクスピアが犬を主人に媚びへつらう人間の比喩に用いている例は枚挙にいとまもないが、「女主人」が劇の文脈からしてゴネリルを暗示しているのは明らかだとすれば、一体、彼女に媚びへつらう「牝の猟犬」とは誰か。牡ならば、さしずめオズワルドだろうが、牝の追従者は女性人物がリアの三人娘しか登場しない女ひでりのこの芝居では、どこを探しても出て来ようがない。ところで同じ個所は、四折判では 'Ladie oth' brach'、訂正した四折判では 'Lady the brach'、二折判初版では 'the Lady Brach' となっている。つまり、いずれにせよ、'Lady' と 'Brach' は同格だということだ。私はこのテクストに従った。「炉辺でぬくぬく、臭い屁《おなら》をひり遊ばしている」「やんごとなき〝牝犬さま〟」はゴネリルを措いてほかにない。まさしく彼女は私利私欲を漁り貪る「牝の猟犬」にはちがいない。そもそも道化は自分のことを鞭をくらって追い出される犬ころ同然の正直者に見立て、ゴネリルにへつらいぬくぬくと暮している飼犬(追従者)と比べてわが身の不幸を嘆いているわけでは毛頭ない。彼の念頭にある、鞭をくらって追い出された「正直者」とはほかでもない、コーディーリアなのだ。すなわち、ここでも彼はリアの愚行を痛烈に皮肉っているのである。現にリアもそれに答えて、いっているではないか——「なんと酷い、苦々しいことを言うのだ!」。

底本アーデン版に背いた例をもう一つだけ挙げておく。第四幕第一場、両眼を抉り取られたグロスターが一人の老人に手をひかれて登場する場面、変り果てた父の姿を見たエドガーの独白、「あ、父上ではないか? 目が道化服のように赤と白だんだらになって」。アーデン版では、'My father, poorly led ?' とある一文である。これは二折判初版に従ったものであるが、二折判は未訂正の四折判の 'poorlie, leed' をほとんどそのまま踏襲したものである。訂正した四折判では、'parti, eyd' となっている。ハリオ編の新ケンブリッジ版四折判初版は、これを 'parti-eyed' と改めている。私の訳はこれに依った。'parti-' とは「雑色の、まだらの、染め分けの」といった謂《いい》で、そこにすぐ浮んでくるイメージはだんだら縞の道化服だ。「赤と白だんだら」としたのは脚注にも記したように、赤はグロスターの眼窩から流れ出る血であり、白とはエドガーのこの独白の直前(第三幕第七場の結末)で、残虐な主人コーンウォールを憎みグロスターを憐れむ召使が傷の手当に用意した「卵の白身」と、「麻の布切れ」(多分、これも白である)を指すと思えるからである。

'poorly led' とは「貧しい者、つまり乞食のように手をひかれてという意味だ」という一批評家の解釈を、アーデン版の編者は引用している。むしろ「貧乏な老人などに手をひかれて」と取ったほうがいいと思うが、いずれにせよ、シェイクスピア本文批評の権威W・W・グレグがいうように、二折判初版のこの読みは「極めて弱々しい」といわざるを得ない。邦訳の「お気の毒な、手を引かれて」(斎藤勇訳)にしても、「目をどうかなさったらしい!」(福田恆存訳)にしても、極めて弱々しいか、ほとんど滑稽・無意味な読みでしかない。新ペンギン版は'parti-eyed'を採り、そしてこう注記している——「これはグロテスクなイメージを与える、が、グロテスクなイメージなら『リア王』のなかに事欠きはしない。グロスターの目はこの人物にまつわる鮮烈な特質であって、エドガーがそれに言及するのは当然のことだろう。父の目のありさまをグロテスクなものとして語るほうが、手引きする案内人の社会的身分だけに注目して、彼の(ひいては読者・観客の)反応を希薄にするより、どれほどましか知れない」。編注者G・K・ハンターの批評的炯眼《けいがん》に脱帽しよう。そもそもグロテスクを恐れて、この壮大な残酷劇を読む資格はないのである。

もう一つお断わりしておかなければならないのは、この訳書では読者の理解の一助として、底本にはないト書を適宜、最少限、挿入しておいたということである。さもないと誰に向っていわれた科白なのかも、傍白かどうかも、どうしてこういう科白が出てきたのかその情況も判然としないからだが、もともと四折判初版にせよ二折判初版にせよ、ト書はそっけないほどに簡略、ときには勝手にどうとでもとれといわんばかりに不愛想なものだ。たとえば、大詰でリアがコーディーリアを抱いて登場する場面のト書でも、現代の諸版は一様に「死せるコーディーリアを両腕に抱いて」と指示しているが、四折・二折両初版とも、ただ「コーディーリアを両腕に抱いて」とあるばかりである。一体、コーディーリアは死んでいるのか、まだ生きているのか。四折判初版には幕や場の区分けさえないのである。したがって、現代の『リア王』テクストのト書は編者めいめいの判断に基づいて付せられているのであり、それが編者の読みと密接に関係しているのはいうまでもない以上、それ自体、一つの批評行為にちがいないのである。事の本質は翻訳の場合とて変りはあるまい、翻訳もまた読解という批評の作業を措いてほかにないのだから。私の僭越なト書も原理的に許されると確信している。

ト書においてさえそうであるのなら、ましてや本文《テクスト》を編む作業がいっそう精緻綿密な批評的作業であるのは断わるまでもない。シェイクスピアの直筆原稿、いわば絶対の原典は失われている。依拠すべき原典はシェイクスピア以外の誰かが編纂した四折判初版と二折判初版しかない。リアは死なず、コーディーリアとエドガーは恋が実ってめでたく結婚するといった〝幸せな結末《ハッピー・エンディング》〟で終るネイハム・テイトの改作(一六八一年。この悪名高い改作はその後、実に一世紀半近くもの間、シェイクスピアの原作に代って『リア王』上演の台本に使われつづけたのだ!)は論外としても、いや、テイトにしても一応はこれら二つの版を参照してはいるのだが、ともあれ『リア王』の編者はすべて四折判、二折判いずれかの初版を底本としながら、もう一方の版を随時みずからの判断にしたがって加味するといった異文混交《コンフレイション》をそれぞれに繰り返してきたのである。たとえば現代のアーデン版の編者はいう、「このテクストは二折判初版に基づいているが、それの読みが明らかに信頼のおけぬ場合はいうまでもなく、四折判初版のほうがどう見ても優れている場合には、四折判を受け入れることにした」。

混交の度合の差はあれ、現代の大方の編者も同じ方針をとっている。ちなみにいっておけば、二折判初版の編者、シェイクスピアの年下の役者仲間だったヘミングとコンデルの有名な序文中の「彼〔シェイクスピア〕の頭と手は一緒に動いた。彼は考えたことをいとも容易に表現した、それで彼の原稿はほとんど一つの書き損じもないのである」という一節を権威として、従来、二折判初版を底本にするのが編集の主流であった。が、「ほとんど一つの書き損じもない」シェイクスピアの原稿というのは、少なくとも『リア王』に関するかぎり、なんの確実な保証もない単なる〝伝説〟にすぎない。いっぽう四折判初版はシェイクスピアのいわゆる'foul paper'「汚れた原稿」、つまり未訂正の生原稿に依拠しているというのが、最近の本文批評学の研究成果で、一九八〇年代、九〇年代に入ってからは、『リア王』編集の基本方針の流れは逆転し、四折判初版のほうがよりシェイクスピアの原作に近いとされているようである。だが、どちらの版がより原作に近いとか、より優れているとか断定してもはじまらない、第一、断定などできはしないのだ。新ケンブリッジ版の四折判初版の編者ハリオは、その序文の結びでこう書いている——

「私は四折判初版と二折判初版両方ともに擁護し得るテクストであり、前者はより〝文学的〟、後者はより〝演劇的〟だと見なしている。どちらにもそれ自体の〝真正さ〟と〝全一性〟があり、したがって異なっているとしても別個の権威があるのである。」

『リア王』のテクストについてこれ以上のことをいうのは、誰にもできないにちがいない。四折判を底本とする編者にしても、二折判を無視することはできない、彼らもなんらかの異文混交をまぬがれ得ないのである。もし私にもう少しの学問的大胆さがあったなら、私もまた異文混交を犯して、みずからの『リア王』テクストを編み、それを翻訳したことだろう。幸か不幸か、私にはそのような大胆さはなかった。

四折判初版には二折判初版には見出されない科白が三百行ほどある。そして後者は後者で、前者にはない科白が約百行ある。つまり二折判は二百行ほど短くなっている勘定で、それは上演時間短縮のためというのが普通おこなわれている説明であるが、たしかに第四幕第三場、ケントがコーディーリア宛手紙を託した紳士と再会する場面は二折判にはまったくなく、この全面的削除はそういう上演上の目的のためであったに相違ない。削除したのはおそらくシェイクスピアみずからであっただろう、リアの惨めさを訴えるケントの手紙を嗚咽しながら読むコーディーリアの哀れを伝える紳士の科白は、棄てるには惜しい見事な悲歌となりおおせているのだが。無論、二つの版の相違は量の問題ではさらさらなく、あくまでも質的なものであり、使われている言葉、語句の違い、発話者の見出し《スピーチ・ヘディング》の変換とともに、それはそれぞれの作品の内的必然性に根ざす相違なのだ。

　ここでいちいちその相違を点検するいとまはないが、ただ一つだけ例を挙げれば、第五幕第三場の大詰、コーディーリアの死体を抱いてリアが語る科白、「犬が、馬が、鼠が生きているというのに／なぜ、お前には息がないのだ？　お前はもう戻って来ない」につづく一行、「絶対に、絶対に、絶対に、もう絶対に！」——二折判初版の原文は、‘Never, never, never, never, never!’である。この強弱五歩格の比類を絶した崇高な一行は、それこそ絶対に翻訳不可能だが、四折判初版では‘never’は三度繰り返されているだけで、そのあとすぐ「このボタンをはずしてくれ。ありがとう」とつづき、さらに‘O, O, O, O.’で締めくくられている。四折判第二版（一六一九年）では‘O, o, o, o.’と、リアの絶息を模した変に凝った擬声音的表現になっている。二折判はこの〝O〟が連続する一行に代えて、「これがあんたに見えるか？　娘《これ》の顔を見ろ、見ろ、この唇を／ほら、ほら！」を書き加え、「息絶える」というト書を付している。これによれば、リアはコーディーリアがまだ生きていると信じて、A・C・ブラドレーのいうように「耐えがたい喜び」をおもてに表わしながら死んでいったことになる。この最期の科白が欠如している四折判のリアは、あの〝O〟の絶息の擬音にもかかわらずまだ死んではいない、ただ気を失っただけである。現に「気を失われた！」というエドガーの科白をはさんでつづく「裂けろ、胸よ。頼むから、裂けてくれ！」という叫びは、二折判ではケントのものであるが、四折判ではリアの叫びになっている。「息絶える」というト書はこの版にはない。「御霊《みたま》を煩わせてはならぬ、ああ！　安らかに逝《ゆ》かせて差し上げるのだ」云々のケントの科白のあと、「ああ、ついに逝《い》ってしまわれた」というエドガーの言葉によって、読者はリアの死を確認するのみである。どうやら四折判のリアが「耐えがたい喜び」ゆえに息絶えたのではないことは、確かである。そして、かかる二様のリアの最期のありようが、四折判初版と二折判初版という二つの『リア王』の特質、その世界の意味を決定づける重大な要素となっていることは、もはや贅言を要すまい。といいながら、この点については後ほど再び是が非でも触れざるを得ないはずである。

『リア王』執筆について

『リア王』はいつごろ書かれたのであろうか。四折判初版の題扉《タイトルページ》に、「クリスマス休暇中の聖スティーヴン祭の夜、ホワイトホール宮殿において国王陛下の御前で、平素はバンクサイド〔テムズ川南岸〕のグローブ座にて演じおる陛下の僕たる役者により上演された」と記されている。四折判初版が書籍出版業組合の登記簿に記入されたのは一六〇七年十一月二十六日、そこにも題扉とまったく同じことが記録されている。聖スティーヴン祭は十二月二十六日であるから、ジェイムズ一世の宮廷での『リア王』上演が四折判出版登録よりほぼ一年前の一六〇六年十二月二十六日に行われたことは、確実である。上演記録としてはこれが最初のものであるが、多分、それ以前にもグローブ座で演じられていたにちがいない。では、執筆年代の上限をどこに見さだめたらよいのか。サミュエル・ハースネットというロンドンの主教付きの補助司祭が書いた『言語道断なローマカトリックの数々の欺瞞に関する言明』と題する小冊子《パンフレット》が、一六〇三年三月十六日に出版登録されている。シェイクスピアがこれを読んでいたことは、気違いトムの悪魔憑きの科白のなかにこの文書の記述の数々が利用されていることから十分に察しがつく。つまり以上のことから、『リア王』は一六〇三年三月から一六〇六年十二月にいたる間に書かれたという、執筆年代の上限と下限推定の大枠が成立する。

でも、これではあまりにも大雑把にすぎる。そこでさらに年代を絞れば――『リア王』*King Lear* の主要な出典の一つ、作者不詳の『リア王の真実の年代記』*The True Chronicle History of King Leir*(以下『原＝リア』と略称)が、一六〇五年五月八日に登録され、出版されている。この芝居が上演された最初の記録は一五九四年、同年五月十四日に作品登録されているのだが、これまで十一年間一度も出版されることはなかった。ところが出版された『原＝リア』の題扉には、「最近しばしば上演された」とある。今まで出版されたこともなく、一五九四年以後一度も上演の記録も残っておらず、その劇場用台本はその間ずっと書籍出版業組合の手にあったのだから、この題扉の文句はW・W・グレグの指摘するとおり、たしかに奇妙である。つまりこの本文批評の碩学のいわんとするところは、シェイクスピアの『リア王』のほうが『原＝リア』出版より前であり、『リア王』は一六〇五年初めの頃すでに舞台にのぼっていたということである。『原＝リア』の出版者は、それがシェイクスピアの評判の新作と間違えられて売れるのではないか、少なくともその余栄にあずかれるのではないかと当て込んだというわけである。

だが、シェイクスピアが『リア王』創作の種本として『原＝リア』を使っているという事実は、動かない。彼は『原＝リア』を台本の写しで読んだにちがいないと、グレグはいう。いや、シェイクスピアはそれさえ読んではいなかった、一五九四年の『原＝リア』上演を観た記憶から自分に必要なことすべてを得たのだ、それに何の不思議があろうか、S・T・コールリッジは何年も昔に読んだ読書体験の記憶からあの傑作詩『老水夫行』を書いたではないかと、アーデン版のミュアは断言している。いっぽう、新ケンブリッジ版のハリオはいう、「『原＝リア』の復活は別の事情〔『リア王』の人気に便乗するといった出版者の思惑とは違った事情〕によって生れたのかもしれない。シェイクスピアの芝居は明らかに『原＝リア』に負うているのであれば、その執筆制作は『原＝リア』出版以後にはじまったのかもしれない」。問題は依然たるままである。

もう少し有力な、いわゆる「外的証拠《イクスターナル・エヴィデンス》」として挙げられるのが、一六〇五年十月の日蝕、その前月に見られた月蝕であって、第一幕第二場のグロスターの科白「最近のあの日蝕や月蝕、あれはみんな不吉な前兆だ」は、これらの天文事象に示唆されたとする説がある。それによれば、『リア王』の執筆年代は一六〇五年から六年にかけての冬ということになる。これはG・B・ハリソンをはじめとする大方の学者が認める仮説となっている。

しかしながら、ケネス・ミュアはいう、「『マクベス』が一六〇六年の夏ごろに書かれたことに、さしたる疑問はない。とすると、『リア王』の執筆年代を一六〇六年の初めごろとしなければならないなら、シェイクスピアは仕事のしすぎだったことになる。韻律を点検してみれば〔いわゆる「内的証拠《インターナル・エヴィデンス》」による証明〕、そんなことをして何のたしになるかは確かではないけれど、『リア王』は『マクベス』の前に書かれたことが明らかになるようである。したがって、『リア王』を一六〇四年から五年にかけての冬に押し戻すことができれば、いろいろな点でより無難であるだろう」。まことに説得力薄弱な推論である。一六〇五年十月の日蝕、前月の月蝕については、「シェイクスピアは日蝕月蝕がその年の終り近くに予測されているのを知っていて、それで抜け目なくそれへの言及を挿入したのだろう」とミュアは書いているが、これまたなんとも心もとない推理というほかはない。

要するに、シェイクスピア作品の執筆年代は『リア王』にかぎらず、正確なところは誰にもわからない、おおよそのところがわかれば、それで満足するしかない、いや、それで十分なのだ。十六世紀から十七世紀へと世紀が改まった途端、それまで歴史劇、喜劇で当代随一の人気作者であったシェイクスピアは、ほとんど豹変といっていいほど唐突に、悲劇作者に変貌したのだった。そしてわずか数年の間に、『ハムレット』『オセロー』『リア王』『マクベス』が矢継ぎばやに書かれたのである。たしかに、シェイクスピアは「仕事のしすぎ」だった。というのは凡人の目から見ての呑ん気な話であって、悲劇の女神《ムーサ》に魅入られた、というより悲劇の魔神《デーモン》に憑かれたこの天才に、「仕事のしすぎ」というようなことはあり得ない。岩漿《マグマ》のように身内に奔出する悲劇の天才の駆り立てるままに、ひたすら筆が走っただけのことだったろう。ともあれ、たとえ四折判・二折判両初版の混交であろうと、まぎれもなくシェイクスピアが書いた作品、『リア王』が、天からの賜物のように、あるいは地獄からの贈物のように、私たちをさし招いている。

『リア王』の出典について

王土分割の場面からはじまる『リア王』の物語の大筋はほぼ『原＝リア』に依っている。筋の運びという点からすれば、挿話を直線的につなげてゆく『原＝リア』のほうがシェイクスピアの作品より遥かに簡明だし、人物の行動の動機もずっとはっきりしている。たとえば王土分割に当って先ず三人の娘に愛の宣言を競わせる第一幕第一場、〝原＝リア〟にはそんなことをさせる明確な意図がある。すなわち、愛なくしては誰とも結婚しないと誓っているコーデラをなんとか結婚させるための手段、彼いうところの「奇襲的戦略」がある。愛を競わせれば、「彼女はわしを一番愛していると主張するに決まっている／そうしたら、言ってやろう、娘よ、ひとつわしの願いを聞いてくれ／お前が姉たち同様、このわしを愛している証拠に／わし自身が求婚したいと思うような人を夫に迎えて欲しい／そう言えば、彼女とて無下《むげ》にわしの願いを拒むことは出来まい／こうして、わしの政略は凱歌を奏し／彼女をブルターニュの王に娶《めあわ》せられるだろう」。シェイクスピアのリアには、そのような「戦略」も「政略」もない。あるのは、もともと愚かしい・馬鹿げたという原義をもつ不条理《アプシュルディテ》だけだ。アラダイス・ニコルがその『シェイクスピア研究』のなかでこう難じるのも、無理はない。『原＝リア』の作者は「少なくとも彼の主要人物たちに正常な判然とした動機を与えていたのに、シェイクスピアはとうてい舞台では我慢しがたいことを、そのままにし残したのだ。というのも劇プロットのその後の展開を理解するためには、第一場のリアの決断と振舞いを説明するものが観客に与えられている必要があるからだが、あのままではリアの決断も振舞いもまったく不可解である」。

しかし、可解だからといって、それで芝居がそれだけ面白くなる気づかいも、またないのだ。第一、リアの決断と振舞いはニコルが難じるほどに不可解とはいえない。つとにコールリッジの明敏な批評眼が見ぬいていたように、王土分割というリアの決断は娘たちの愛を試す以前、「すでにそのすべての細目にわたって決定済みのこと」として、彼の科白最初の六行のなかにはっきりと語られているのである。リアは「独り心に秘めてきた計画」といっているが、どうやらその計画の細目が、少なくとも側近の者たちの間では知れていた様子は、幕開け早々のケントとグロスターの会話によっても明らかだ。コールリッジは娘たちの愛の試しを「単なるtrick」と呼んでいる。この‘trick’を企み、策略といったような重い意味にとってはなるまい。見せかけ、手品、悪戯《いたずら》くらいの軽い意味にとったほうがいいだろう。コールリッジもそういう意味で使っていることに間違いはない。私なら‘trick’に代えて、「単なる儀式」と呼ぶだろう。コールリッジはつづけていう、「老いたる王の度はずれな怒りは、幾分かは愚かしいtrickが突如、まったく思いもかけず裏をかかれ、期待はずれに終った当然の結果なのである」。リアに向って、コーディーリアは「申し上げることは何も」ないと答えたのだった。つまり、彼女は阿諛追従という、いわば言葉の演戯＝儀式を拒んだのである。悪戯な手品のように仕掛けた「見せかけ」、今まで人に反対されたことを知らぬ絶対君主の我が儘、無邪気な儀式の仮面を一言のもとに破ったのが、他ならぬ自分がもっとも愛し、老後の世話をひそかに期待していた当の娘であったというところに、リアの怒りがそれだけなおさらに理不尽、激越なものと化さざるを得なかった所以がある。なるほどこの愛の試しは愚かしく馬鹿げた不条理なものであるかもしれない。が、コーディーリアを結婚させるための「奇襲的戦略」(sudden stratagem)、「政略」(policy)などともっともらしい理屈をつけるより、この不条理性(あえて不可解さといってもいい)は、どれほど演劇的に秀れた

「手品《トリック》」であることか。

「申し上げることは何も」、原語は'Nothing'の一語である。この一語はやがて大詰のリアの絶息の叫び、'Never, never, never, never, never!'に収斂する、けだしこの悲劇の主題低音を導く基音である。ことによると、あの一見、愚かしくも不条理な愛の試しと見える場面は、この基音を引き出すための作者の周到な劇的「策略《トリック》」であったかもしれない。『原＝リア』にはこの'Nothing'の一語は見当らない。当然、〃無〃という人間存在の根底にかかわる由々しい主題が鳴り出すはずもない。

さらにコールリッジは書いている、「われらのシェイクスピアの比類ない判断をとくと見てみよう。第一に、第一場におけるリアの行為がありそうに見えないとしても、それは民間信仰に根ざした古い物語であり――すでに当然のこととして受け入れられていたものであって、したがって誰にもありそうにないという印象などなにも与えはしなかった」。まさしくエリザベス時代の観客はそのようなものとして受け取っていたにちがいない。現代の批評家にしても、『リア王』第一幕第一場を擁護する者はおおかた、コールリッジのこの弁明に依存しているのである。彼の弁明はつづけていう――「第二に、それ〔第一場〕は諸々の登場人物と激情を描き出す画布《キャンバス》にすぎない、諸々の出来事と感情を表出する一つの機会にすぎない」。そして、リアがゴネリルの屋敷を飛び出す第一幕第四場、すなわち彼の悲劇がはじめて現実のものとなって現出する場について触れながら、コールリッジはこう結んでいる、「かくして、リアは自然の激情の広々と開いた遊戯場と化する」。やがて、この「自然の激情の広々と開いた遊戯場」は嵐吹き荒ぶヒースの荒野と化するだろう。アラダイス・ニコルの苦言とは裏腹に、「劇プロットのその後の展開」の可能性は、あの「不可解」と見えた端緒、「諸々の登場人物と激情を描き出す画布」「諸々の出来事と感情を表出する一つの機会」とコールリッジが呼ぶ第一場のなかに、巧緻に秘められていたのである。念のため、コールリッジの『リア王』論冒頭の一節を引用しておこうか。「シェイクスピアの劇作品すべてのなかで、『マクベス』は動きがもっとも速く、『ハムレット』はもっとも遅い。『リア』は長さと速さを合わせもっている――ハリケーンのように旋風のように、一切を吸い上げながら前進する」。見事である。シェイクスピアの劇作術の秘法を会得するには、ロマン派屈指の詩人・批評家の大才が必要だったのである。

ニコルのような批判はめずらしいものではない。そのなかでもっとも過激な批判は、ほかでもない、大トルストイのものだ。

「こう言えば、シェイクスピア崇拝者には奇妙と見えるだろうが、この古い芝居『原=リア』のほうが全体として、シェイクスピアの翻案劇より比較にならぬほどに、どの点でも優れている。どうしてかと言えば、第一に、この古い芝居には悪党のエドマンドや木偶《でく》のようなグロスターやエドガーといった、こちらの注意を散漫にするだけが能のような全く余計な人物が出てこないこと。第二に、この芝居には荒野を走りまわるリアとか、彼と道化が交わす会話とか、とても信じられぬ数々の変装とか、それと気づかぬ愚かしさとか、累々と横たわる死体とか、そんなふうな全く嘘っぱちな趣きがないこと。なかんずくこの古い芝居には、素朴で自然で深く心に触れる性格のリアがいる。さらにもっと感動的で明確な特徴を帯びた性格のコーデラがいる。そのような性格は二つとも、シェイクスピアの作品には不在である。したがって、古い芝居には——シェイクスピアが長ながしく引きのばして描いているリアとコーディーリアの再会の場面や、コーディーリアの不必要な殺戮の場面に代って——リアとコーデラの絶妙な再会の場面があり、シェイクスピアの全戯曲中のいかなる場面もこれに匹敵するものはない。」

これは一九〇三年ごろに書かれたシェイクスピア論からの引用である。すでに西欧近代芸術の全否定といってよい『芸術とは何か』(一八九七年)は書かれていた。もはや『戦争と平和』『アンナ・カレーニナ』の大作家はいなかった。彼はみずからの近代小説の天才をも否定し去っていたのである。トルストイは彼のシェイクスピア論を、シェイクスピアは自分の人生を通じて「抗しがたい嫌悪と退屈」しか生まなかったと言い切るところからはじめている。なのに、どうして世間の人間はこぞって彼を賛美し崇拝するのか。一種の集団催眠、「流行性の暗示」によるとしか考えられぬ、とトルストイはいう。どこか世紀末ヨーロッパに氾濫したワーグナー崇拝者たち、「教養俗物《ビルドウングスフイリスター》」にたいするニーチェの憎悪と嘔き気に通じるものがあるが、いずれの場合も、単なる頑なな反時代者の妄語、激語と簡単にかたづけてはなるまい。

ところで、数あるシェイクスピア作品のうち、トルストイがもっとも激しく憎み反発したものこそ、『リア王』だったのである。彼のシェイクスピア論は、ひっきょう、『リア王』論なのだ。では、どうして彼はこの芝居を格別な攻撃目標に選んだのか。「トルストイがこの芝居にたいして特に敵意を抱いたのは、彼が意識的無意識的いずれであろうと、リアの物語と彼自身の人生の物語との相似に気づいていたからではないか、と言えないだろうか」。これはジョージ・オーウェルの実に面白い評論「リア、トルストイ、道化」中の修辞疑問である。なるほどよく似ている。老トルストイもオーウェルの言葉を借りれば、「巨大な無償行為としての放棄」を敢行した。夫人(小林秀雄との有名な論争「芸術と実生活」で、正宗白鳥は「山の神」と呼んだ)と彼女に味方する二人の子供の反対を押し切り、土地財産、爵位、著作権一切を棄てて農民の生活を生きようと真摯に努めた。成功するはずもなかった。『リア王』論を書いてから七年後、一九一〇年、トルストイはあてどもなく家を出た。ときに彼、八十三歳――「わしはまことに愚かな老いぼれ／八十を越えた、一時間たりとも鯖を読んではいない」(『リア王』第四幕第七場)。彼に付き添っていたのは、末の娘アレクサンドラ唯一人であった。そして、見知らぬ土地の粗末な駅舎で、野垂れ死にのようにして死んでいった。「トルストイの最期にさえ、一種、幻のような『リア』の思い出がつきまとっているように思える」と、オーウェルは書いている。

トルストイの『リア王』論は、いわば彼の近親憎悪の所産といった塩梅だが、それより数年前から『イワンのばか』をはじめとする数々の民話が書かれ、彼はロシア農民の素朴な信仰、福音書の説く愛《アガペ》、土着の民俗の世界へと没入しようとしていた。また『リア王』論の四年前、性へのすさまじい嘔吐を物語る傑作『クロイツェル・ソナタ』は書かれていた。そういうトルストイの人生と思想の脈絡を抜きにしては、あのような、それこそ、ほとんど理不尽といっていい『原＝リア』への賛辞がどうして出てきたのか、到底、理解することはできないだろう。

たしかに、『原＝リア』には古風な民話の趣きが残っている。トルストイはリアとコーデラの再会の場面を、「シェイクスピアの全戯曲中のいかなる場面もこれに匹敵するものはない」「絶妙な場面」といい、シェイクスピアは同じ場面を「長ながしく引きのばして描いている」といっていた。事実はまったく逆なのである。『原＝リア』第二六場の終りで、コーデラは「御覧下さい、お父さま、御覧になって、ようく見て下さいまし／お慕いするあなたの娘が、今こうして言葉をおかけしているのでございます」といいながら跪く。リアも跪く。「お立ちになって、お父さま、さもないと私は死んでしまいます」とコーデラにいわれて、「お前の心がそれで満足するなら」といって、リアは立つ。以下、跪いたり立ったりの動作が都合、六回繰り返される。へたをすれば、へたをしなくても滑稽な茶番に堕するところだが、『原＝リア』の民話的雰囲気がからくもそれを救っている。いっぽう『リア王』では、「ああ！　わたくしを御覧になって／そのお手をかざして祝福をお与え下さいまし」といいながら、コーディーリアは跪く（第四幕第七場）。リアも反射的に一緒になって跪こうとするのを、「いいえ、お膝をおつきになってはなりませぬ」とコーディーリアはひきとめる。それだけである。以下、この再会の場面は今や鎮静してはいるが、それだけ深く沈潜内攻しているリアの狂気の哀れが簡潔かつ圧倒的に読者・観客の胸に迫る、全幕中の圧巻の場面の一つになりおおせているのである。ちなみに、これは重要なことであるが、〝原＝リア〟は狂気とはまったく無縁である。ただおっとりとした、素朴な善人にすぎない。

また、トルストイはいう、コーディーリアの死は「不必要」だと。なるほど『原＝リア』ではコーデラは死なない、リアも死なない。コーデラと夫のフランス王の軍は彼女の邪悪な二人の姉とその夫たちの軍に勝ち、リアは王位に復する。おそらくお伽噺の結末のように、その後ずっと幸せに暮すことになるのだろう。戦いに敗れた悪人たちも死なない、亡命者となって舞台から姿を消すだけだ。だが、コーディーリアが死ななければ、いや、殺されなければ、シェイクスピアの『リア王』は、そもそも成立し得べくもないのである。

リア物語の淵源をたどれば、十二世紀のジェフリ・オヴ・モンマスの『ブリテン王列伝』*Historia Regum Brittaniae*（一一三五年ごろの出版）にたどりつく。シェイクスピアはこれをラテン語の原文で読んでいたか（英訳本は存在していないのだから。同時代の喜劇の天才ベン・ジョンソンは盟友シェイクスピアの死を悼んで、有名な頌詩を書き、そのなかで〝大学出の才人《ユニヴァシティ・ウィット》〟でなかった彼のことを「ラテン語はあまり知らず、ギリシア語はもっと知らなかったけれども」といったが、シェイクスピアがラテン語を読めたのは確実のことだ。なんと当時の初等教育は優れていたことか！）、ジェフリの著書に依拠した誰かの本を読んでいたにちがいない。『ブリテン王列伝』の記述によれば、王位に復帰したリアは三年後に没し、コーデイラがその跡を継ぐ。が、二人の甥、つまり二人の姉の息子たちが反乱を起こし、コーデイラは牢に捕われる。絶望の末、彼女は自殺する。シェイクスピアが利用した他の出典、ホリンシェッドの『年代記』(一五七七年)にしても、ジョン・ヒギンズの『為政者のための戒めの鏡』(一五七四年)にしても、エドマンド・スペンサーの『神仙女王』第二巻第十詩篇(一五九〇年)にしても、すべてジェフリに従って、コーディーリアの原型――コーデイラ、コーディラ、コーデイルはみな自殺している、死に方こそ縊死《いし》、短剣によるものと、それぞれに異なっているとしても。シェイクスピアのコーディーリアは自殺しはしない、殺されるのだ。これは物語の重大な変容・変換であり、文字通りの劇的転変なのであって、もし彼女の死が自殺であったら、『リア王』の比類を絶した悲劇性は完全に、少なくともそのおおかたは失われることだろう。

『原＝リア』にはと、トルストイは書いていた、「荒野を走りまわるリアとか、彼と道化が交わす会話とか、とても信じられぬ数々の変装とか、それと気づかぬ愚かしさとか、累々と横たわる死体とか、そんなふうな全く嘘っぱちな趣きがない」と。ないのは当り前だ。〝原＝リア〟には狂気のキの字もないし、道化はシェイクスピアの全くの独創だし、ケントに相当する忠臣ペリラスは変装しないし、前述したように『原＝リア』では、悪党も含めて誰一人死なないのだから。また、トルストイはいっていた、「この古い芝居には悪党のエドマンドや木偶《でく》のようなグロスターやエドガーといった、こちらの注意を散漫にするだけが能のような全く余計な人物が出てこない」と。出てこないのはこれまた、当り前だ。シェイクスピアがグロスター父子を創造するに際して活用したパン種は、エリザベス朝の典型的な宮廷人・武人・文人だったフィリップ・シドニーの英国最初の小説といわれる『アーケイディア』(一五九〇年)の第二巻第十章の話だからである。

もう七面倒な詮索はすまい。ただ一言いっておけば、グロスター父子は「全く余計な人物」であるどころか、彼らが担う副筋が、いかにリア父娘の本筋と緊密な対位法を構成して、あたかも精妙なフーガのように父と子の主題を追っているか、それは誰の目にも明らかなのである。リアには娘しかいない、グロスターには息子しかいない、これもまた作者が仕組んだ周到な劇的対位法でなくて、何であろうか。およそシェイクスピア四大悲劇のなかで構成がもっとも緻密・堅固なのは、意外に聞こえるかもしれないけれど、『オセロー』でも『マクベス』でさえない、実はもっとも複雑、壮大な劇的要素をはらむ『リア王』、その崇高さゆえに上演は本質的に不可能だとチャールズ・ラムがつとに評した『リア王』なのだ。リアの狂気とグロスターの失明、これら二つの、いわばこの芝居の二つの〝ブラックホール〟が、いかに劇の深層で互いに呼応し照応し合っているか、それについてはのちに詳しく触れることになろう。また、これら正副二つの対位法的筋は激甚にからまり合いもする。早い話、エドマンドがいなければ、コーディーリアは死なず、ゴネリル、リーガン姉妹が彼ゆえの愛欲の葛藤・修羅の果てで互いに滅びることもないのである。

『リア王』――一つの読みへの試み

第一幕第二場、私生児エドマンドの独白は、「自然」への呼びかけではじまる――「自然よ、あんたこそ、おれの女神だ／あんたの掟にだけは従う。一体、なんだって悪疫のような習慣に囚《とら》われ／国の糞やかましい法律のままに権利を奪われなければならぬのか」。『ハムレット』執筆以来、シェイクスピアが深甚な影響を受けたモンテーニュ『随想録《エセー》』中の雄篇「レイモン・スボン弁護」は書いていた、「ひとたび信仰箇条のいくつかが疑わしく怪しげなものになれば、ただちに人は法律の権威や古い習慣への敬意によってそれまで受けてきた圧迫を、専制的な束縛として拒否するようになろう」。モンテーニュ(一五三三―九二)とシェイクスピア(一五六四―一六一六)はたとえ三十年の年齢差があろうと、まさしく同時代人であった。すでに天動説から地動説への転換、いわゆるコペルニクス的転換は起こっていた。かつては宇宙の中心にあり、そのまわりを天体が同心円を描きながら回転していた地球は、今や太陽のまわりを歪んだ円、つまり楕円の軌道を描いて不安にめぐりはじめていた。旧教《カトリック》と新教《プロテスタント》の対立は、家族間においてさえ、血で血を洗う修羅と化していた。モンテーニュとシェイクスピアは、そういう古い世界観、価値秩序が崩壊し、新しい世界観、価値観が出現する時代の危機を、いいかえれば中世の終末と近代の開始とが交錯・葛藤する激動の転形期を生きたのだった。『リア王』は出典に従ってキリスト教化以前のブリテン（古代ローマ帝国の属州、イギリス南部の古王国）が舞台となっているが、作者は今いったような時代のさなかにどっぷりと身を浸して、この芝居を書いたのである。『リア王』はシェイクスピアの現代劇なのだ。そして、この時代の変動、価値転換の核心にあったものこそ、やはり「自然」だったのである。「自然」がつねに転換・変革の起点となることは、その後の歴史が明証しているとおりである。

エドマンドが訴えかけている「自然」が悪党の自然観だと、単純にわりきってはならない。これまた時代の新思潮、すなわち「獅子のごとく猛く、狐のごとく狡く」おのれの目的、私利私欲を追求するマキアヴェリストの自然観と簡単に解してはならない。なぜ兄だけに相続権があるのか、なぜ庶子には権利がないのか、なぜ妾腹は下賤なのか――エドマンドとともにそう自問してみれば、ことはさほどに単純でも簡単でもないだろう。第一、私たちが金科玉条のようにかかげている人権、平等、機会均等といった近代の原則は、悪党エドマンドの「自然」からしか出てきようがないのである。

父に背くゴネリル、リーガンの反抗にしても、それが実権を譲りながら王の名と父の名において今までどおりの権威を振りかざそうとするリアの横暴にたいするものであってみれば、「自然」にはちがいない。一九六二年にピーター・ブルックが演出した『リア王』では、第一幕第四場でリアの騎士たちの乱暴狼藉をこぼすゴネリルの苦情を正当化するために、騎士たちは「文字通り、舞台のセットを壊し、皿や大ジョッキを投げ、まもなく王の食事がならべられようとしている大食卓をひっくり返した」という(メイナード・マック『われわれの時代のリア』)。この演出は、彼ら騎士は「臣下の本分、その細目すべてを弁《わきま》え、如何に微々たる事であろうと/名を汚すまいと命を賭している」というリアの弁明に反しているが、この弁明が事実に基づくものであるという保証は、テクストにはなにも与えられていないのである。ゴネリル、リーガンの父への反逆は、少なくともその端緒においては「自然」だったといってもかまわない。そして、その延長線上で、彼女ら悪女の「自然」が政略結婚という「習慣」を裏切り破って、「人目を忍ぶ欲情が造った自然の産物」「五体の釣合いは完璧/気性は凛々《りり》しく……」と豪語する美男の私生児の「自然」に魅せられ、それと結託するのに、なんの不思議があろうか。ことはすでにわれわれ現代文学の話なのである。一体、誰がゴネリル、リーガン、エドマンドを簡便に悪玉と呼び得ようか。

ある批評家が数えたところによれば、『リア王』全幕を通じて、「自然」(Nature)の一語は約百回使われている(アーノルド・ケトル「『リア王』の人間性」)。その形容詞、副詞形も勘定に入れれば、数はもっと大幅に増えるにちがいない。私も訳出に当って、いささか生硬に響くのは承知の上で、「自然」という言葉をできるかぎり、そのままに残した。孝行、孝心と訳せば済むところを、馬鹿律儀に自然の絆、自然の情愛、自然の情と訳すといった具合に。「自然」の一語は、『リア王』の鍵語《キーワード》だからである。

「自然」という言葉を使うのは、無論、いわゆる悪玉にかぎらない。リア、グロスター、コーディーリア、ケント、エドガー、彼らいわゆる善玉もことあるたびに、この一語を口にしている。さきほど触れたゴネリルとの諍《いさか》いの直後、リアも「自然」に訴えている――「聞け、自然よ、聞け！　愛する女神よ、聞き給え！／この雌《めす》を孕《はら》ませるつもりがあるなら／思いとどまってくれ！／こいつを石女《うまずめ》にしてくれ！／こいつの腹の生殖の器官すべてを干上がらせ……」。「自然」に自然を破壊してくれと訴える、まるでわれとわが尾を咬むウロボロス蛇のようなリアの「自然」による自然のすさまじい呪詛は、その後、何度も繰り返されるが、彼の「自然」がエドマンドが訴えていた「自然」とは異質のもの、その反措定であることは断わるまでもない。

一言でいえば、リアの「自然」はつねにすでに階層制《ヒエラルキー》の秩序構造を内包・予定している。すなわち神を至高の頂点とする大宇宙《マクロコズム》の位階序列の価値体系は、そのまま類比的に小宇宙《マイクロコズム》、人間の世界にも当てはまる、大宇宙は小宇宙と互いに照応しているといった、中世の思想の根本原理「本質類比」によって支えられているのである。「本質類比《アナロギア・エンティス》」をくだいていえば、王は国家にあって臣下の上に位する神のごとき存在であり、父は家庭にあって子の上に立つ神のような存在でなければならないということだ。もしこの位階序列が崩れれば、どうなるか。『ハムレット』の直後に書かれた『トロイラスとクレシダ』で、ユリシーズはいっている――「ああ、至高なる神の計画を実現する段階である位階序列が揺げば、神の計画全体が病んでしまう！」（第一幕第三場）。彼はつづける、「社会は、（中略）長子相続権と出生の正統性は、老年、王冠、王笏《おうしやく》、月桂冠の特権大権は、この位階序列によらずして、どうして権威ある地位を保てようか」。父にたいする背反は宇宙にたいする罪でもあるのだ。リアの憤怒が嵐の場面で宇宙大に膨張する所以も、そこにある。逆に、エドマンドが彼の「自然」に誓って反逆したのは、このような「至高なる神の計画」、位階序列によって規定され支えられた「自然」だったのである。この「自然」は彼の「自然」からすれば、たしかに「悪疫のような習慣」にすぎない。

ジョン・F・ダンビーは『シェイクスピアの自然の教義』のなかで、リア、コーディーリア、グロスター、エドガー、ケント、オルバニーの依って立つ自然観を「恵み深い(benignant)自然」、ゴネリル、リーガン、エドマンド、コーンウォールの依って立つ自然観を「邪悪な(malignant)自然」と呼んでいる。ダンビーは前者を英国国教会の教義の基礎を確定したリチャード・フッカーの『教会政治の法則』(一五九四年)に通じる自然観、後者をやがて出現するトマス・ホッブズの『リヴァイアサン』(一六五一年)が説く「万人の万人に対する闘い」(bellum omnium contra omnes)という自然状態を先取りした自然観としている。つけ加えれば、後者はダーウィンの「生存闘争」としての自然にもつながるだろう。そのことに異議はない。ただしシェイクスピアがリアたちの「自然」を「恵み深い」もの、エドマンドたちの「自然」を「邪悪な」ものと素朴に分けていないことは、今までの私の叙述からも了解されるだろう。'benignant' という言葉は医学では、たとえば良性の腫瘍というふうに、'malignant' は悪性の腫瘍というふうに使われるが、そういう倫理的判断を含まぬ意味合いでなら、私もダンビーの分類に首肯しないわけではない。が、そもそもシェイクスピアは善悪、黒白判然とした中世の寓意劇、道徳劇を書いたわけではないのだ。「良性の自然」「悪性の自然」といっても、誤解を恐れずにいえば、それはあくまでも唯物的な差異の認識なのである。

第三幕第六場、ようやく嵐から逃れて農家に避難し、そこでゴネリル、リーガンを裁く滑稽《グロテスク》な模擬裁判(二折判初版ではこの場面も削除されている)をおこなった直後、ふとリアはつぶやく、「では、リーガンを解剖して、心臓のまわりに何が出来ているか調べてもらおう。こういう冷たくて固い心臓を造る原因が、なにか自然そのものの中にあるのだろうか?」(強調、引用者)。この傍点を付した「自然」の一語が暗示しているのは、リアの信じてきた「自然」でなければならない。なぜならゴネリル、リーガンを生んだ「自然」はリアにとって端的に反＝自然であり、反＝自然が彼女たちのような自然に反する冷酷な「化け物」を生むのは、それこそ自然なことであって、今さら「こういう冷たくて固い心臓を造る原因が、なにか自然そのものの中にあるのだろうか」と問うのは単なる同語反復にすぎず、どだい意味をなさないからである。つまり、リアは今まで絶対の正義とみずからが信じてきた「自然」を疑いはじめているのだ。大宇宙の秩序に照応すると信じてきた「自然」そのものの中に、ゴネリルやリーガンを生み出す原因もひそんでいるのではないか。ということは、あの階層制の秩序構造としての「自然」の価値は、内側から突き崩されるということではないか。そういう価値としての「自然」も、単なる価値観の制度、要するに一つの「習慣」にすぎないのではないか。

「父親たちは子供たちの自然な愛が消えてしまうのではないかと、恐れる。では、消えることがあるような、この自然とは一体、何なのか？　習慣は第二の自然であって、第一の自然を破壊する。が、そもそも自然とは何なのか？　習慣もどうして自然でないことがあろうか？　第一の自然自体も、習慣が第二の自然であるように、第一の習慣であるにすぎないのではないかと、私は大いに恐れる。」

これはパスカルの『パンセ』第二章「神なき人間の惨めさ」第九三節である。前節冒頭で彼はこうも書いている、「われわれの自然の原理は、われわれがそれに習慣づけられた原理でなくて何であろうか？」。こんなところにパスカルを引き合いに出してきたのもほかではない、つとにリアはこういう「神なき人間」の悲惨な認識にゆきついていたという一事を確認したかったからだ。そして、彼をこのパスカル的恐怖の認識に誘《いざな》ったものこそ、狂気にほかならなかったのである。狂えるリアは目を抉り取られたグロスターにいう――「目がなくとも見える。耳で見ろ、あそこにいる裁判官があそこにいる卑しい泥棒をののしっている、あれを見るんだ。耳で聞け。二人が所を替えれば、もう、どっちの手にあるか当っこする子供の遊び(handy-dandy)も同じだ、どっちが裁判官で、どっちが泥棒か、お前にわかるか？」(第四幕第六場)。「裁判官《ジアスティス》」＝正義・法と、「泥棒」＝悪・罪とは、「自然」と「習慣」とが互いに「所を替え」得ると同じく、転倒し得る。やがて西欧近代の歴史の果てで、十九世紀世紀末の狂気のデカダン詩人、ヴィリエ・ド・リラダンはいうだろう、「道徳、それは緯度の問題だ」と。

こういう一切が「所を替え」る〝ハンディ・ダンディ〟の世界、いいかえれば一切の価値が交換可能な相対性の世界で、罪を罪と断定する絶対の基準などないのはいうまでもない。リアもつづけていっている、「この世に罪人などおらぬ、一人も、いいか、一人もだ」。あのゴネリルもリーガンも、罪人ではない? 傍らで聞いていたエドガーが「狂気にも理性がある」とつぶやくリアの狂気の明察は、狂気と理性の〝ハンディ・ダンディ〟は、ゴネリルとリーガンの罪をも、この瞬間、否定していたにちがいない。

「耳で見ろ」とリアにいわれたグロスターも、手を引いてくれる親切な老人に向って、すでにこう語っていた、「目が見えていたときには、躓《つまず》いたものだ。今はよく物が見える」(第四幕第一場)。盲目と明察、あるいは盲目と目明《めあ》きの〝ハンディ・ダンディ〟、これがリアの狂気の明察、狂気と理性の〝ハンディ・ダンディ〟と正確に照応していることは明らかだろう。この正副二つの対位法的筋の主人公はかかる逆説をとおして、互いに呼応し合っている。

「いや、わしは忍耐の鑑《かがみ》になってみせる」(第三幕第二場)と、つとに狂気の襲来を予感して自分にいい聞かせていたリアが今、狂気の明察の瞬間、グロスターにいう――「忍耐するんだ。われわれはみんな泣きながらこの世に生れて来た/初めて空気に触れると、みんな泣きわめくではないか」。この「忍耐」のなかに多くの批評家はキリスト教的美徳の意味合いを読みとっている。が、おそらくそれは見当ちがいであるだろう。リアの「忍耐」には、たとえばルカ伝第二一章一九節「汝らは忍耐によりてその霊魂《たましい》を得べし」といったような、霊的救済を約束する意味合いはなにもない。リアも念を押すかのように、つづけていっているではないか、「生れ落ちると、われわれは泣き叫ぶ／阿呆ばかりのこの大舞台に引き出されたのが悲しくて」。リアが耐えたのは「阿呆ばかりのこの大舞台」、愚かしくも馬鹿げた不条理な人間の世界であり、「文明のびらびら飾りを剝ぎ取ってしまえば」、「哀れ、裸の、二本脚の獣」にすぎない、そんな人間の剝き出しの「物自体」「本物」(the thing itself) の世界なのだ(第三幕第四場)。あるいは、世界の〝ハンディ・ダンディ〟の仕組みをいい、「この世に罪人などおらぬ、一人も」と言い放つ少し前、リアはグロスターにこんなふうにも語っていた――「その方《ほう》の罪は何だ？／姦淫か？／死刑にはしない。姦淫で死刑？　馬鹿な！／そんなことは鷦鷯《みそさざい》もやっている、小さな金蠅《きんばえ》も／わしの目の前でつるんでいる／思う存分やるがいい……／やれ、やれ、淫欲のままに、相手かまわず！／兵隊が不足しているからな」。リアが耐えねばならぬ「物自体」「本物」の世界とはそういうものでもある。この瞬間、もしエドマンドを奪い合うゴネリル、リーガンの愛染無明の宿業を知っていたとしても、リアの狂気の明察はそれを許したことだろう。ひっきょう、リアの忍耐するこのような世界に、霊的救済などという有難い宗教の「びらびら」がわずかでも垣間みえる気づかいはないのである。「この作品の暗さをやわらげようとする試みはすべて、それと知らずに批評が犯す欺瞞である」。これはハロルド・ブルームの言葉である(『シェイクスピア――人間個性の創造』四八五頁)。私は彼の日頃のはったり的言辞を好まないが、こればかりは名言だと確信する。

では、「忍耐するんだ」とリアにいわれたグロスターに、霊的救済は可能であったか。ついに気違いトムその他の変装の長い遍歴を解いて、父に素姓を明かしたエドガーの報告によれば(第五幕第三場)、グロスターは「両極端の激情、喜びと悲しみの間に引き裂かれ/ついには微笑みを浮べながら事切れ」たという。彼の霊的救済を信じてもいい。だが、そういう彼がこう暗澹と語っていたことを忘れてはなるまい。「腕白小僧の手にかかった蜻蛉《とんぼ》と同じだ、神々の手にかかったわれわれ人間は/神々は手なぐさみにわれわれを殺して楽しむ」(第四幕第一場)。彼の霊的救済がありえたとしても、それまた神々の楽しみの手すさびでないという保証はないのである。

「この世に罪人などおらぬ、一人も、いいか、一人もだ」といったあと、リアはつづける――「わしが請け合う/さあ、この恩赦状を受け取るがいい、わしには告発人の口を封じる/権力があるのだ」。「狂気の理性」によって世界の一切の「びらびら飾り」を剝奪し、「物自体」「本物」の認識に導かれながら、王としての父としての権力に象徴されるパスカルのいう「第一の自然」＝「第一の習慣」を棄てたリアであったが、その直後、彼はふたたび棄てたはずのところに戻っている。彼は「第一の自然」と、それを解体する「物自体」との間に揺れている。この揺れ動きは、無韻詩型の荘重と散文の雑駁な日常性が絶妙に交替する彼の科白のレトリック構造にもうかがえよう。「わしには権力がある」といったすぐあと、リアはグロスターにいっている、「ガラスの眼玉でも買うがよい」。この言葉がはらんでいるものは、嵐の荒野で道化にいう科白、「頭が狂いそうだ／おい、小僧。どうした小僧？　寒いか？／わしも寒い……／哀れな道化よ、わしの心の中には／まだお前を哀れと思うものが残っている」（第三幕第二場）という、いわば「物自体」の優しさにつながっていよう。が、「ガラスの眼玉でも買うがよい」といった直後、リアは付言する、「そして卑劣な策士よろしく、見えもしないのに／見えている振りをするがいい」。なんという残酷な辛辣さか！　グロスターへの科白はさらにつづく、「わしの不幸を泣いてくれるなら、この目をやろう」。その直後だ、リアが狂気の底ではじめてグロスターを認識するのは。「お前のことはよく知っている、お前の名前はグロスター」。この一行が深々と湛《たた》えている劇的緊張の極点の静かさ、これはもう、シェイクスピアの天才のみが把え得るものではないか。そして、この一行は「忍耐するんだ」ではじまる、あの悲痛かつ酷烈な人間世界の告発へと直結してゆくのである。優しさと辛辣、静かさと激しさ、この揺れの全振幅に狂えるリアの劇的魅力一切が生動している。

リアが静かな悟達とみえるところにゆきつくのは、戦敗れてコーディーリアと牢屋につながれるときまで待たねばならない。「さあ、牢屋に行こう／お前と二人だけで、籠の中の鳥のように歌をうたおう。……／このような世捨ての犠牲《いけにえ》にならば、コーディーリア、神々もそれを嘉《よみ》して／御自《おんみずか》ら香を焚いて下さるだろう」(第五幕第三場)。しかし、この諦観による悟りとみえた世界も、絞め殺されたコーディーリアの死体という「物自体」によって、崩壊する。

ひっきょう、『リア王』の悲劇は、父と子の愛に象徴される世界の絆、「偉大なる存在の連鎖」と現代の思想史家A・O・ラヴジョイが呼ぶ宇宙的連帯の秩序、すなわちパスカルのいう「第一の自然」(実は「第一の習慣」)と、それに反逆しそれを否定する新時代の「習慣」、つまり「第二の自然」との血みどろの葛藤相剋にあることに間違いはない。それはオルバニーがつとにゴネリルに予言していたとおりのものだ、「きっと来る／深海の怪物どものように／人間が人間を餌食にして貪り食らい合う時が」(第四幕第二場)。

偽善の「びらびら」を剝ぎ取ってみれば、まさにこれは私たち現代の状況をも予言し得ているといっていい。『リア王』がシェイクスピア四大悲劇中、もっとも現代的な悲劇である所以もそこにある。

前述したように、リアは狂気を通じて、「第二の自然」の存在理由をも感知していた。が、コーディーリア、ケントはそれを感知していない、というより決してそれを認めはしない。認めれば、もはや彼らの存在はない。エドガーにしても、気違いトムの狂気を演じ、人間の「どん底」を遍歴したにもかかわらず、「第二の自然」の存在理由を感知していないようすだ。目を失って「よく物が見える」ようになったというグロスターにも、そんな自然の存在理由など認める理由があろうはずもない。彼らがいわゆる善玉人物たる所以だ。ところで、「第一の自然」「第二の自然」両方の存在理由をもろともに、のっけから理解していた人物がこの悲劇のなかに一人だけいる。それは唯一シェイクスピアの独創に成る人物、道化にほかならない。

繰り返すが、リアを「物自体」「本物」の認識と明察へと導いたのは、彼の狂気であった。そして王土分割、コーディーリア追放といったリアの愚行をことごとに辛辣な戯《ざ》れ唄をまじえて風刺しながら、彼を「桁なしの0《ゼロ》」「リアの影法師」(第一幕第四場)と〝無〟に還元し、ついには狂気へと誘ったのは道化であった。道徳劇と呼ばれる中世の寓意的教訓劇では、〝悪役《ヴァイス》〟は〝人間《エヴリマン》〟を誘惑して彼が寓意する悪徳《ヴァイス》、たとえば高慢、貪欲、偽善などの悪徳へと誘惑し堕落させる。およそシェイクスピアくらい道徳劇の〝悪役《ヴァイス》〟を見事に活用してみせたエリザベス時代の作者はいない。オセローを誘惑するイアーゴーは、まさしく悪役《ヴァイス》＝〝嫉妬〟にちがいない。「きれいはきたない、きたないはきれい」と呪文を唱えながら、その意味がどうともとれる両義性の予言でマクベスを誘惑する魔女たちは、たしかに悪役《ヴァイス》＝〝二枚舌〟にちがいない。リアの道化《フール》は彼を狂気へと誘惑して、〝阿呆《フール》〟と化する。「おみごと、当たりだ。あんたもいっぱしの道化《フール》になれそうだ」（第一幕第五場）。リアは叫ぶ、「おお、天よ！　おれを気違いにしてくれるな、気違いにだけは／正気のままにしておいてくれ、気違いにはなりたくない！」。悲鳴にも似たこの叫びはその後も何度か繰り返されるが、道化は容赦なく一歩一歩とリアを狂気へと誘いつづける。その行く先に狂気の明察、狂気と明察の〝ハンディ・ダンディ〟があることはすでに見たとおりである。そういえば、道化は阿呆の叡知、阿呆と叡知の〝ハンディ・ダンディ〟と呼んでいい。

詳しいことは拙著『ロマンス・悲劇・道化の死』（南雲堂刊）に譲るしかないが、もともと舞台道化《ステージ・フール》の出所も、道徳劇の〝悪役《ヴァイス》〟にあったのである。道徳劇も職業劇団が生れてくる後期になると、教訓劇本来の筋と観客の笑いを誘う茶番の筋とを兼ねそなえるようになっていった。その両方の筋に出ずっぱりに登場するのが、座長株の芸達者な役者が演じる〝悪役《ヴァイス》〟だった。すなわち本筋では〝人間〟を誘惑する悪役、脇筋の茶番では笑いを提供する道化役といった次第で、シェイクスピアの悲劇がこれなくしては成立しない悪党《ヴィレン》と道化とは、実は同じ根っこから出た血脈を引いているのだ。彼らはいわば同腹の兄弟なのである。そして今、『リア王』において、この兄弟は同じ舞台に立っている、いうまでもない、エドマンドと道化のことである。

そういうことであるなら、道化がのっけからエドマンドの「自然」を、パスカルのいう「第二の自然」を理解していたとしても、なんの不思議もない。道化によるリアの狂気への誘惑とは、ここでの文脈でいえば、エドマンドの「自然」を突き合せることによって、リアの「自然」、パスカルのいう「第一の自然」を異化ないし解体することにほかならない。嵐の場面(第三幕第二場)で、道化はリアにいう——「おっさん、潤《うるお》いがなくても乾いた家ん なかで、宮廷むきのおべんちゃらの聖水をふりまいてるほうがましだよ、家の外でこんな雨水に濡れしょぼたれてるよりは。おっさん、家ん なかに入って、娘さんたちに祝福してもらおうよ。こんな夜は利口なやつにも阿呆にも情けはかけない」。おおかたの批評家はここに道化の常識を認めている。道化の常識？　そんなものがあろうはずもない。道化とは社会のどこにも属さない人非人、無法者《アウトロー》、異形の者である。彼らには名前さえない、あってもそれで呼ばれることはない。『お気に召すまま』の道化タッチストンも、『十二夜』の道化フェステも、道化としての源氏名にすぎない。彼らの源氏名が暗示する寓意、「試金石《タッチストン》」「祭り《フェステ》」が、いかにそれぞれの喜劇で重要な劇的機能を果たしているかはここで触れるゆとりはないが、リアの道化《フール》には源氏名さえない。あえていえば「阿呆《フール》」が源氏名ということになろう。彼ら道化が権力者のそば近くに影のように付き添っていられるのは、そこに所属しているからでは毛頭なく、悪口雑言がいえる、いや、いわなくてはならない「天下御免の道化《オール・ライセンスト・フール》」の職業柄、フェステが自称する言い方で呼べば、「言葉の軽業師」(‘corrupter of words’——corrupt のラテン語源は「破壊する」の謂)としての務めのゆえなのである。イーニッド・ウェルズフォードの名著『道化』によれば、道化の悪口雑言はそれによって主人を狙っている禍々《まがまが》しいもの、「凶眼《イヴィル・アイ》」を自分のほうに向けさせるという、古来の感染呪術信仰に基づく。とにかく、そのような社会の〝アウトサイダー〟に、社会の共通の分別《コモン・センス》、常識などが無縁であるのは道理ではないか。引用した道化の科白は、その直前でリアが怒号する「お前、天地を揺がす雷《いかずち》よ/孕《はら》み女の腹のような、この丸い地球をぺちゃんこにしてしまえ!/自然の造化の鋳型を砕き、恩知らずの人間を産み出す種子を/一粒残らず、いちどきに零《こぼ》して滅ぼしてしまえ!」という彼の神格化した「自然」の驕慢《ヒューブリス》を、いわば脱神話化するためにほかならない。たしかに、嵐の「こんな夜は利口なやつにも阿呆にも情けはかけない」、「物自体」としての自然があるばかりである。ちょうど日蝕月蝕という自然現象に迷信的意味を読み込む父グロスターに対して、エドマンドが独白していたように——「たとえこの庶子さまが孕まれたとき、天空に純潔無比のお星さまが瞬いていたとしても、おれはおれ、今あるとおりのおれになっていたさ」(第一幕第二場)。

しかし、道化は「おっさん、家んなかに入ろうよ」といいながらも、嵐の中、リアのもとに、唯一人とどまっている。そして紳士がケントに報告しているように、なおも「引き裂かれた王の心の痛みを／悪魔祓いしようと、懸命に冗談を飛ばして」いる(第三幕第一場)。つとに嵐の前、道化はこう歌っていた——「でも、おいらは残る、阿呆は逃げぬ／利口なやつは逃げるがよかろ／逃げる悪党は阿呆になるが／阿呆は悪党にゃならぬ、神かけて」(第二幕第四場)。引用後半の科白を不合理・不可解として、十八世紀最大の批評家ジョンソン博士は次のように改訂する。「逃げる阿呆は悪党になるが／悪党は阿呆にゃならぬ」。なるほど、これならわかりやすい。要するに、落ち目の主人を棄てて逃げる奴は目先のきく利口な悪党だというわけだが、そういう常識の合理がシェイクスピア道化と無縁であるのも事実だ。「逃げる悪党は阿呆になる」、この難解な一句をアメリカのシェイクスピア学者、ジョージ・L・キトレッジはこう解釈する。「主人を棄てる奴は(より高い知恵の見地からすれば)阿呆である。なぜなら真の知恵は忠誠を含意しているのだから」。新ケンブリッジ版のハリオも「より高い道徳的意味からすれば」として、同じように理解している。いっそスピノザふうに「永遠の相の下に見れば《スブ・スペキエ・アエテルニターティス》」といっても同じだが、道化の一句はそのような優等生的わけ知りの説明を、たとえそれが正しかろうと、拒んでいる。コールリッジのように、悪党は「大回りして《サーカムベンティブス》」阿呆になるといってすませておいたほうがいい。あるいは、エラスムスの『痴愚神礼賛』が語る痴愚＝阿呆と利口＝叡知の微妙な〝ハンディ・ダンディ〟を思い出すだけでいい。

集注版《ヴァリオラム》の編者ファーネスは、「逃げる悪党は阿呆になる」の「阿呆」を'fool'とし、「おいらは残る、阿呆は逃げぬ」「阿呆は悪党にゃならぬ」の二つの「阿呆」を'Fool'として(アーデン版もほぼこれに従っている)、こう注記している。「大文字を使うことによって、世間一般の阿呆(fool)とこの特定の阿呆(Fool)との違いを示せば、意味はより明白になる」。しかし、シェイクスピア道化にみずからを大文字で自称する自意識も自我礼賛もありはしない。あるとしたら、あのエラスムスの「痴愚神礼賛」の微妙な〝ハンディ・ダンディ〟は完全に失われよう。第一、四折判・二折判いずれの初版も、すべて'fool'と記しているのである。

こうして、二つの「自然」をもろともに把握しながら、いずれにも固着しないところに（リアのもとに「残る」とは固着ではない、愛である）、道化の風来の自由がある。が、リアを狂気へと誘惑するという彼のこの悲劇における仕事も終りにさしかかっている。リアが完全に狂気の人＝阿呆《フール》となりおおせた今、そして彼のそばには気違いトムがいる以上、もう道化が居残る幕はない。嵐を避けた小屋で、ようやく寝につこうとするリアがいう、「夕食は朝になったら食べるとしよう」（第三幕第六場）。嵐の激動のさなかで夕食どころの話ではなかった、だから朝、目がさめたら食いそこねた夕食をとろうといったまでのことだが、道化が例によってまぜっかえす、「じゃあ、おいらはお昼どきに寝るとしよう」。この一句を最後に、彼は『リア王』の世界から忽然と姿を消す。これは道化の告別の辞であり、時はまさに芝居のクライマックス（「お昼どき」）にさしかかっているという、なにやらもっともらしい解釈があるかと思うと、「寝る」（go to bed）とは死の床、墓に横たわることを暗示している、道化は「彼の人生のまさに真昼どきに永遠の憩いにおもむいたのである」という、涙なしでは聞かれぬ解釈もある。あとのほうの解釈には、道化の年齢という興味津々たる問題が含まれているが、ここでは深入りするのは控えよう。ただ、年齢という点でも道化は年寄りなのか若いのか、どっちがどっちかわからぬ〝ハンディ・ダンディ〟の存在とだけ言っておこう。確かなことは、リア一行と共に悲劇が最速度に収斂する大詰・終末の地、ドーヴァーめざして急ぐ旅の途中、道化が消息を絶ったということだけだ、生死のほどもわからぬということだ。

'fool'の一語がその後ふたたび、これを最後に現れるのは、第五幕第三場、死せるコーディーリアを抱いたリアの科白、「そして哀れなやつ(fool)は絞め殺されてしまった!」のなかにである。補注四でやや詳しく記したように、このときリアの脳裡で彼が愛してやまなかった道化と最愛の娘コーディーリアが二重映像となって一体化していようと、この'fool'は劇の文脈からしてコーディーリアを指していることに間違いはない。ということは、道化の生死はついにわからぬということだ。だが、私はひそかに信じている、道化はなおも生きていると。どこに? 「だんだら染めの道化を演じてわが身を人目にさらし」(十四行詩一一〇番)と自嘲しながらも『リア王』を書き切った強靭な作者、シェイクスピアその人の身の内に。

ゴネリルとリーガンの死体が運び込まれる。死せるコーディーリアを抱いてリアが登場する。彼女の遺体を指して、「娘《これ》の顔を見ろ、見ろ、この唇を/ほら、ほら!」といいながら「耐えがたい喜び」のうちに息絶える二折判初版のリア、この喜びの科白をもたず、「裂けろ、胸よ。頼むから、裂けてくれ!」といいながら死んでゆく四折判初版のリア——読者はいずれのリアを選ぶであろうか。シェイクスピアはこの二人の〝リア〃の間にいる。あるいは、こういったほうがいいかもしれぬ、この二人の〃リア〃をもろともに描いたところに、シェイクスピアの劇的想像力の生命《いのち》があると。

二折判初版に従って、リアはコーディーリアの唇が動くのを見たとしよう。動いたからには、彼女の唇はなにか一言、漏らしたはずだと想像してもいい。そして、リアが聞きとるその一言とは、「何も」(Nothing)の一語かもしれない。彼女の最初の科白、悲劇の開始を告げたあの‘Nothing’の反響《こだま》かもしれない。とすれば、「耐えがたい喜び」でリアは絶命したという、ブラドレーの心やさしい想像は微塵に砕けるであろう。いや、この愚かしくも馬鹿げた想像は早速、とりさげてもかまわない。ただ確認すべきことは、今、舞台上には三人の娘の死体＝〃無〃にとり囲まれてリアの死体が横たわっているという眼前の事実である。この終末の群像の構図は、構図自体としては、三人の娘に愛の告白を競わせた悲劇開幕の構図と互いに呼び交わしているかのように完全に一致している。端緒と終末の照応——エドマンド死直前の科白が語るように、たしかに「運命の女神の車は一巡《ひとまわり》し」たのだ。「これが約束の終末なのか」と、ケントはいう。「それとも、その恐しい日の似姿か」と、エドガーはいう。そして、この黙示録的終末のどん底で、王位継承をオルバニーに要請されたエドガーは、価値秩序の回復を誓う継承者として当然「言うべき事」をではなく、「切実に感じている事」、自分一個の内面感情を力弱く吐息のようにぽつりと漏らすしかない。「最も老いたるお方が最もよく耐え抜かれた、われわれ若い者は／あれほど多くの事を目にすることも、あれほど長く生きることもありますまい」。そういう王位継承者のいち早い疲労と無力感の表白とともに、『リア王』全曲の幕は降りる。カタルシスなき悲劇——この矛盾語法は他の三大悲劇の知らぬ終末のありようにちがいない。

しかし、あの道化はシェイクスピアの身内になおも生きつづける。やがて彼はコーディーリアが殺されぬ悲劇を、ロマンス劇と人の呼ぶ人間再生の喜劇を歌うことになるだろう。

付記　初め私はすべて散文訳にしようと思った。無韻詩型の原文を行わけに訳して詩めかしてみても、なんの意味もないと思えたからである。しかし、『リア王』のテクストは無韻詩型の科白のみで出来ているわけではない、散文の科白も俗謡ふうの戯れ唄もある。それらの文体が入り混じっている。「たとえばリア、ケント、グロスター、道化、哀れなトムの間に展開する場面に見られるような、詩と散文と歌の断片が一見でたらめに混じり合っているさまを、とくと御覧になるがいい。一見でたらめにみえても、しかしこれらの場面の劇的妥当性は、主としてこのような多様かつ均衡した〔文体の〕オーケストレイションにあるのである」。これはシェイクスピア劇の屈指の演出家だったグランヴィル＝バーカーの言葉である（『シェイクスピア劇緒言』）。まさにそのとおりだ。いかに拙劣なものであろうと、私は詩めかした文体の形を臆面もなくそのままに残した。

＊

私はシェイクスピアに長年親しんできたが、その作品を訳すのはこれが初めてである。そして因果なことに、彼の芝居を舞台で観ることは滅多にない。観てもあまり感心した憶えはない。原作を読んで独り勝手にあれこれ想像しているほうが好きなのだ、最高の役者、最高の演出家を空想しながら。ときには痴《おこ》がましくも自分が演技し演出している気になって。シェイクスピア劇はただ観るだけのものではない、読むものでもある、と頑なに信じているのである。シェイクスピア自身、〝読者〟を心のどこかで期待していたにちがいないと思っている。さもなければ、どうしてあのように様々な意味、イメージ、隠喩が絡まり重層する濃密・精緻な文体で書く道理があろうか。同時代の数多くの天才的劇作家のなかでも、シェイクスピアは格別に難解な作家なのである。彼の書いた科白を耳で聞いただけでは、その意味はおそらく英国人にもとらえがたいものであるだろう。たとえ理解したとしても、それは上っ面の意味だけにとどまることだろう。私は『リア王』を先ずもって〝読者〟のために訳した。そのために、いささか煩瑣にすぎる注釈を付することも辞さなかった。脚注の形にしたのは、私自身の読書経験からしても、巻末におかれた注をいちいち見るのはまことに面倒だからであり、脚注にすれば、いやでも目に入り、読者の参考の便宜になろうかと考えたからである。このような破格な体裁のものを編集するのは、さぞかし大変な仕事だったと思う。編集部の平田賢一氏、そして急に転属になった氏からバトンをタッチされた山腰和子さん、お二人のお骨折りに心から御礼を申し上げる。*Last but not least*——語学的な質問にお答えくださり、あまつさえ貴重な参考書物まで貸してくださった、けだし今やこの国で英語が読める最後の英語学者と私がひそかに尊敬する、お茶の水女子大学名誉教授木原研三氏の御親切に深く感謝しながら、この訳業の筆を擱く。

二〇〇〇年二月二日

野島秀勝

リ ア 王　シェイクスピア作

2000年5月16日　第1刷発行
2023年4月14日　第17刷発行

訳　者　野島秀勝《のじまひでかつ》

発行者　坂本政謙

発行所　株式会社 岩波書店
〒101-8002 東京都千代田区一ツ橋 2-5-5

案内 03-5210-4000　営業部 03-5210-4111
文庫編集部 03-5210-4051
https://www.iwanami.co.jp/

印刷・精興社　製本・中永製本

ISBN 978-4-00-322051-1　Printed in Japan

読書子に寄す

―岩波文庫発刊に際して―

岩波茂雄

真理は万人によって求められることを自ら欲し、芸術は万人によって愛されることを自ら望む。かつては民を愚昧ならしめるために学芸が最も狭き堂宇に閉鎖されたことがあった。今や知識と美とを特権階級の独占より奪い返すことはつねに進取的なる民衆の切実なる要求である。岩波文庫はこの要求に応じそれに励まされて生まれた。それは生命ある不朽の書を少数者の書斎と研究室とより解放して街頭にくまなく立たしめ民衆に伍せしめるであろう。近時大量生産予約出版の流行を見る。その広告宣伝の狂態はしばらくおくも、後代にのこすと誇称する全集がその編集に万全の用意をなしたるか。千古の典籍の翻訳企図に敬虔の態度を欠かざりしか。さらに分売を許さず読者を繫縛して数十冊を強うるがごとき、はたしてその揚言する学芸解放のゆえんなりや。吾人は天下の名士の声に和してこれを推挙するに躊躇するものである。このときにあたって、岩波書店は自己の責務のいよいよ重大なるを思い、従来の方針の徹底を期するため、すでに十数年以前より志して来た計画を慎重審議この際断然実行することにした。吾人は範をかのレクラム文庫にとり、古今東西にわたって文芸・哲学・社会科学・自然科学等種類のいかんを問わず、いやしくも万人の必読すべき真に古典的価値ある書をきわめて簡易なる形式において逐次刊行し、あらゆる人間に須要なる生活向上の資料、生活批判の原理を提供せんと欲する。この文庫は予約出版の方法を排したるがゆえに、読者は自己の欲する時に自己の欲する書物を各個に自由に選択することができる。携帯に便にして価格の低きを最主とするがゆえに、外観を顧みざるも内容に至っては厳選最も力を尽くし、従来の岩波出版物の特色をますます発揮せしめようとする。この計画たるや世間の一時の投機的なるものと異なり、永遠の事業として吾人は微力を傾倒し、あらゆる犠牲を忍んで今後永久に継続発展せしめ、もって文庫の使命を遺憾なく果たさしめることを期する。芸術を愛し知識を求むる士の自ら進んでこの挙に参加し、希望と忠言とを寄せられることは吾人の熱望するところである。その性質上経済的には最も困難多きこの事業にあえて当たらんとする吾人の志を諒として、その達成のため世の読書子とのうるわしき共同を期待する。

昭和二年七月

《イギリス文学》〔赤〕

ユートピア　トマス・モア　平井正穂訳
完訳カンタベリー物語　全三冊　チョーサー　桝井迪夫訳
ヴェニスの商人　シェイクスピア　中野好夫訳
十二夜　シェイクスピア　小津次郎訳
ハムレット　シェイクスピア　野島秀勝訳
オセロウ　シェイクスピア　菅泰男訳
リア王　シェイクスピア　野島秀勝訳
マクベス　シェイクスピア　木下順二訳
ソネット集　シェイクスピア　高松雄一訳
ロミオとジューリエット　シェイクスピア　平井正穂訳
リチャード三世　シェイクスピア　木下順二訳
対訳シェイクスピア詩集 ―イギリス詩人選(1)　柴田稔彦編
から騒ぎ　シェイクスピア　喜志哲雄訳
言論・出版の自由 ―アレオパジティカ　他一篇　ミルトン　原田純訳
失楽園　全二冊　ミルトン　平井正穂訳
ロビンソン・クルーソー　全二冊　デフォー　平井正穂訳

奴婢訓　他一篇　スウィフト　深町弘三訳
ガリヴァー旅行記　スウィフト　平井正穂訳
ジョウゼフ・アンドルーズ　全二冊　フィールディング　朱牟田夏雄訳
トリストラム・シャンディ　全三冊　ロレンス・スターン　朱牟田夏雄訳
ウェイクフィールドの牧師 ―むだばなし　ゴールドスミス　小野寺健訳
幸福の探求 ―アビシニアの王子ラセラスの物語　サミュエル・ジョンソン　朱牟田夏雄訳
対訳ブレイク詩集 ―イギリス詩人選(4)　松島正一編
対訳ワーズワス詩集 ―イギリス詩人選(3)　山内久明編
湖の麗人　スコット　入江直祐訳
キプリング短篇集　橋本槙矩編
高慢と偏見　全二冊　ジェーン・オースティン　富田彬訳
ジェイン・オースティンの手紙　新井潤美編訳
マンスフィールド・パーク　全二冊　ジェイン・オースティン　新井潤美・宮丸裕二訳
シェイクスピア物語　全二冊　チャールズ・ラム　メアリー・ラム　安藤貞雄訳
デイヴィッド・コパフィールド　全五冊　ディケンズ　石塚裕子訳
炉辺のこほろぎ　ディケンズ　本多顕彰訳
ボズのスケッチ　短篇小説篇　全二冊　ディケンズ　藤岡啓介訳

アメリカ紀行　全二冊　ディケンズ　伊藤弘之・下笠徳次・隈元貞広訳
イタリアのおもかげ　ディケンズ　伊藤弘之・下笠徳次・隈元貞広訳
大いなる遺産　全二冊　ディケンズ　石塚裕子訳
荒涼館　全四冊　ディケンズ　佐々木徹訳
鎖を解かれたプロメテウス　シェリー　石川重俊訳
ジェイン・エア　全二冊　シャーロット・ブロンテ　河島弘美訳
嵐が丘　全二冊　エミリー・ブロンテ　河島弘美訳
アルプス登攀記　全二冊　ウィンパー　浦松佐美太郎訳
アンデス登攀記　全二冊　ウィンパー　大貫良夫訳
ハーディ テス　全二冊　井上宗次・石田英二訳
緑の木蔭 ―和蘭派田園画　トマス・ハーディ　阿部知二訳
ジーキル博士とハイド氏　スティーヴンスン　海保眞夫訳
南海千一夜物語　スティーヴンスン　中村徳三郎訳
若い人々のために　他十一篇　スティーヴンスン　岩田良吉訳
怪談 ―不思議なことの物語と研究　ラフカディオ・ハーン　平井呈一訳
ドリアン・グレイの肖像　オスカー・ワイルド　富士川義之訳
サロメ　ワイルド　福田恆存訳

嘘から出た誠　ワイルド　岸本一郎訳
童話集 幸福な王子 他八篇　オスカー・ワイルド　富士川義之訳
分らぬもんですよ　バァナード・ショウ　市川又彦訳
ヘンリ・ライクロフトの私記　ギッシング　平井正穂訳
南イタリア周遊記　ギッシング　小池滋訳
闇の奥　コンラッド　中野好夫訳
密偵　コンラッド　土岐恒二訳
対訳 イエイツ詩集　高松雄一編
月と六ペンス　モーム　行方昭夫訳
人間の絆 全三冊　モーム　行方昭夫訳
サミング・アップ　モーム　行方昭夫訳
モーム短篇選 全二冊　行方昭夫編訳
アシェンデン —英国情報部員のファイル　モーム　中島賢二・岡田久雄訳
お菓子とビール　モーム　行方昭夫訳
ダブリンの市民　ジョイス　結城英雄訳
荒地　T・S・エリオット　岩崎宗治訳
悪口学校　シェリダン　菅泰男訳

オーウェル評論集　小野寺健編訳
パリ・ロンドン放浪記　ジョージ・オーウェル　小野寺健訳
動物農場 —おとぎばなし　ジョージ・オーウェル　川端康雄訳
対訳 キーツ詩集 —イギリス詩人選(10)　宮崎雄行編
キーツ詩集　中村健二訳
阿片常用者の告白　ド・クインシー　野島秀勝訳
オルノーコ 美しい浮気女　アフラ・ベイン　土井治訳
イギリス名詩選　平井正穂編
タイム・マシン 他九篇　H・G・ウエルズ　橋本槇矩訳
解放された世界　H・G・ウェルズ　浜野輝訳
大転落　イヴリン・ウォー　富山太佳夫訳
回想のブライズヘッド 全二冊　イーヴリン・ウォー　小野寺健訳
愛されたもの　イーヴリン・ウォー　中村健二・出淵博訳
対訳 ジョン・ダン詩集 —イギリス詩人選(2)　湯浅信之編
フォースター評論集　小野寺健編訳
白衣の女 全三冊　ウィルキー・コリンズ　中島賢二訳
アイルランド短篇選　橋本槇矩編訳

対訳 ブラウニング詩集 —イギリス詩人選(6)　富士川義之編
灯台へ　ヴァージニア・ウルフ　御輿哲也訳
船出 全二冊　ヴァージニア・ウルフ　川西進訳
フランク・オコナー短篇集　阿部公彦訳
たいした問題じゃないが —イギリス・コラム傑作選　行方昭夫編訳
英国ルネサンス恋愛ソネット集　岩崎宗治編訳
文学とは何か —現代批評理論への招待 全二冊　テリー・イーグルトン　大橋洋一訳
D・G・ロセッティ作品集　南條竹則・松村伸一編訳
真夜中の子供たち 全二冊　サルマン・ラシュディ　寺門泰彦訳

《アメリカ文学》〔赤〕

ギリシア・ローマ神話 付インド・北欧神話　ブルフィンチ　野上弥生子訳
中世騎士物語　ブルフィンチ　野上弥生子訳
フランクリン自伝　松本慎一　西川正身訳
フランクリンの手紙　蕗沢忠枝編訳
スケッチ・ブック 全二冊　アーヴィング　齊藤昇訳
アルハンブラ物語 全二冊　アーヴィング　平沼孝之訳
ウォルター・スコット邸訪問記　アーヴィング　齊藤昇訳
エマソン論文集 全二冊　酒本雅之訳
完訳 緋文字　ホーソーン　八木敏雄訳
哀詩 エヴァンジェリン　ロングフェロー　斎藤悦子訳
黒猫・モルグ街の殺人事件 他五篇　ポオ　中野好夫訳
対訳 ポー詩集 —アメリカ詩人選(1)　加島祥造編
ユリイカ　ポオ　八木敏雄訳
ポオ評論集　八木敏雄編訳
森の生活 (ウォールデン) 全二冊　ソロー　飯田実訳
市民の反抗 他五篇　H・D・ソロー　飯田実訳

白鯨 全三冊　メルヴィル　八木敏雄訳
ビリー・バッド　メルヴィル　坂下昇訳
ホイットマン自選日記 全二冊　杉木喬訳
対訳 ホイットマン詩集 —アメリカ詩人選(2)　木島始編
対訳 ディキンソン詩集 —アメリカ詩人選(3)　亀井俊介編
不思議な少年　マーク・トウェイン　中野好夫訳
王子と乞食　マーク・トウェーン　村岡花子訳
人間とは何か　マーク・トウェイン　中野好夫訳
ハックルベリー・フィンの冒険 全二冊　マーク・トウェイン　西田実訳
いのちの半ばに　ビアス　西川正身訳
新編 悪魔の辞典　ビアス　西川正身編訳
ねじの回転 デイジー・ミラー　ヘンリー・ジェイムズ　行方昭夫訳
あしながおじさん　ジーン・ウェブスター　遠藤寿子訳
荒野の呼び声　ジャック・ロンドン　海保眞夫訳
ノリス 死の谷《マクティーグ》 全二冊　石田英二　井上宗次訳
響きと怒り 全二冊　フォークナー　平石貴樹　新納卓也訳
アブサロム、アブサロム! 全二冊　フォークナー　藤平育子訳

八月の光 全二冊　フォークナー　諏訪部浩一訳
武器よさらば 全二冊　ヘミングウェイ　谷口陸男訳
オー・ヘンリー傑作選　大津栄一郎訳
黒人のたましい　W・E・B・デュボイス　木島始　鮫島重俊　黄寅秀訳
フィッツジェラルド短篇集　佐伯泰樹編訳
アメリカ名詩選　亀井俊介　川本皓嗣編
青白い炎　ナボコフ　富士川義之訳
風と共に去りぬ 全六冊　マーガレット・ミッチェル　荒このみ訳
対訳 フロスト詩集 —アメリカ詩人選(4)　川本皓嗣編
とんがりモミの木の郷 他五篇　セアラ・オーン・ジュエット　河島弘美訳

岩波文庫の最新刊

幸徳秋水著／梅森直之校注
兆民先生 他八篇

幸徳秋水(一八七一―一九一一)は、中江兆民(一八四七―一九〇一)に師事して、その死を看取った。秋水による兆民の回想録は明治文学の名作である。「兆民先生行状記」など八篇を併載。〔青一二五―四〕 定価七七〇円

グレゴリー・ベイトソン著／佐藤良明訳
精神の生態学へ(上)

ベイトソンの生涯の知的探究をたどる。上巻はメタローグ・人類学篇。頭をほぐす父娘の対話から、類比を信頼する思考法、分裂生成とプラトーの概念まで。(全三冊)〔青N六〇四―二〕 定価一一五五円

カール・ポパー著／小河原誠訳
開かれた社会とその敵 第一巻 プラトンの呪縛(下)

プラトンの哲学を全体主義として徹底的に批判し、こう述べる。「人間でありつづけようと欲するならば、開かれた社会への道しか存在しない。」(全四冊)〔青N六〇七―二〕 定価一四三〇円

佐々木徹編訳
英国古典推理小説集

ディケンズ『バーナビー・ラッジ』とポーによるその書評、英国最初の長篇推理小説と言える本邦初訳『ノッティング・ヒルの謎』を含む、古典的傑作八篇。〔赤N二〇七―一〕 定価一四三〇円

……今月の重版再開……

ガーネット作／安藤貞雄訳
狐になった奥様

定価六二七円 〔赤二九七―一〕

アンドレ・ジイド著／渡辺一夫訳
モンテーニュ論

定価四八四円 〔赤五五九―一〕

定価は消費税10％込です　2023.4